VILLE DE PARIS

1907

Commission du Vieux Paris

L'HOTEL DE LA VIEUVILLE

RUE SAINT-PAUL

PAR

Lucien LAMBEAU

ANNEXE

au procès-verbal de la séance du 9 février 1907.

Tiré à vingt-trois exemplaires sur papier de Hollande.

N° 12.

L. Cambeau

Pour M. Le Senne

[illegible]

VILLE DE PARIS

1907

Commission du Vieux Paris

L'HOTEL DE LA VIEUVILLE

RUE SAINT-PAUL

PAR

Lucien LAMBEAU

ANNEXE

au procès-verbal de la séance du 9 février 1907.

CHAPITRE PREMIER

LE PREMIER HÔTEL DE SENS. — L'HÔTEL SAINT-POL. — LA CONCESSION GALIOT DE GENOUILLAC. — LA RUE DES BARREZ AU DELÀ DE CELLE SAINT-PAUL. — OU ÉTAIT LE LOGIS DU GRAND-MAITRE DE L'ARTILLERIE. — LA LIGNÉE DE GALIOT.

A deux reprises différentes, nous nous sommes occupés de l'hôtel de La Vieuville, mais plus particulièrement au point de vue de la description de son état actuel que de son histoire dans le passé (1).

Nous voulons aujourd'hui, à l'aide de nouvelles recherches et de quelques trouvailles intéressantes et inédites, essayer de reconstituer à travers les âges l'historique de ce vieux logis, l'un des plus curieux, des plus pittoresques et des plus anciens que possède encore Paris.

L'archevêque de Sens, Etienne Becquard, acquit, à la fin du XIIIe siècle, en 1296, de Pierre Marcel l'aîné, diverses constructions et terrains, situés au bord de la rivière de Seine, *à partir du chemin de Saint-Paul, en allant vers l'Est* (2).

Cette acquisition s'élevait à la somme de 840 livres parisis pour des immeubles dont la superficie et la configuration ne sont pas, malheureusement, venues jusqu'à nous : « Une maison, granges et jardins, sis à Paris, en la paroisse Saint-Pol, hors des murs, sur la rivière (3). »

L'enceinte de Philippe-Auguste, en effet, construite depuis une centaine d'années — du moins sur la rive droite — se dressait à quelque cent mètres de là et se soudait à la Seine par la tour *Barbel sur l'yeau* ou *Barbeau*, qui se trouvait à l'endroit où existe aujourd'hui le marché de l'*Ave Maria*. Elle remontait ensuite en ligne droite, vers le nord, passant près de l'église Saint-Paul-Saint-Louis, au point où se trouve la porte actuelle du lycée Charlemagne, sur la rue Saint-Antoine.

Becquard édifia donc son propre logis sur les terrains de Pierre Marcel, qui devint ainsi l'hôtel d'un archevêque de Sens. A sa mort, survenue en 1310, il le légua par testament à l'archevêché dont il était titulaire. M. Bournon a reproduit dans ses pièces justificatives le testament de Becquard et l'a analysé avec le plus grand soin. Le logis qu'il laissait fut le premier hôtel de Sens, que l'on ne confondra pas, bien entendu, avec celui qui existe encore aujourd'hui au coin des rues du Figuier et de l'Hôtel-de-Ville.

Quand Charles V édifia son hôtel Saint-Pol, il y incorpora celui des archevêques de Sens, construit par Becquard et occupé alors par Guillaume de Melun, archevêque. L'acquisition fut réalisée en août 1365, au prix de 11,500 f., y compris une somme de 1,500 francs permettant à l'archiépiscopat de Sens d'acquérir la demeure de Jehan d'Hestoménil, sur l'emplacement de laquelle se dressent aujourd'hui les tourelles du second hôtel de Sens ; y compris, en outre, une somme de 10,000 francs pour frais et accroissements circonvoisins. L'hôtel ainsi acquis portait, au moment de sa vente au roi Charles V, et d'après une quittance de Guillaume de Melun, le nom d'*hôtel des Barrés*, à cause du couvent des Carmes Barrés qui était tout proche de là et qui fut ensuite celui des Célestins, quittance du 4 juillet 1366 : « Nous, Guillaume de Melun..... confessons avoir eu et receu..... pour la vente de nostre hostel des Barrez, que le Roy nostre sire a joint à son hostel de Saint-Pol..... »

On lit encore, dans les doléances adressées au roi Charles V par le chapitre de Sens : « ..... vous ayez désir et affection d'avoir et appliquer à vous l'hostel de l'archeveschié de ladicte esglise de Sens appellé l'hostel des Barrez, assis lez vostre hostel royal de Sainct-Pol à Paris..... (1). »

Sous François Ier, et probablement bien avant, l'hôtel Saint-Pol est abandonné, ruiné, en partie vendu ou concédé. L'emplacement de l'ancien logis de l'archevêque Becquard n'échappera pas au sort commun de l'ensemble de l'*hostel royal des grans esbattemens*.

En 1516, le roi concéda l'emplacement de cette partie spéciale à Galiot de Genouillac,

---

(1) *Commission du Vieux Paris*. Procès-verbal du 13 avril 1899.

Un vieux logis parisien. L'Hôtel de La Vieuville. Lille, Lefebvre-Ducrocq, 1902, in-8°, 15 pages, une planche.

(2) *L'Hôtel Saint-Pol*, par Fernand Bournon. *Mémoires de la Société de l'histoire de Paris*, 1879, t. VI, p. 54.

(3) Bournon, *Hôtel Saint-Pol*, *loc. cit.*, p. 68.

(1) *L'Hôtel Saint-Pol*, par F. Bournon, *loc. cit.*, p. 70 et 136.

son maître de l'Artillerie. L'acte de concession est intégralement reproduit dans Félibien. Comme les terrains et corps de maisons répondent à l'endroit où s'élève l'hôtel dont nous avons entrepris d'écrire l'histoire, nous croyons utile d'extraire de cet acte les parties essentielles concernant la topographie des lieux, la superficie et le prix :

Aliénation de l'hostel S. Paul ou partie, faite par le Roy François I au sieur de Genoüillac.

« François, par la grâce de Dieu roy de France, à tous présens et advenir, salut. Comme nostre désir et affection soit de résider souventes fois, au plaisir de Dieu, en nostre bonne ville et cité de Paris, voulans à cette cause aucuns de nos bons et loyaux serviteurs, et mesmement ceux qui sont continuellement au service de nostre personne, eux y habiter, desquels nos dits serviteurs entr'autres nostre amé et féal conseiller et chambellan Jacques de Genoilhac dit Gallis, chevalier, grand maistre et capitaine général de nostre artillerie, nous a fait remonstrer qu'il feroit volontiers bastir, construire et édifier un logis en nostre bonne ville s'il avoit lieu et place à ce utile et convenable; savoir faisons que nous, considérans que avons en nostre dite ville de Paris un grand hostel fort vague et ruyneux à nous appartenant, de nostre domaine, assis près l'église de Saint-Paul,... inclinans aussi à la supplication et requeste du d. Jacques de Genoilhac, pour considération des bons, grands et recommandables services... Pour ces causes et autres à ce nous mouvans, luy avons baillé, cédé, transporté et délaissé et par la teneur de ces presentes, de nostre grâce espéciale, pleine puissance et auctorité royale, baillons, cédons, transportons et délaissons la part et portion dudit hostel contenant les grands corps d'hostel, en l'un desquels est de présent la porte et entrée par où l'on va à la grande cour cy-après déclarée, qui est sur la rue des Barrez, et tout le corps d'hostel, masures, chantiers et jardins à prendre depuis ladite cour jusques sur la dite ruë des Barrez et sur la ruë du Petit-Musse, les lieux comme ils se comportent et estendent de toutes parts et de fonds en comble, avec leurs veüës et esgouts, ainsi qu'ils sont de présent, tenant d'un costé en partie à une petite maison neufve assise sur ladite ruë des Barrez appartenant aux religieux Célestins de la dite ville de Paris, d'une autre partie à une maison et cour appartenant au seigneur de Segré, et au paravant au feu cardinal de Bourdeaux, et en autre partie du mesme costé au jardin de l'hostel de Lyons que tient présentement M. Jehan Phelippes, et d'autre part en partie à un autre petit hostel et cour assis en icelle ruë des Barrez et faisant le coing de la ruë du Petit-Musse, et ayant issuë sur icelle ruë, aboutissant par derrière à la dite cour, de milieu à un autre corps d'hostel et chantier à nous appartenant, lequel chantier Robert Le Gris tient et occupe de présent, et par devant en partie au petit hostel faisant le coing de la ruë du Petit-Musse appartenant, comme dit est, aux dits religieux, et en autre partie et ayant issuë et principale entrée sur la dite ruë des Barrez, tous les dits lieux contenans ensemble trente-trois toises deux pieds de profondeur et largeur, à prendre depuis le mur d'entre le grand hostel estant des appartenances desdits lieux en la grande cour du dit milieu, jusques sur icelle ruë des Barrez par l'endroit de la porte estant sur icelle ruë et quarante-huit toises quatre pieds de longueur, à prendre depuis le mur mitoyen du jardin des Lyons jusques sur la dite ruë du Petit-Musse, et quarante toises aussi de longueur, à prendre au long de la dite ruë des Barrez, et depuis le dit hostel des dits Célestins, jusques à leur dit autre hostel faisant le coing des dites ruës, et sur la ruë du Petit-Musse, quinze toises quatre pieds et demi de longueur, à prendre entre deux murs mitoyens; pour d'icelle part et portion dudit hostel dessus déclaré et spécifié joüir et user par ledit Genoilhac, ses hoirs et ayans cause, à tousjours perpetuellement pleinement et paisiblement : tout moyennant la somme de deux mille escus d'or sol, valans quatre mille livres tournois, qu'il sera tenu de payer, bailler et délivrer comptant ez mains de nostre amé et féal conseiller et recevеur général de nos finances en nos pays et duché de Normandie Jehan l'Allemant l'aisné, à présent commis par nous à l'exercice de la recepte générale de nos dites finances... pour la dite somme estre par luy convertie et employée au fait de la dite Commission ; que aussi à la charge d'en faire et payer par le dit de Genoilhac à nostre recepte ordinaire de Paris quatre livres tournois de rente par chacun an, et douze deniers parisis de cens portans lots et ventes, saisines et amendes, quand le cas y escherra, au terme Saint-Remy, et de faire reparer bien et suffisamment le dit hostel qui de présent est ruyneux, comme dit est, en manière que ladite rente y puisse estre par nous et nos successeurs prinse et perceüë cy-après...

« Donné à Amboise au mois de novembre

l'an de grâce M.V.XVI et de nostre règne le second.

« Ainsy signé : *François* (1). »

L'extrait de l'acte de cession que l'on vient de lire, est, on l'a vu, absolument complet. Il n'y manque ni la superficie, ni la situation topographique, ni le montant de l'acquisition.

Malheureusement, il est pour ainsi dire incompréhensible en raison du peu de connaissance que l'on a de la configuration de l'ancien hôtel Saint-Pol. Une chose, surtout, déroute, qui est l'indication d'une *ruë des Barrez* qui revient fort souvent, qu'il est impossible de situer, et que l'on ne saurait confondre avec la rue des Barrés qui, selon Jaillot, allait du carrefour des rues du Figuier et de la Mortellerie, à la rue Saint-Paul.

Il est vrai que ce même auteur ajoute : « elle doit son nom aux Carmes, qu'on appelloit ainsi à cause de leurs manteaux de deux couleurs : ces religieux, lors de leur arrivée à Paris, furent établis au lieu qu'occupe les Célestins, où cette rue conduisoit (2). »

Jaillot, d'ailleurs, n'a fait que répéter Sauval lequel, cependant, ne donne pas les aboutissants de la rue des Barrés. Peut-être serat-il permis d'admettre que, si elle se fût terminée à la rue Saint-Paul, ce même Sauval n'eût pas songé de dire qu'elle conduisait au couvent des Carmes, situé à la rue du Petit-Musc, c'est-à-dire à une assez grande distance de là (3) ?

Qu'était-ce donc, alors, que cette voie si difficile à identifier ?

Ou la rue des Barrés s'arrête à la rue Saint-Paul, et alors elle ne conduit pas aux Célestins, ou elle conduit aux Célestins, et alors elle continue son cours sur l'emplacement où se trouve aujourd'hui le quai des Célestins et jusqu'à la rue du Petit-Musc.

Le seul moyen, selon nous, de comprendre l'acte de 1516, c'est d'admettre que la rue des Barrés ne s'arrêtait pas à la rue Saint-Paul, mais qu'elle se prolongeait depuis cette rue jusqu'à celle du Petit-Musc.

Ainsi s'expliquerait l'expression de Sauval et de Jaillot disant qu'elle conduisait aux Célestins.

Il nous serait impossible de dire, à la vérité, si cette rue possédait bien ses deux côtés construits de maisons. L'un des côtés, dans tous les cas, est certain, c'est le côté septentrional, où se trouvait l'*hôtel des Barrez*, vendu par Guillaume de Melun à Charles V pour construire son hôtel Saint-Pol en 1365. Quant au côté méridional, il ne serait autre, selon nous, que l'enceinte fortifiée construite par Charles V, vers cette époque, et reliant la tour de Billy à la tour Barbeau. Cette muraille, en dressant son parcours de la rue Saint-Paul à la rue du Petit-Musc, formait bien, en effet, une véritable rue, suite naturelle de l'autre rue des Barrés.

Deux indications, trouvées dans les *Comptes et ordinaires de la Prévôté de Paris* reproduits par Sauval, indiquent bien l'existence de cette seconde partie de la rue des Barres ou des Barrés :

« Du Compte des confiscations de Paris, pour un an fini à la Saint-Jean-Baptiste, 1421, pour les Anglois... Maison rue des Barres, qui fut à Monseigneur de Préaux absent, tenant d'une part, et aboutissant par derrière à l'Hostel de St Paul, *néant*, parce que Mre Lourdun de Saligny, chevalier, la tient sans en rien payer. C'est la rue des Barrez. »

Et plus loin :

« Maison rue des Barres près St Paul, qui fut au seigneur de Preaulx, tenant d'une part à l'Hostel St Paul.

« Mre Lourdun de Saligny, chevalier.

« Un chevalier Anglois, soi-disant seigneur de Preaulx (1). »

La maison dont il est question n'eût pas pu aboutir à l'hôtel Saint-Pol si elle avait été située dans la rue des Barrés connue.

Tous les anciens plans de Paris, d'ailleurs, dessinés à cette époque, montrent fort exactement la situation que nous indiquons, situation qui s'est prolongée tant que subsista ce mur d'enceinte que l'on trouve encore debout dans les plans de Braun (1530) ; de la Tapinerie (1540) ; d'Olivier Truschet et Germain

(1) *Histoire de la ville de Paris*, par Michel Félibien, 1722, t. III (preuves), p. 574.

Voir aussi le t. II, p. 939, et l'*Hôtel Saint-Pol*, de Bournon, dans les *Mémoires de la Société de l'histoire de Paris*, t. VI, p. 82.

(2) *Recherches sur la ville de Paris*, par Jaillot, 1773, t. III, q. St Paul, p. 4.

(3) *Histoire des antiquités de la ville de Paris*, par Henri Sauval, t. I, p. 113.

(1) *Histoire des antiquités de la ville de Paris*, par Henri Sauval, t. III, p. 290 et 306.

Hoyau, dit le plan de Bâle (1552); de Jacques Androuet du Cerceau (1555); de François de Belleforest (1575).

Le nom de *quay S. Paul* n'apparaît pour la première fois sur les plans qu'en 1652, dans celui de Gomboust.

On trouve la trace de la construction de cette muraille de Charles V, dans l'Extrait du cinquième et dernier compte de Philippe Dacy, payeur des œuvres pour la ville de Paris, commencé le 26 septembre 1366 et finissant le 21 janvier 1368. On y lit :

« Les grands murs nouvellement faits selon la rivière, entre la Tournelle de Barbel et la porte qui est devant les Célestins (1). »

En parlant de cette partie de l'enceinte de Charles V, A. Bonnardot dit que la muraille, entre la rue du Petit-Musc et la rue Saint-Paul, paraît plus basse et dévie deux fois de sa direction primitive : « elle était flanquée de cinq demi-tourelles en encorbellement, sortes d'hémicycles convexes du côté de la Seine, et qui servaient d'*échauguettes*. »

Le même auteur fut aussi fort perplexe à propos du nom de la *porte des Barrez* donné souvent à la porte des Célestins indiquée dans Sauval. Sans savoir exactement où elle se trouvait, il se refuse à la confondre avec une autre *porte des Barrez*, ou des Béguines, située dans l'autre rue des Barrès, entre les rues de la Mortellerie et Saint-Paul (2).

L'embarras de A. Bonnardot, pour la porte, a la même origine que le nôtre pour la rue.

Quoi qu'il en soit, pourtant, on peut dire qu'il y avait, entre l'hôtel Saint Pol et la rivière, le sol d'une rue et le mur de Charles V.

D'ailleurs, l'acte de 1516 ne parle nulle part du bord de la Seine; il n'y est question que des rues du Petit-Musc et des Barrés. Il y a même un passage où l'on parle « d'un petit hostel et cour assis en icelle ruë des Barrez et faisant le coing de la ruë du Petit-Musse. »

Cette indication est absolument formelle et montre bien que la rue des Barrés connue avait une partie, inconnue de nos jours, ou à peu près, qui se prolongeait jusqu'à la rue du Petit-Musc, sur le parcours actuel du quai des Célestins.

On ne saurait, non plus, la confondre avec une autre, puisque la topographie de l'endroit ne comporte que la rue du Petit-Musc, dénommée dans l'acte, et la rue Saint-Paul, qui n'a jamais porté que ce nom. Il ne saurait non plus être question de la rue des Lions, qui n'existait pas encore en 1516, n'ayant été ouverte que vers 1544 (1).

Il ne reste donc, comme susceptible de porter à cette époque le nom de *ruë des Barrez*, entre les rues Saint-Paul et du Petit-Musc, qu'une voie prolongeant l'autre rue des Barrés, aujourd'hui de l'*Ave-Maria*, et dont le sol aurait été celui de l'actuel quai des Célestins.

Nous savons bien, il est vrai, que la tradition, cette impitoyable ennemie des historiens, veut que la partie méridionale de l'hôtel Saint-Pol ait été bordée par la rivière. A la tradition nous opposons un texte qui limite cette même partie méridionale non pas par la Seine, mais par une rue et par un mur au bord de la Seine. C'est grâce à cette rue qu'il est à peu près possible d'identifier les termes vagues de la concession de François Ier à Galiot de Genouillac, en faisant remarquer, toutefois, que les emplacements concédés semblent être plutôt situés vers la rue du Petit-Musc que vers la rue Saint-Paul. Il est étrange, en effet, dans cette concession, de ne pas voir mentionner cette dernière voie, qui est justement le côté vers lequel on place habituellement l'hôtel de Genouillac auquel on a fait succéder, sans le prouver, celui de La Vieuville. La concession faite au grand-maître de l'artillerie n'aurait-elle donc pas été jusque là?

La vérité, d'ailleurs, nous oblige de dire qu'il nous a été impossible de trouver, jusqu'ici, un lien réunissant le prétendu logis de Genouillac à l'hôtel situé au coin de la rue Saint-Paul et du quai des Célestins, qualifié dans la suite hôtel de La Vieuville. Au contraire, le plan de Georges Braun, dont nous avons parlé plus haut, montre vers le milieu de l'emplacement situé entre les rues Saint-Paul et du Petit-Musc, mais plutôt vers cette dernière rue,

(1) *Histoire des antiquités de la ville de Paris*, par Henri Sauval, t. III, p. 126.

(2) *Dissertations archéologiques sur les anciennes enceintes de Paris*, par A. Bonnardot, p. 155 et 214.

(1) Un bail, en date du 29 janvier 1544, de la première place faite au pourpris de l'hôtel de la Reine, au profit de Guillaume de la Ruelle, dit : « ... la première place faitte au pourpris de l'hostel de la Reine, près Saint-Paul à Paris, assise en la rue faite de neuf devans l'hostel de Lions. » (*L'Hotel Royal de Saint Pol*, par Bournon, *loc. cit.*, p. 178).

une vaste cour dans laquelle on accède par une large porte. Cette cour et cette porte pourraient fort bien être ce que la donation de 1516 à Genouillac appelle « la grande cour dudit milieu » ou encore « la porte et entrée par où l'on va à la grande cour cy-après déclarée qui est sur la rue des Barrez. »

Quoi qu'il en soit de la situation exacte de la maison de Galiot, qu'il en ait fait construire une neuve : « qu'il feroit volontiers bastir, construire et edifficr un logis en nostre bonne ville s'il avoit lieu et place... » ou qu'il ait fait réparer celle qu'on lui cédait : « et de faire réparer bien et suffisamment le dit hostel qui de présent est ruyneux », suivant les deux indications contenues dans l'acte de 1516, il est certain que cette maison exista et qu'elle existait encore de 1518 à 1541, années pendant lesquelles on la trouve mentionnée dans des documents authentiques.

Un acte du mois de janvier 1518, par lequel le roi cède à l'église Saint-Paul la partie de l'hôtel Saint-Pol, restant du don fait au sénéchal d'Armagnac, dit, à propos d'un terrain, que l'église a besoin pour la construction d'une chapelle : « ... laquelle chappelle ne leur est possible achever sans avoir ayde de nous, mesmement de la portion de nostre maison vulgairement appellée l'hostel de Sainct-Paoul, joignant et contigue au cymestière d'icelle églize, restant du don que avons faict d'une aultre partye d'icelle maison à nostre amé et féal conseiller et chambellan Galliot de Genilhac, chevalier maistre de nostre artillerye, la plus part de laquelle portion restant et de présent en ruyne et de tout inutille... ».

Dans un rapport du 24 mai 1519, rédigé par les maîtres des œuvres de charpenterie et de maçonnerie à la Chambre des Comptes sur l'état de l'hôtel donné par le Roi à la fabrique de Saint-Paul, on lit :

« ... les lieux, comme ilz se comportent et extendent de toutes parts et de fons en comble, contenant ensemble quattre vingtz dix sept toises et demye de long à prendre du costé de Sainct-Paoul jusques à la dicte rue du Petit-Musse, et soixante-neuf toises et demye aussi de long à prendre du costé de la maison du seneschal d'Arminagnac et des jardins et hostels des Lyons, depuis icelle rue de Petit-Musse jusque contre le mur d'entre le dit petit jardin de la graud court et la court ou jardin de Jehan le Vigoreux, sur cinquante une toises cinq piedz de large à prendre sur la dite rue du Petit-Musse et depuis le jardin de l'hostel de Beautreilliz jusques contre la dicte maison du dict seneschal d'Arminage, et vingt-neuf toises et demye aussy de longueur à prendre sur la dicte rue Sainct-Paoul, depuis le mur du presbitaire jusques à ung hostel que fait edifficr de neuf Guerin Maugué, iceulx lieux et appartenances tenans d'une part en partie au dit presbitaire et cymetière du dict Saint-Paoul, et en aultre partie à la dicte maison du dit seneschal d'Arminage, et en aultre partie au dict hostel et jardin des Lyons, aboutissant par derrière en quelque petite portion au dit jardin du Beautreilliz, et en oultre et plus grant partie à la dicte rue du Petit-Musse et par devant en partie à la dicte rue Sainct-Paoul, et en aultre partie au dict hostel et jardin des Lyons... » (1).

On remarquera, dans ces extraits, dont les originaux remontent aux années 1518 et 1519, que la maison de Galiot de Genouillac, sénéchal d'Armagnac, y est à plusieurs reprises positivement mentionnée, ce qui semblerait indiquer que sa construction est terminée ou que Galiot s'est contenté de restaurer l'hôtel qui lui fut cédé en 1516. Dans tous les cas, en 1518, son logis existe et il semble bien qu'il soit plutôt situé du côté des rues Beautreillis et du Petit-Musc, que du côté de la rue Saint-Paul.

En novembre 1541, divers actes, relatifs à la donation faite à l'église Saint-Paul par François Ier, mentionnent encore la maison du grand écuyer de France, c'est-à-dire de Galiot de Genouillac, qui vit toujours.

Me Jehan Batier, maître maçon, demeurant rue de la Huchette, qui a visité les lieux avec Pierre Chambiges, maître des œuvres de la Ville, écrit que la partie de l'hôtel Saint-Pol donnée à l'église tient au cimetière de la paroisse et au jardin de l'hôtel de Beautreillis, qui s'étend derrière ledit cimetière et jusqu'à la rue du Petit-Musc, d'une part, d'autre part, elle tient *au Grand-Ecuyer*, ce qui veut dire à la maison du Grand-Ecuyer, et aboutit, d'un bout à la rue Saint-Paul, et, d'autre bout, à la rue du Petit-Musc.

Jehan Goulard, un autre maître maçon, demeurant rue de la Champvairrerie, fait, à la même date, à peu près la même déclaration. Selon lui, la portion cédée à l'église était celle :

« Tenant d'une part au cymetière Sainct-

(1) *L'hôtel royal de Saint-Pol*, par F. Bournon, *loc. cit.*, pièces justificatives, p. 159 et 163.

Pol et au jardin du Beautreilliz qui est au dessus du dict cymetière, d'austre costé au maistre de l'artillerie, aboutissant d'un bout à la rue Sainct-Pol, et d'autre à la rue qui respond aux Celestins et s'en va au port des Barrez. »

Le maître de l'artillerie, c'est Galiot de Genouillac, et la rue qui répond aux Célestins, celle du Petit-Musc.

Dans un autre rapport des maîtres de charpenterie et de maçonnerie à la Chambre des Comptes, du 24 novembre 1541, il est encore question de la maison du sénéchal d'Armagnac, toujours indiquée comme située près des jardins et l'hôtel du Beautreillis, vers la rue du Petit-Musc (1).

Le bénéficiaire de cette donation faite par François Ier, était Jacques Ricard de Genouillac, dit Galiot, de la maison de Gourdon de Genouillac, branche des seigneurs d'Acier, chevalier de l'ordre, grand écuyer de France, sénéchal d'Armagnac et de Quercy, chambellan du Roi. Il naquit, vers 1466, dans le Quercy, et était neveu de Jacques Ricard de Genouillac, grand-maître de l'artillerie, sous lequel il fit ses premières armes. Il assista à la bataille de Fornoue, à celle d'Agnadel et fut nommé, en 1512, à titre provisoire, grand-maître de l'artillerie pour être confirmé peu de temps après dans cette fonction. On le trouve à la bataille de Marignan, en 1515; il ravitaille la ville de Mézières, assiste à la bataille de Pavie, en 1525, et fait partie, en 1528, le 28 février, de la délégation qui vint au Bureau de Ville pour traiter de la rançon du roi. Il se retire enfin dans sa seigneurie d'Acier où il avait fait construire un château magnifique, pour les frais duquel, et pour d'autres, on l'accusa auprès du roi de s'être enrichi à ses dépens. Mais François Ier ne voulut rien en croire et le nomma gouverneur du Languedoc en 1545. Il mourut en 1546, âgé de plus de 80 ans.

Sa première femme, qui ne lui donna pas d'enfant, fut Catherine d'Archiac, dame de Louzac, fille de Jacques d'Archiac, baron de Louzac et de Marguerite de Lévis.

Sa seconde était Françoise de La Queille, fille de François, seigneur de La Queille, et de Marguerite de Castelneau, qui lui donna :

1. François Ricard de Genouillac, seigneur d'Acier, né en 1516, mort au commencement de l'année 1544, de blessures reçues à la bataille de Cerisolles, et qui avait épousé, en 1534, sans en avoir d'enfants, Louise d'Estampes, morte le 22 juillet 1575 après un remariage, en 1544, avec Jacques de Menou de Bauffay. François avait été élevé soigneusement et instruit par Guillaume Mainus ou du Maine, abbé de Beaulieu, par Guillaume Budé et par D. Théocrène, instituteur des enfants de France. Il avait obtenu, par survivance, la place de grand-maître de l'artillerie que possédait son père. On le trouve au siège de Luxembourg et à celui de Landrécies où il fait ravitailler la Ville; il fait aussi partie du corps d'armée destiné à mettre la Picardie à l'abri des Anglais et part ensuite pour l'Italie, où il tombe à la bataille de Cerisolles couvert de blessures qui entraînèrent sa mort.

Au moment de son décès, il donna, les 15 mars et 3 avril 1544, à son père, les terres et seigneuries de Maguet, Presles et Vaux-en-Berry, les revenus de la seigneurie de la Queille, en Auvergne, et tous les biens à lui advenus par le décès de Jacqueline de la Queille, femme de Robert Stuart, maréchal de France, sa tante, ladite donation faite pour rémunérer son père « des grands biens, honneurs et nourritures qu'il en a receues » (1).

2. Le second enfant de Jacques de Genouillac fut Jeanne Ricard de Genouillac, dame d'Acier, héritière de sa branche par le décès de son frère.

Jeanne avait épousé, en premières noces, par contrat passé à Charmes, le 29 juillet 1523, Charles de Crussol, vicomte d'Uzès, sire de Crussol, de Beaudinier, de Levis, de Florensac; et, en secondes noces, Jean-Philippes, comte palatin du Rhin. Elle testa, en 1566, et mourut, au château d'Acier en Quercy, le jeudi 1er mai 1567.

Charles de Crussol mourut à Narbonne, le 2 mars 1546, laissant douze enfants de son mariage avec Jeanne de Genouillac.

(1) *L'hôtel royal de Saint-Pol*, par Fernand Bournon, *loc. cit.*, pièces justificatives, p. 167, 170, 172 et 173.

(1) *Inventaire des Insinuations du Châtelet de Paris, pour François Ier et Henri II, par A. Tuetey*, p. 144, n° 1335.

CHAPITRE II

LES PREMIERS PROPRIÉTAIRES DE L'HÔTEL. — JEHAN LYONNE, RECEVEUR DE L'ÉCURIE DU ROI. — LE TROU PUNAIS. — LA MAISON DU SEIGNEUR D'AUMONT DANS L'HÔTEL SAINT-POL. — LE MARIAGE DU MÉMORIALISTE PIERRE DE L'ESTOILE AVEC LA FILLE DE JEAN DE BAILLON. — LA DAME FULVIA PIC DE LA MIRANDOLE. — VINCENT BOUHIER DE BEAUMARCHAIS CONSTITUE SON HÔTEL. — MARIAGE DE MARIE BOUHIER AVEC CHARLES DE LA VIEUVILLE. — LES LA VIEUVILLE A LA RUE SAINT-PAUL.

Nous avons dit notre impossibilité de rattacher le grand-maître de l'artillerie de François Ier à l'Hôtel de La Vieuville par des documents plus précis que celui de la cession de 1516. Nous pensons, en effet, que l'hôtel en question ne peut pas se confondre avec le logis de Galiot de Genouillac et qu'il faut écarter ce dernier du coin de la rue Saint-Paul.

Voici sur quoi nous nous basons pour l'avancer.

Nous avons réuni, provenant de sources différentes, mais d'une façon certaine et ininterrompue, la liste des propriétaires de l'hôtel, dit de La Vieuville, depuis l'année 1564.

Dans une pièce provenant de l'étude de Me Blanchet, notaire, 11, rue de Beaujolais — que l'on trouvera reproduite in extenso dans nos pièces justificatives — pièce annexée à un acte de vente de l'hôtel, en 1741, sur lequel nous reviendrons, nous voyons un échange passé devant Delavigne et Trouvé, notaires à Paris, le 10 juillet 1564, entre Jean de Baillon, conseiller du roi, trésorier de son Epargne, et Marguerite Godefroy, veuve en premières noces de Me Guillaume de Saffray, receveur des décimes du roi, et en deuxièmes noces, de Jean Lionne. En vertu de cet échange, ladite Marguerite Godefroy vendait audit sieur de Baillon une grand maison en la censive du roi, et chargée d'un chapeau de roses estimé 6 deniers parisis de cens, sise à Paris, rue Saint-Paul (1).

Or, un acte du 2 avril 1540 dit exactement ceci : « Jehan Lyonne, receveur de l'escurye du roy, reconnoît être détenteur d'une maison appelée l'hôtel d'Aumont, sise rue Saint-Pol au coin de la rue des Barrez vis-à-vis le trou Punaiz (1). »

Nous pensons qu'il ne saurait y avoir aucun doute entre le logis que reconnaît posséder Jehan Lyonne, en 1540, et celui que vend la veuve de Jean Lionne, en 1564. L'identité est d'ailleurs complète au point de vue de la situation topographique, la rue des Barrez étant devenue de nos jours, le quai des Célestins.

Qu'était-ce que ce *Trou-punaiz* dont il est question ici ?

Sauval nous apprend qu'il y avait autrefois, outre les grands égouts, de plus petits caniveaux que l'on appelait, des éviers, des décharges, des gargouilles, et, auparavant, trous-punais, trous-gaillard, trous-bernard.

« La décharge du bout de la rue des Célestins, dit-il, ou plutôt une autre tout contre, qui était là anciennement, se nommait Trou-Gaillard, en 1546.

« Aux environs il s'en trouvait deux autres en 1549, 1552 et 1554 à qui on donnoit le nom de Trou-punais ; dont l'un apparemment étoit au bout de la rue Saint-Paul, et l'autre certainement au port-au-foin (2). »

Le trou-punais, qui se trouvait vis-à-vis la rue Saint-Paul, était donc une sorte de petit égout, rigole ou gargouille, qui conduisait les eaux résiduaires de ladite rue dans la Seine, et dont la bouche, le trou, devait se trouver sur la berge. Le glossaire de Félibien nous

---

(1) Cette charge d'un chapeau de roses est un vestige des coutumes du moyen-âge. Dans l'espèce elle était une redevance attachée à l'immeuble et que devait payer l'acquéreur. Elle était estimée à 6 deniers parisis de cens au lieu des fleurs qui eussent été exigibles aux temps anciens. Dans le droit coutumier ou droit ancien, un *chapel de roses* était une libéralité de peu d'importance que le père faisait à sa fille en se mariant pour lui tenir lieu de dot. On disait couramment « cette damoiselle n'a pour légitime qu'un *chapel de roses* ». Un hommage fort lointain dans notre histoire s'appelait aussi le *Droit des roses*, et en vertu duquel les ducs et pairs, soit qu'ils fussent prince ou fils de France, étaient tenus de porter tous les ans des roses au Parlement. Le roi lui-même acquittait ce droit envers cette Assemblée. A Paris, celui qui écrivait sous le greffier du Parlement avait aussi son droit de roses, des boutons et des chapeaux de roses. (Voir Sauval concernant le droit envers le Parlement, T, II, p. 446.)

(1) *L'hôtel royal de Saint-Pol*, par F. Bournon, *loc. cit.*, p. 75. (*Bibl. nat.*, manuscrits fonds français. 26,310 n° 24.)

(2) *Histoire des antiquités de la ville de Paris*, par Henri Sauval. T. I, p. 253.

2

donne l'étymologie de son nom, qui vient de *punaisie*, puanteur. On trouvera plus loin une autre mention de ce même trou-punais, à propos de l'acquisition d'une maison située rue des Barrés.

Une ruelle, dite du Trou-punais, existait aussi en 1508 et aboutissait à la rue de la Bûcherie et à la rivière.

Le cul-de-sac Gloriette, situé rue du Petit-Pont, à l'extrémité de la rue de la Huchette et communiquant avec la rivière, s'appela également le Trou-punais.

Il est probable que ces deux dernières voies n'en font qu'une, mais il est intéressant de retenir qu'il s'agit toujours du bord de la rivière, déversoir naturel des égouts portant cette dénomination.

Nous voici donc en présence d'un hôtel d'Aumont qui, en 1540, appartient à Jehan Lyonne, receveur de l'écurie du Roi, et qui occupe l'encoignure de la rue Saint-Paul et de la rue des Barrés, actuellement quai des Célestins.

Cet hôtel d'Aumont, d'ailleurs, est déjà fort ancien en 1540, puisque, dans un acte du 5 octobre 1418, il est qualifié « l'hostel qui fu à feu le seigneur d'Osmont ». L'acte dont il s'agit avait pour but de réunir à l'hôtel Saint-Pol, pour y loger deux grands-maîtres de l'hôtel de Charles VI, une maison qui en avait jadis fait partie, la maison de feu Jehan de Roussay, joignant celle de feu le seigneur d'Osmont, situées toutes les deux sur l'emplacement acquis par Charles V, en 1365, aux archevêques de Sens, pour la formation du logis des *grans esbattemens*.

Ledit acte de 1418, en effet, signale que la maison de Jehan de Roussay, incorporée de nouveau à l'hôtel Saint-Pol, le 5 octobre de cette année, en avait été distraite antérieurement : « lequel hostel fu anciennement et doit estre de nostre demaine et des appartenances d'icellui nostre hostel » (1).

Nous pensons, néanmoins, que cette maison de Jehan de Roussay n'était pas un démembrement de l'hôtel Saint-Pol et n'en avait pas été détachée par une vente, mais simplement cédée ou mise à sa disposition, pour une cause ou pour une autre, comme certains logis renfermés dans le pourpris du domaine royal de Saint-Pol l'étaient à des dignitaires ou officiers du Roi ou de la Reine. Et la preuve, c'est que Charles VI, quand il en a besoin pour le logement des deux Maîtres de son hôtel, la reprend purement et simplement sans qu'il soit question de paiement.

(1) *L'Hôtel Royal de Saint-Pol*, par Bournon, *loc. cit.*, p. 75.

C'est du moins ce qu'il semble ressortir d'une lecture attentive de l'acte du 5 octobre 1418 et de son enregistrement par la Chambre des Comptes, le 11 octobre suivant, tous deux reproduits par M. F. Bournon (1).

C'était fort probablement le cas de « l'ostel de feu Monseigneur d'Osmont » affecté par les Rois Charles V et Charles VI au logement des personnages et dignitaires de ce nom, et dont la descendance forma l'illustre famille des maréchaux de France et ducs d'Aumont.

Pierre, Ier du nom, sire d'Aumont, seigneur de Bertecourt, de la Neuville, Moucy-le-Perreux, etc., chevalier, fut conseiller et chambellan des Rois Jean et Charles V.

De nombreux mandements de ce dernier le mentionnent comme « féal et amé chevalier et chambellan, messire d'Omont », notamment en 1364 où il est question du prix de sa rançon que le trésor royal contribue à payer, ainsi que celle de son fils Philippe. Pendant la même année, le Roi l'envoie au devant du duc de Bretagne et lui fait également payer une somme de 1,000 francs d'or, à propos de la garde qu'il fit, au temps du roi Jean, du château de Neaufle-lez-Gisors. On trouve aussi sa signature, donnée en qualité de membre du Conseil du Roi, au bas d'un certain nombre d'actes (2).

Le personnage dont il s'agit servit dès l'année 1347. Il était, en 1350, l'un des quatre chambellans du Dauphin de Viennois, duc de Normandie, plus tard Charles V. Il mourut le 10 avril 1381 et fut enterré à l'abbaye de Ressons. Cinq ans après sa mort, Charles VI fit faire ses obsèques, en l'église des Célestins de Paris, le 4 juin 1386. Il s'était marié avant 1343 à Jeanne du Delouge, qui fut gouvernante de Charles VI alors qu'il était Dauphin. Le document ci-dessous consacre la satisfaction que ce couple dévoué donnait à Charles V

(1) *L'Hôtel-Royal Saint-Pol*, par F. Bournon *loc. cit.*, p. 147 à 150.

(2) *Collection des documents inédits sur l'Histoire de France. — Mandements et actes divers de Charles V*, par Léopold Delisle, p. 30, 31, 56, 60, 62.

pour la façon dont il élevait et nourrissait son fils Charles :

« A Paris, en nostre hostel de Saint-Pol, 22 janvier 1373.

« Charles ..... pour consideracion et en recompensacion dès très bons et très aggréables services que nostre amé et feal chevalier et chambellan Pierre d'Omont et nostre chiere et bien amée la dame d'Omont, sa femme, ont fait et font chascun jour à la très bonne garde et à la belle et bonne nourreture de Charles, nostre ainsné filz, dont nous nous reputons et sommes très grandement tenuz à eulx, nous, pour ce qu'il soit memoire perpetuele de la bonne garde et de la bonne et belle norreture qu'il ont fait de nostre dit filz leur avons donné et donnons par ces presentes la somme de deux mile frans d'or à prandre et avoir une foiz des deniers des aides ordennez pour la guerre, de grace especial, pour convertir en heritage perpetuel pour eulx et pour leurs hoirs... »

« Par le Roy,

« P. Blanchet (1). »

Déjà, le 13 juin 1369, le roi avait donné à la gouvernante un hanap à pied couvert pour ses bons services; le 3 février 1372, elle reçoit encore, ainsi que les femmes de chambre du Dauphin, 300 livres. Jeanne Du Delouge mourut le 12 septembre 1392 et fut inhumée à l'abbaye de Ressous (2).

Sans nul doute, Pierre d'Aumont et sa femme habitaient cet hôtel d'Aumont compris dans les dépendances de l'hôtel Saint-Pol, qui sera plus tard la propriété de Jehan Lyonne et ensuite l'hôtel de La Vieuville. Ils avaient vraisemblablement deux raisons pour cela, le mari étant conseiller et chambellan du Roi, et son épouse, gouvernante du jeune Dauphin.

Du mariage de Pierre Ier, sire d'Aumont, et de Jeanne Du Delouge, naquirent :

a) Philippe d'Aumont, chevalier, qui suivit le métier des armes et en faveur duquel Charles V ordonna de payer, en 1364, 2,000 fr. d'or pour sa rançon (3).

b) Trois filles : Perronnelle d'Aumont, femme de Philippe de Mainbeville; N. d'Aumont, dame de Saint-Clair; N. d'Aumont, dame d'Avenay.

c) Pierre, IIe du nom, dit *Hutin*, sire d'Aumont, de Cramoisy, de Méru, de Chars, de Néaufle-le-Chastel, chevalier, conseiller, premier chambellan du roi Charles V et *retenu* premier chambellan de Charles VI lorsqu'il n'était encore que Dauphin, avant l'an 1373.

En 1377, il est qualifié de « amé et féal chevalier et chambellan Hutin d'Aumont » dans un acte en vertu duquel il lui est attribué deux cents francs d'or en récompense de ses services et aussi, dit Charles V, « pour paier ung coursier qu'il a entencion d'acheter pour nous servir en noz guerres ».

Il est encore question de lui dans un autre mandement :

« A Montargis, 3 décembre 1379, Charles V donne une somme de 500 francs à « nostre amé et féal chevalier Hutin d'Omont, chambellan de nous et de nostre très chier et aisnez filz Charles, Dauphin de Viennois.

« Par le Roy,

« L. Blanchet (1). »

Le 28 juillet 1397, il est nommé porte-oriflamme de France et en reçoit la garde des mains du Roi, qui la lui confie de nouveau, à Saint-Denis, le jour de la Saint-Jean-Porte-Latine qui est le 6 mai 1412.

Précédemment, il était encore qualifié, dans un acte du 21 février 1402 : *Sire d'Aumont du Conseil du Roi* (2).

Pierre II avait été également capitaine et garde du château de Neaufle. Il mourut le mercredi 13 mars 1413 et fut inhumé à l'abbaye de Ressous.

Les quarante années passées sous le harnoi par le Hutin ci-dessus ne l'empêchèrent pas de contracter trois unions.

Sa première femme fut Marguerite de Beauvais, dame de Remangis, mariée en 1367, qui ne lui donna pas d'enfants.

La seconde, Jacqueline de Chastillon, dame de Cramoisy, mariée le 19 janvier 1382, fille de Jean de Chastillon, souverain maître d'hôtel

(1) *Collection des documents inédits sur l'Histoire de France. Mandements et actes divers sur Charles V*, par M. Léopold Delisle, *loc. cit.*, p. 525.

(2) *Le Père Anselme*, t. IV, p. 870.

(3) *Mandements et actes de Charles V, loc. cit.*, p. 62.

(1) *Collection des documents inédits sur l'Histoire de France. Mandements et actes divers de Charles V*, par M. Léopold Delisle, *loc. cit.*, p. 710 et 917.

(2) P. Anselme, *loc. cit.*, t. VIII, p. 207.

du Roi, qui était logé également à ce titre dans l'hôtel Saint-Pol, mourut le 17 novembre 1390 en laissant trois enfants :

Pierre d'Aumont, seigneur de Cramoisy, époux de Claude de Grancey; Marguerite d'Aumont, femme du seigneur d'Aigremont; Jacques d'Aumont, chambellan du Roi et son écuyer d'honneur, mort à la bataille de Nicopolis en 1396.

La troisième femme de Hutin d'Aumont, Jeanne de Mello, dame de Clery, mourut le 3 août 1408 et fut inhumée à l'abbaye de Ressous. Elle ne laissa pas moins de six enfants, savoir :

Jean IV, dit Hutin, ci-après; Jeanne; Marie; Blanche; Catherine; et N. dame de Seans et de Montreuil.

Jean, IVe du nom, dit Hutin, sire d'Aumont, de Chars, de Chapes, de Cléry, de Méru, chevalier, fut honoré de la dignité d'Echanson du Roi.

Il s'attacha d'abord à la personne de Jean, duc de Bourgogne, en raison des grands biens qu'il possédait dans cette province; puis, il rendit d'importants et signalés services aux rois Charles VI et Charles VII dans les guerres contre les Anglais. Il mourut à Azincourt en 1415. Jean IV fut marié le 23 mai 1405 à Yolande de Château-Villain qui lui donna quatre enfants : Hutin d'Aumont; Jacques, seigneur d'Aumont; Guillaume d'Aumont et Bonne d'Aumont. Le second de ces enfants, Jacques d'Aumont, devint conseiller de chambellan de Philippe-le-Bon, duc de Bourgogne. Il guerroyait encore en 1430 et mourut une vingtaines d'années après. Ni lui, ni ses descendants, d'ailleurs, ne nous intéressent plus, puisqu'ils n'ont plus l'occasion d'habiter dans le logis des *grans esbattemens* qui commence, vers cette époque, à n'être plus que des ruines.

Aussi bien, nous n'irons pas plus loin dans l'énumération des membres de la maison d'Aumont. Notre intention, en ce qui les concerne, était simplement de montrer que les fonctions qu'ils remplissaient auprès des Rois Charles V et Charles VI : conseillers, chambellans, porte-oriflamme, échanson, gouvernante du Dauphin, impliquaient très certainement leur habitation, dans l'hôtel Saint-Pol, du logis encore qualifié d'Aumont dans un acte de 1418 et au portail duquel était buriné le vieil écu de la famille : *d'Argent au chevron de gueules, accompagné de sept merlettes de même, 4 en chef et 3 en pointes.*

Il y a donc, on le voit, de grandes probabilités pour que l'hôtel vendu par Marguerite Godefroy, en 1564, soit le même que celui qui appartenait à Jehan Lyonne, son mari, en 1540 et qui s'appelait, en 1418, « l'Ostel de feu Monseigneur d'Osmont », alors qu'il était compris dans le domaine royal de Saint-Pol.

On estimera peut-être aussi que son existence, en cet endroit, de 1418 à 1540, est une raison de plus pour penser que la concession Galiot de Genouillac, faite en 1516, ne devait pas s'étendre jusqu'à la rue Saint-Paul.

Nous ne pouvons dire, néanmoins, n'en n'ayant trouvé nulle trace et ignorant ce qui s'est passé de 1418 à 1540, à quelle époque et par qui furent construites les curieuses façades en briques et pierres qui se dressent sur la cour de la rue Saint-Paul, n° 4, et que nous avons décrites dans notre travail de 1902. Tout ce qu'il nous est possible d'indiquer, c'est que, lors de la visite faite à cette maison par la Commission du Vieux Paris, deux membres éminents de cette Commission, MM. Selmersheim et Formigé, architectes et archéologues, qui appartiennent également au Comité des monuments historiques de l'Etat, estimèrent qu'elle pouvait avoir été construite à la fin du XVe siècle ou à l'extrême commencement du XVIe.

Mais revenons à la veuve de Jean Lionne.

Nous avons vu la vente faite par elle, à Jean de Baillon, de sa maison de la rue Saint-Paul, le 10 juillet 1564.

Jean de Baillon, baron de Bruyère-le-Châtel, seigneur d'Olainville, trésorier de l'Epargne, serait un inconnu pour nous, et pour beaucoup d'autres, s'il n'avait marié sa fille, probablement dans ce vieil hôtel de la rue Saint-Paul, avec le célèbre mémorialiste-journaliste, Pierre de L'Estoile.

C'est de lui que son gendre disait, à propos de la vente de sa terre d'Olainville :

« Ceste terre estoit à feu Jean de Baillon, trésorier de l'Espargne, le plus homme de bien de comptable que la France ait jamais eu (1). »

Jean de Baillon avait épousé Marie de Hacqueville qui lui donna sept enfants :

1° Guillaume de Baillon, maître des Comptes, époux de Marie Séguier, fille de Nicolas Séguier, maître des Comptes;

(1) *Mémoires-Journaux de Pierre de l'Estoile.* Paris, Lemerre, 1896, t. I, p. 141.

2° Anne de Baillon, née vers 1550, mariée le 24 février 1569 avec Pierre de l'Estoile ;

3° Marie de Baillon, mariée à René Crespin, seigneur du Gast des Loges, maître des Requêtes et conseiller du Roi ;

4° Une autre fille, mariée à un gentilhomme du nom de Moridon ;

5° Un fils, de Baillon de Loans ;

6° Un autre fils, de Baillon de Januris, décédé en janvier 1611 ;

7° Un dernier fils, de Baillon de Fresneau, secrétaire du cardinal de Sourdis, mort le 9 mars 1603 (1).

Quand Pierre de L'Estoile contracta son mariage avec Anne de Baillon, il y avait tout au juste cinq ans que son beau-père occupait le logis de la rue Saint-Paul. Comme nous le disons plus haut, il est donc probable que le précurseur du *reportage* moderne y vint faire sa cour à sa fiancée et s'y maria.

Il était fils de Louis de L'Estoile, président des Enquêtes au Parlement de Paris, comme son père et son grand-père, et de Marguerite de Montholon, fille du garde des Sceaux, François de Montholon. Il était né à Paris, en 1546, vraisemblablement dans l'hôtel qui, affecté aujourd'hui à la Garde républicaine, porte, sur la rue de Tournon le n° 10, et appartenait à son père en 1543. On sait que cette demeure fut aussi celle du maréchal d'Ancre, Concino Concini.

Pierre de L'Estoile, seigneur de Soullers, de la Cour du Bois, de Gland, etc., grand audiencier à la Chancellerie de France, est, on le sait, l'auteur de *Mémoires-Journaux*, écrits au jour le jour, non pas pour la postérité, mais pour son plaisir personnel et, afin d'éviter à sa mémoire la recherche souvent laborieuse d'un souvenir. Ces *informations*, brèves, naïves et justes, renseignent et documentent le chercheur, sur les périodes de la Ligue et du règne de Henri IV, de ces menus faits, qui sont souvent l'explication de plus importants, et que l'on chercherait en vain dans la *grande histoire*, trop solennelle et trop dédaigneuse du détail pour les enregistrer.

Pierre de L'Estoile nous apprend lui-même la mort de sa femme :

« Le dimanche 4 septembre 1580, entre midi et une heure, mourust heureusement en Nostre-Seigneur, en l'aage de trente ans, au logis du controlleur de Bourges, à Lagni, sage et vertueuse damoiselle Anne de Baillon; son corps repose à Pomponne. »

Et à la suite de cette information, une longue pièce lyrique composée de quarante-deux vers, chante les louanges de la trépassée :

Sonnets sur son trespas :

Dans ce triste cercueil gist d'une sage dame
Le corps muet sans plus : car ce qu'elle eut de [beau,
Vit par cest Univers non subject au tombeau,
Qui en receut le vain, quand le ciel prit son ame.
. . . . (1)

Après le décès de cette dernière, Pierre de L'Estoile épousa en secondes noces, le 2 janvier 1582, Colombe Marteau, fille de Marteau, seigneur de Gland, qui lui donna encore six filles et quatre garçons, ce qui, avec les sept enfants de Anne de Baillon, le mit à la tête d'une descendance de dix-sept rejetons. Il mourut le 8 octobre 1611 et fut inhumé dans l'église Saint-André-des-Arts.

Souvent, au cours de ses relations, il a parlé de sa seconde femme en des termes qui nous le montrent comme le modèle des maris et nous renseignent sur les mœurs d'alors et sur la façon dont les Espagnols renouvelaient leur trésor de guerre, avec les rançons prélevées sur d'innocentes voyageuses :

« Le mardi, 4 aoust (1590) veille de Notre-Dame, sortit de cette ville de Paris ma femme, grosse, prête d'accoucher; et emmena avec elle Anne de L'Estoile et mon petit Mathieu, avec sa nourrice et sa Germaine, et se retira avec ma mère à Corbeil, qui lui fut une chère sortie et, à moi aussi, toutefois comme necessitée et du conseil de son frère, pour la grande famine qui était ici. On m'acheta ce jour deux œufs vingt sols. »

« Le jeudi 18 octobre 1590, qui était le jour Saint-Luc, j'eu nouvelle que ma femme était prisonnière entre les mains des Espagnols à Corbeil, et qu'elle avait été mise à cinq cents écus de rançon.

« Le lundi 22 octobre, je reçus lettres de ma femme, par lesquelles elle me mandait qu'elle avait été mise à cent soixante-quinze écus de rançon que Mademoiselle Miron avait

(1) *Mémoires-Journaux de Pierre de l'Estoile*. Paris, Lemerre, 1896, t. 12, p. XXXVIII.

(1) *Mémoires-Journaux de Pierre de l'Estoile*, Paris, Lemerre. 1896, t. 12, p. VI,

payés pour elle et qu'elles s'étaient retirées à Villeroy.

« Le mercredi dernier jour d'octobre, veille de la Toussaint 1590, ma femme revint à Paris en sa maison, sous la conduite de Dieu, qui l'a préservée d'aussi grands hasards que femme ait courus il y a longtemps. De quoi je prie Dieu qu'elle puisse faire son profit, et moi aussi (1). »

Il nous faut, maintenant, revenir à Jean de Baillon.

Ce fut probablement à sa mort que sa veuve vendit l'hôtel de la rue Saint-Paul. Le 17 juin 1572, en effet, devant Trouvé, notaire à Paris, Marie de Haqueville, veuve de Jean de Baillon, tant en son nom que comme tutrice et curatrice de leurs enfants mineurs, vend ladite maison à Mre Guillaume de Marzillac, chevalier, seigneur de Ferrières, contrôleur général et intendant des Finances.

Au mois de mai 1576, par contrats du même notaire, des 24 et 29 dudit mois, les héritiers et ayants droit de Guillaume de Marzillac, ainsi qu'il est mentionné dans l'acte reproduit aux pièces justificatives, vendent l'immeuble à « haute et puissante dame Fulvia Pica de La Mirande, dame douairière, veuve de haut et puissant seigneur, Mre Charles de La Rochefoucauld, chevalier de l'ordre du Roi ».

Charles de La Rochefoucauld appartenait à la branche des comtes de Randan, dont sa femme porta le nom, ainsi qu'il est constaté dans l'acte que nous analysons et dans lequel elle est qualifiée de dame de Randan de La Rochefoucauld.

Fulvie Pic de La Mirandole ou Fulvia Pica de La Mirande, appartenait à l'ancienne maison des Pic, ducs de La Mirandole et comtes de Concordia, en Italie, princes de l'Empire, déjà connus en 1110.

Le personnage de cette maison, qui fut particulièrement célèbre par son savoir, qui connaissait vingt-deux langues à l'âge de 18 ans et qui fut surnommé *le Phœnix de son siècle*, était Jean Pic, né le 14 février 1463, mort le 17 novembre 1494. Il était fils de Jean-François Pic, seigneur de La Mirandole, comte de Concordia, et de Julie Bojardi.

Jean-François Pic et Julie Bojardi avaient eu pour enfants :

Galeotti Pic, dont nous parlerons plus loin; Jean Pic, *le Phœnix de son siècle*; Antoine-Marie Pic, que son frère aîné chassa de La Mirandole, et qui mourut en 1502; Catherine Pic et Constance Pic.

Galeotti Pic ci-dessus, seigneur de La Mirandole, fils de Jean-François et de Julie Bojardi, épousa Blanche-Marie, fille de Scipion d'Est, dont il eut :

Jean-François Pic, IIe du nom; Frédéric Pic; Louis Pic et Magdeleine Pic.

Jean-François Pic, IIe du nom, ci-dessus, seigneur de La Mirandole, comte de Concordia, avait épousé Jeanne Caraffe, fille de Jean-Thomas, comte de Madalone, dont il eut : Jean-Thomas, Paul-Albert, Cécile, Anne, Julie et Béatrix. Il fut assassiné au mois d'octobre 1533 par son neveu, Galeotti Pic, fils de son deuxième frère, Louis.

Ce Louis Pic, troisième fils de Galeotti et de Blanche-Marie d'Est, avait épousé Françoise Trivulce, fille de Jean-Jacques Trivulce, surnommé *le Grand*, marquis de Vigevano, dont il eut Galeotti II (l'assassin de son oncle); Louis, évêque de Limoges, et Olive.

Galeotti, IIe du nom, comte de La Mirandole et de Concordia, était entré la nuit dans la ville de Mirandole avec quarante hommes d'arme, avait tué son oncle Jean-François et son cousin Paul-Albert, mis sa tante et ses cousins en prison, et livré Mirandole aux Français contre une forte récompense. Il s'était marié avec Hypolyte de Gonzague, fille de Louis de Gonzague, prince de Bozzolo, qui lui donna, comme enfants :

Louis Pic, IIe du nom, comte de La Mirandole et de Concordia, mort en 1574; Silvie, mariée à François, comte de La Rochefoucauld, et Fulvie ou Fulvia, femme de Charles de La Rochefoucauld, comte de Randan, qui fut la dame de l'hôtel dont nous nous occupons, l'arrière petite-nièce du savant et précoce Italien cité plus haut, et dame d'honneur de la reine Louise de Lorraine, femme du roi Henri III.

Disons que Jean-Thomas Pic, fils et frère des deux assassinés de La Mirandole, tenta inutilement, en 1536, de rentrer en possession des

(1) *Journal de L'Estoile*. Extraits publiés par Armand Brette et Edme Champion. Colin, 1906, in-12, p. 129 et 134.

M. Armand Brette a eu l'heureuse idée d'extraire des douze tomes des *Mémoires-Journaux* de L'Estoile, la valeur d'un volume composé des matières les plus substantielles du grand ouvrage, choisies avec beaucoup de discernement et un sens profond du renseignement historique. C'est à ce volume que nous empruntons les quatre informations relatives à la seconde femme de Pierre de L'Estoile. L. L.

états de son père. Il avait épousé Charlotte des Ursins (1).

Quant au mari de Fulvia, Charles de La Rochefoucauld, né en 1525, il était fils puîné de François, IIe du nom, comte de La Rochefoucauld, mort en 1533, et d'Anne de Polignac, dame de Randan. Il fut seigneur, puis comte de Randan, seigneur du Luguet, Cigogne et Cellefroin, chevalier de l'ordre du Roi, capitaine de cinquante hommes d'armes des ordonnances, colonel général de l'infanterie française. Il servit à la défense de Metz en 1552 où il commandait cent chevau-légers et où il livra le fameux combat contre Dom Henriquez de Manrique, lieutenant de Louis d'Avila, colonel-général de la cavalerie de l'Empereur, qu'il battit complètement. Envoyé comme ambassadeur en Angleterre sous François II, il y traita de la paix avec l'Ecosse et à son retour participa au siège de Bourges où il fut blessé. Il mourut d'une autre blessure reçue au siège de Rouen, le 4 novembre 1562, à l'âge de trente-sept ans, et son inhumation eut lieu dans la cathédrale de cette ville.

Fulvia lui avait donné plusieurs enfants, savoir :

1. Jean-Louis de La Rochefoucauld, comte de Randan, baron du Luguet, chevalier de l'ordre du Roi, gouverneur d'Auvergne, capitaine de cent hommes d'armes. Il avait suivi le parti de la Ligue et fut tué le 10 mars 1590 en voulant recouvrer Issoire, enlevée par les Royalistes. Sa femme fut Isabel de La Rochefoucauld, fille puînée de François III, comte de La Rochefoucauld, et de Charlotte de Roye, comtesse de Roncy, sa femme. Ils eurent une fille, Marie-Caroline de La Rochefoucauld, en l'honneur de qui le comté de Randan fut érigé en duché en 1661.

Les autres enfants de Fulvia et de Charles de La Rochefoucauld furent :

2. François, cardinal de La Rochefoucaud ;

3. Charles de La Rochefoucauld ;

4. Alexandre de La Rochefoucauld, prieur de Saint-Martin-en-Vallée ;

5. Marie-Sylvie de La Rochefoucauld, épouse de Louis de Rochechouart (2).

La terre de Randan qui, à une époque, donna son nom à l'hôtel qui nous occupe, était entrée dans la maison de La Rochefoucauld par le mariage de Anne de Polignac, dame de Randan, avec François II, comte de La Rochefoucauld, prince de Marcillac, célébré le 5 février 1518.

Anne de Polignac était veuve de Charles de Bueil, comte de Sancerre, et fille unique et héritière de Jean de Polignac, seigneur de Randan et de Beaumont, et de Jeanne de Chambes.

La dame de Randan de La Rochefoucauld garda son hôtel jusqu'en 1596, date à laquelle elle le vendit, par le ministère de Robert Mocet, son procureur, le 3 février, en vertu d'un contrat de Le Normand et Hénault, notaires à Paris, à Vincent Bouhier, sieur de Beaumarchais, conseiller et secrétaire des Finances du Roi.

On ne songe pas sans émotion qu'en ce vieil hôtel, dont les façades de briques se profilent d'une façon si pittoresque sur la cour de la rue Saint-Paul, vécut, pensa, agit, entourée, sans doute, de tout un cortège de courtisans et de familiers, la propre fille de celui qui fut le principal acteur de l'une des plus grandes tragédies qui ensanglantèrent l'Italie du XVIe siècle, tragédies si fréquentes dans les familles patriciennes de la péninsule.

Un manuscrit provenant du cabinet de Robert de Cotte, relatif à la succession des La Vieuville et qu'on trouvera à nos pièces justificatives, nous apprend que la maison s'appelle alors, au moment de sa vente, l'hôtel de Randan :

« L'hôtel de La Vieuville, cy-devant l'hôtel de Randan, fut acquis en 1594 (c'est 1596) par Vincent Bouhier, trésorier de l'Epargne, lequel acquit encore depuis plusieurs petites maisons et emplacemens joignans (1) ».

Nous parlerons plus longuement de Vincent Bouhier dans la partie de ce travail consacrée aux La Vieuville. Nous nous contenterons, pour le moment, de donner son état civil.

Vincent Bouhier, seigneur de Beaumarchais, de Charron, de la Chaise-Giraud et de la Chapelle-Hermier, receveur de l'Ecurie du Roi, en 1578, puis trésorier de l'Epargne et intendant de l'ordre du Saint-Esprit, de 1599 à 1632. En 1600, on le trouve contrôleur général de l'Artillerie, fonction qu'il occupait peut-être avant cette date, ce qui expliquerait assez la raison de son habitation en ce quartier, voisin de l'Arsenal. Il était fils de Robert Bouhier, seigneur de Rocheguille, et de Marie Garreau, dame de la Brosse, et épousa Lucrèce Hotman,

(1) *Dictionnaire historique* de Moreri, t. VIII, t. 317.

(2) *Le Père Anselme*, t. IV, p. 436.

(1) *Bibliothèque nationale*, manuscrits français, 7801, p. 204 à 210.

fille de François Hotman, seigneur de Morfontaine, et de Lucrèce Grangier de Liverdis, qui lui donna deux filles. La première, Lucrèce Bouhier, mariée en premières noces à Louis de La Trémouille, marquis de Noirmoutiers, et en secondes noces à Nicolas de l'Hôpital, marquis de Vitry, maréchal de France. La seconde, Marie Bouhier, épouse de Charles, duc de La Vieuville, chevalier des ordres du Roi. Sur le catalogue des chevaliers du Saint-Esprit, Vincent Bouhier a, pour armoiries : *D'azur, à trois fusées d'or posées en fasces* (1).

Vincent Bouhier était déjà propriétaire d'une maison et jardin sis rue Saint-Paul, à l'Image Sainte-Catherine, sans doute au long de la rue des Lions, à cause des jardins, acquise devant Totteron et Le Jart, notaires à Paris, le 26 janvier 1591. Cette maison appartenait à Catherine Dupuis, femme séparée, quant aux biens, de Philippe de Cressé; elle était située dans la censive de l'Archevêché et le jardin dans celle du Roi.

L'intention de Bouhier était de se constituer, à la rue Saint-Paul, un commode et vaste hôtel avec jardin, à l'aide de maisons acquises autour des deux premières que nous venons de mentionner.

Le troisième immeuble, dont il se rendit propriétaire, en vertu d'un acte du 10 février 1597 passé devant Trouvé, notaire, appartenant à Pierre et Julien Legoix, était une maison avec un grand chantier derrière, assis rue des Barrés, près le port Saint-Paul, dans la censive de l'Archevêché, à cause du prieuré de Saint-Eloi.

Le 16 mars 1602, il achète une quatrième maison sise encore rue des Barrés, du côté des Célestins, non loin du Trou-punais, dans la censive du Roi, par contrat passé devant Bronnet, notaire, appartenant aux héritiers de Marzillac.

Bien entendu, cette rue des Barrés, sur laquelle se trouvent les deux derniers immeubles acquis, n'est autre que le quai des Célestins actuel, ainsi que nous l'avons démontré plus haut.

Au mois de mars 1603, enfin, Bouhier obtient la permission d'incorporer à son jardin une enclave donnant sur la rue des Lions et suivant l'alignement donné par le sieur Fontaine, au nom du Bureau de la Ville.

En 1623 et en 1624, Bouhier occupe toujours son hôtel. Nous en avons la preuve par un jugement du Bureau de la Ville, du 21 novembre 1623, portant concession au profit de Vincent Bouhier de Beaumarchais d'un cours d'eau de 2 lignes de diamètre à prendre du gros tuyau de la Ville qui est au Regard de l'entrée de la Vieille rue du Temple et qu'il conduira à ses frais en sa maison sise et faisant le coin de la rue Saint-Paul, du côté de la Rivière. Dans un mandement du dit Bureau de la Ville, du 8 mars 1624, adressé au Maître des œuvres de la Ville, il est enjoint de faire augmenter et agrandir le trou du robinet de la fontaine du dit sieur de Beaumarchais d'une ligne de diamètre afin que le dit robinet ait trois lignes de diamètre. Toujours insatiable et assoiffé, Beaumarchais, par un jugement du 20 mars 1624, obtient encore une nouvelle concession d'un cours d'eau de quatre lignes de diamètre venant des fontaines publiques des sources de Rungis et pour fortifier le cours d'eau à lui ci-devant accordé (1).

Nous avons dit que Marie Bouhier, seconde fille de Vincent, avait épousé le marquis de La Vieuville. Le contrat de mariage, que l'on trouvera dans nos pièces justificatives, est du 28 décembre 1610. Le manuscrit provenant du cabinet de Robert de Cotte, dont nous avons déjà parlé, nous apprend que le vaste hôtel établi et composé à la rue Saint-Paul par le sieur de Beaumarchais, est entré dans la maison de La Vieuville, ainsi que plusieurs autres grands biens, du fait de Marie Bouhier, femme de Charles de La Vieuville, premier Duc de ce nom.

A quelle date ce dernier en prit-il possession? Y vint-il habiter du temps où son beau-père l'occupait encore? Nous ne saurions le dire. Nous savons seulement, d'après Sauval, qu'en 1620, il vendit à Charles d'Albert, premier Duc de Luynes et favori de Louis XIII, pour la somme de cent soixante et quinze mille livres, le magnifique hôtel de La Vieuville, qu'il avait fait construire rue Saint-Thomas du Louvre, et qui devint depuis l'hôtel d'Epernon (2).

Nous savons aussi qu'il dut occuper le logis de la rue Saint-Paul ou qu'il lui appartenait définitivement en 1628, puisque un jugement du Bureau de la Ville du 26 juillet de cette année, pris en son nom, réduisait à cinq lignes d'eau de diamètre, les sept lignes pré-

(1) *Histoire généalogique et chronologique de la Maison royale de France*, par le P. Anselme, 1726, t. IX, p. 340.

(1) *Archives nationales*, Q/1, 1267/1.

(2) *Histoire des antiquités de la ville de Paris*, par Henri Sauval, t. II, p. 127 et 245.

cédemment accordées à Beaumarchais, à prendre des fontaines de Rungis du regard public de l'apport Baudoyer (1).

Le manuscrit auquel nous faisons allusion plus haut ajoute aussi que ladite dame Marie Bouhier fit encore l'acquisition d'un emplacement joignant ledit hôtel et qui a servi à le compléter. De fait, nous trouvons dans le document appartenant à l'étude de Me Blanchet la mention suivante :

« Cinquième maison, sentence d'adjudication rendue à la Cour des Aydes sur le curateur aux biens confisqués de Jacques Bonnel, payeur de la Gendarmerie, d'une maison scize rue des Lyons au proffit de dame Marie Bouhier, femme séparée de biens d'avec Mre Charles, marquis de La Vieuville, le 18 Aoust 1639, quittance du revenu de l'Archevêché pour les droits de lots et ventes du 24 septembre 1639. »

On vient de voir Marie Bouhier, *femme séparée de biens* d'avec Mre Charles de La Vieuville, faire l'acquisition d'une maison joignant l'hôtel de la rue Saint-Paul. Cette séparation avait été prononcée afin de permettre à la femme de l'ex-surintendant de conserver ses apports pendant l'exil de son mari. Les biens de ce dernier, en effet, avaient été confisqués en 1632, ainsi qu'on le verra plus loin, et attribués au Duc de Saint-Simon. Comme le logis de la rue Saint-Paul avait été apporté à la communauté La Vieuville par Marie Bouhier, il resta dans son avoir après le prononcé de la séparation des biens. Ce fut grâce à cette sage précaution que Saint-Simon ne prit pas place dans la nomenclature des propriétaires de cet hôtel.

En 1645, le marquis et la marquise Charles de La Vieuville, gênés sans doute par l'indiscrétion des voisins dont la vue s'étendait sur leurs cours et jardins, obtiennent, en vertu d'un acte du 29 avril, passé devant Fussé et Duchesne, notaires, que la dame Antoinette Alleaume, femme de Mre Jean Delagrange, conseiller en la Connétablie de Bordeaux, ferait boucher à ses frais les ouvertures qui, de sa maison, pouvaient donner sur les dépendances de la cour.

Le second fils de Charles de La Vieuville et de Marie Bouhier : Charles, duc, IIe du nom, par suite de la mort prématurée de son frère aîné, Vincent de La Vieuville, devint le chef de la famille et reçut en mariage l'hôtel familial de la rue Saint-Paul. Il épousa, le 25 septembre 1649, Françoise-Marie de Vienne, comtesse de Châteauvieux. Le contrat, passé devant Duchesne et Marreau, notaires à Paris, ainsi qu'un acte de donation du 29 septembre de la même année et passé devant les mêmes notaires, portaient la cession, au futur, de l'hôtel de Paris et de ses dépendances, et de cinquante mille livres de rentes établies sur diverses seigneuries abandonnées par le marquis de La Vieuville à son fils. Ces deux actes sont déposés aujourd'hui dans l'étude notariale de Me Jacques Baudrier, rue de Richelieu 85, successeur de Marreau, qui a bien voulu nous permettre de les examiner, ce dont nous le remercions ici bien volontiers. Nous n'y avons trouvé aucun détail sur l'immeuble, ni aucun état de lieux méritant d'être reproduits.

Ce fut en l'année même de ce mariage, en 1649, qu'une inondation effrayante vint jeter la terreur dans ce quartier de Paris et isoler ses maisons du reste de la Ville : « La vieille et la neuve rue Saint-Paul, dit Dubuisson-Aubenay, celle des Lions et le bas de celles de Beautreillis et des Célestins avec tout le quai et place desdits Célestins et Arsenal, sont couvertes de l'eau, partie regorgeant de l'égout des Célestins, mais beaucoup plus refluée et débordée de l'abreuvoir Saint-Paul. En sorte que toute cette suite de maisons qui sont depuis le haut dudit abreuvoir et rue Saint-Paul jusqu'à ladite rue des Célestins, sont assiégées et isolées dans l'eau de toutes parts. »

En janvier 1651, ce fut pis encore et l'eau monta deux pieds plus haut qu'en 1649, c'est dire que la Seine se promenait tout à son aise dans les cours et les jardins de l'hôtel de La Vieuville. Les bateaux passaient aussi par dessus les parapets des quais de l'île Notre-Dame ou Saint-Louis (1).

Un quai, pourtant, existait déjà, du moins à ce que dit Delamare, lequel, en indiquant le logis du surintendant La Vieuville en cet endroit, assure que « le quay de l'Arcenal fut bâti cette même année 1604 » (2).

Au dire de Jaillot, ce quai fut refait et pavé en 1705 (3).

Nous trouvons encore une concession d'eau, faite en faveur de Charles II par jugement du

(1) *Archives nationales*, Q/1, 1267/1.

(1) *Journal des guerres civiles de Dubuisson-Aubenay*, par M. G. Saige, t. I, p. 118; t. II, p. 5.

(2) *Traité de la police*. Delamare, 1722, t. I, p. 97.

(3) *Recherches sur Paris*, par Jaillot, T. III, q. Saint-Paul, p. 12.

Bureau de la Ville du 12 août 1654, d'un cours de quatre lignes d'eau en superficie par augmentation : « pour estre conduites en sa maison sur le quay des Célestins pour en jouir par icelluy S[r] de La Vieuville, ses hoires, successeurs et ayant cause, possesseurs de ladite maison à tousjours et à perpétuité (1) ».

Le partage des biens de Marie Bouhier entre ses enfants devait occasionner la sortie des mains de Charles de La Vieuville, IIe du nom, de l'hôtel qui nous occupe. Le 10 septembre 1668, en effet, intervenait devant Desnots, notaire, un échange entre ledit Charles et son frère, l'évêque de Rennes, aux termes duquel ce dernier cédait plusieurs grandes terres sises en Berry contre ledit hôtel de la rue Saint-Paul et les petites terres de Londricourt, Champeaubert, Saint-Rémy en Boisemont et les bois de Han.

Voici donc, en 1668, l'hôtel de La Vieuville entre les mains de l'évêque de Rennes. Ce dernier, qui devait décéder en 1675, et qui était fort riche, fit les donations entre ses neveux et nièces, que l'on trouvera dans le manuscrit de Robert de Cotte, et réserva l'usufruit de ses biens, sa vie durant, à son frère, Charles, IIe du nom, duc de La Vieuville, lequel décéda en 1689. Les dispositions testamentaires de son frère l'évêque l'ayant fait redevenir propriétaire de l'hôtel, celui-ci passa, lors de son décès, entre les mains de son fils, René-François de La Vieuville, lequel le conserva jusqu'à sa mort, survenue en 1719.

Le Terrier du Roi de 1700, élaboré pendant la possession de l'hôtel par René-François, ne nous apprend que fort peu de choses. On y voit, pourtant, que M. de La Vieuville y demeure et que la maison dont il est aussi propriétaire, située au coin des rues Saint-Paul et des Lions — qui n'est pas encore la haute bâtisse d'aujourd'hui — est déjà louée à des marchands de vin qui portèrent les noms de Vacry, Derave et Gallois, avec la même enseigne : « Au Petit broc. »

A la suite de cette maison est indiquée l'existence du mur du jardin de l'hôtel, longeant la rue des Lions.

On voit aussi sur le rôle du quai des Célestins : « Maison à porte cochère appelée le petit hostel de La Vieuville, appartenant à M. de La Vieuville, occupée par le comte de la Vienne ».

Le plan de ce Terrier nous montre également les dépendances de l'hôtel de La Vieuville, s'étendant sur les rues Saint-Paul, des Lions et le quai des Célestins. Sur ce dernier quai, entre l'encoignure de la rue Saint-Paul, qui porte le n° 1 du plan, et le petit hôtel de La Vieuville, qui porte le n° 5, se trouve une enclave de trois maisons n'appartenant pas à l'hôtel et qui sont numérotées 2, 3, 4 (1).

Il ne serait pas impossible que ce *comte de la Vienne*, que le Terrier fait occuper le petit hôtel de La Vieuville, fut le *comte de Vienne*, second fils de Charles de La Vieuville IIe du nom, et de Françoise-Marie de Vienne, Charles-Emmanuel de La Vieuville, qui prit le nom de sa mère et devint le chef de la branche des comtes de Vienne?

Mais, revenons à René-François de La Vieuville, possesseur de l'hôtel jusqu'en 1719, date de sa mort.

Après lui, ce fut Louis, marquis de La Vieuville, fils aîné de René-François, qui remplaça son père, par substitution, dans la propriété du logis de la rue Saint-Paul.

C'est ici que s'arrête la suite des possesseurs de l'hôtel, dans le manuscrit de Robert de Cotte, et c'est ce qui, selon nous, date, à peu de choses près, ce document qui ne l'est pas.

En voici la mention :

« Louis, marquis de La Vieuville, son fils aîné, appelé à cette substitution, en a demandé l'ouverture à son proffit et jouit actuellement desd. hôtel de La Vieuville et terre de Verigny, après son déceds, cette substitution doit passer à titre libre à son fils ou à son frère puisné. »

Ce fut le frère puîné qui profita de la substitution : René-Jean-Baptiste, marquis de La Vieuville, fils de René-François de La Vieuville et de Marie-Louise de la Chaussée d'Eu. Il devint marquis et héritier de sa maison à la mort de son frère Louis, décédé le 18 juillet 1732. Il s'était marié avec Anne-Charlotte de Creil, le 26 août 1719 et décéda en 1761.

Ce fut le dernier des La Vieuville qui posséda l'hôtel de la famille. Le document de l'étude Blanchet nous l'apprend en ces termes :

« Coppie collationnée du jugement de M[rs] les Commissaires du Conseil du 10 février 1733 qui ordonne que la substitution faite par led. Seigneur Evêque de Rennes est ouverte et finie en la personne de Mre René-Jean-Baptiste,

(1) *Archives nationales*, Q/1, 1267/1.

(1) *Archives nationales*, papiers terriers du Roi pour la ville de Paris, dressés en exécution de l'arrêt du Conseil du 14 décembre 1700. Pour les textes : Q/1* 1099.10. D, t. XII, folios 67, 118, 120 et 124 ; pour les plans : Q/1* 1099.10. C, folios 113, 173 et 175.

marquis de La Vieuville. » Ce La Vieuville, d'ailleurs, n'habitait plus le vieux logis de la rue Saint-Paul. Le propriétaire précédent, Louis de La Vieuville, l'avait déjà loué — le grand hôtel — par bail devant Jourdain, notaire, le 16 février 1728, à M. Delmy, trésorier général de la Chambre des Comptes, pour neuf années, à partir de la Saint-Jean, lequel bail fut prorogé par René-Jean-Baptiste pour une seconde période de neuf autres années. Le petit hôtel de La Vieuville, dont l'entrée était sur le quai, n° 14 d'aujourd'hui, avait également été loué, suivant bail de Harquenvilliers, du 17 décembre 1733, par René-Jean-Baptiste à dame Jeanne Bidare, veuve Pierre Dutartre, et à M. Cosme-François Dutartre, son fils, avocat au Parlement, pour neuf années à partir du jour de Pâques 1737. Une seconde période de neuf années fut également consentie à M. Dutartre fils pour recommencer à Pâques 1746.

Une maison joignante, peut-être celle située au coin des rues Saint-Paul et des Lions, avait été aussi louée à Marie-Michelle Arrera, veuve de Louis-Pascal Belletoise, marchand de vin, pour neuf années, à dater de Noël 1738, par bail devant Silvestre, notaire, du 12 février 1737.

CHAPITRE III

JEAN CHIQUET, SECRÉTAIRE DU ROI. — LES MESSAGERIES DE PARIS A LYON. — ACQUISITION CARDON. — LES EAUX CLARIFIÉES DE LA SEINE. — LE CADASTRE DE 1852. — DESCRIPTION DE L'ÉTAT ACTUEL DE L'HÔTEL. — LES PLANS DU CABINET DE ROBERT DE COTTE.

C'est donc, ainsi que nous venons de le dire, René-Jean-Baptiste qui vend définitivement l'hôtel La Vieuville. Nous en avons trouvé l'acte de cession dans l'étude de Me Blanchet, notaire à Paris qui, très aimablement, ce dont nous le remercions vivement ici, nous a autorisé à en prendre copie ainsi que du document qui lui est annexé et qui nous a permis de restituer la liste des possesseurs depuis 1564.

Donc, par contrat passé devant Jourdain et Toupet, notaires à Paris, le 18 mai 1741, haut et puissant seigneur Mre René-Jean-Baptiste, marquis de La Vieuville, chevalier de l'ordre Royal et militaire de Saint-Louis et haute et puissante dame, Dame Anne-Charlotte de Creil, son épouse, qu'il autorise, demeurant à Paris, rue d'Enfer, paroisse Saint-Séverin, vendent à Jean Chiquet, écuyer, conseiller-secrétaire du Roi, maison et couronne de France, et de ses finances, « demeurant à Paris, à l'hôtel dessus, rue des Barrés, paroisse Saint-Paul ».

On remarquera la persistance de cette appellation de rue des Barrés, au lieu de quai des Célestins, encore en usage en 1741 ; car la désignation de la demeure *hôtel dessus*, ne peut pas s'appliquer à autre chose qu'à l'hôtel mis en vente. Et l'emploi de cette appellation est d'autant plus bizarre que, dans plusieurs lignes suivantes, le même acte désigne l'hôtel vendu comme situé quai des Célestins.

Voici l'indication des immeubles acquis par Jean Chiquet et les principales mentions contenues dans le document que nous avons sous les yeux :

« ... le grand hôtel de La Vieuville, situé rue Saint-Paul, la maison appelée le petit hôtel de La Vieuville, située sur le quay des Célestins, et la maison située au coin des rues Saint Paul et des Lyons, le tout joignant au dit hôtel de La Vieuville, dont l'entrée anciennement étoit sur le quay des Celestins, batimens, cours, basse-cour, jardin et deppendances, sans aucune chose, exception, ni reforme, et de fond en comble, tenant savoir, le grand hôtel avec le jardin d'un côté sur le quay des Celestins, à une maison appartenante aux Celestins, à une appartenante au sieur Brossan, au d. petit hotel, et à M. Le Tanneur, d'autre, à la maison du coin des rues S. Paul et des Lyons et à la rue des Lyons, par derrière à (blanc) et par devant sur la dite rue Saint Paul, le dit petit hotel d'un côté au dit sieur Le Tanneur, d'autre au dit sieur Brossan, par derrière au jardin du grand hôtel et par devant sur le dit quay des Celestins, et la dite maison de deux côtés au dit grand hôtel et des deux autres sur la dite rue Saint Paul et des Lyons. En laquelle vente sont compris les eaux qui ont été cy-devant donnéez au dit hotel et maisons, par M[rs] les Prevost des Marchands et Eschevins sans cependant que le dit sieur Chiquet puisse prétendre à une garantie contenant les dites eaux qui ne sont ceddées qu'autant qu'elles se trouveront appartenir au dit seigneur de La Vieuville.

« Lesquels hôtels, maisons, jardins et deppendances composant au commencement cinq maisons, chantiers et jardins, ainsy qu'il est estably dans les anciens titres de propriété dont sont fait état, et sont en la censive du Roy et chargés envers le Domaine de sa

Majesté des cens et redevances seigneuriales que les parties n'ont su dire....

« Appartenants, les dits hostel, maisons et jardins et dépendances, aux dits seigneur et Dame vendeurs, du chef du dit seigneur en qualité de donataire substitué de Mre Charles-François de La Vieuville, évêque de Rennes, son grand oncle, suivant l'acte du sept may mil-six-cent-soixante-sept, passé devant Gohier et Bretin, notaires à Rennes, contenant donation par luy faitte à deffunt Mre René-François marquis de La Vieuville, son neveu, père du dit seigneur vendeur, à charge de substitution dont le premier degré a été remply par Mre Louis, marquis de La Vieuville, fils aîné du dit seigneur René-François de La Vieuville, et par son décès sans enfant, déclarée ouverte et finie en la personne du dit seigneur vendeur comme remplissant le second et dernier degré de la dite substitution, par jugement rendu par M[rs] les commissaires députés par le Roy pour juger en dernier ressort les affaires de la maison de La Vieuville, en date du 10 février mil-sept-cent-trente-trois, les dits hôtels et maisons présentement vendus faisant partie des biens compris en la dite substitution suivant qu'en contient l'assignat par ledit seigneur, évêque de Rennes, passé par devant Me Desnots et son confrère, notaires à Paris, le 19 septembre 1668. Et auquel Evêque de Rennes, le tout appartenait ainsi qu'il est prouvé par les pièces et extraits compris dans l'état qui est demeuré cy annexé, pour y avoir recours... »

La vente était faite moyennant la somme de 160,000 livres, à dater du 1er juillet 1741. L'acquéreur s'engageait de payer 60,000 livres, trois mois après la vente et 50,000 livres trois mois après le premier paiement et 50,000 livres restant, encore trois mois après.

Une clause concerne la veuve de Louis de La Vieuville :

« Et ne pourra, le douaire de Dame Fouquet de Belisle, veuve du dit deffunt seigneur Louis, marquis de La Vieuville, non plus que celuy constitué par le dit seigneur vendeur à la dite dame son épouse, empêcher le paiement du dit prix pourvu que l'employ en soit fait par le dit seigneur marquis de La Vieuville à payer des créances antérieures et préférables au dit douaire, même ceux qui luy ont presté leurs deniers pour payer partie des droits de Mre Charles-Maurice, comte de La Vieuville, frère puisné du dit seigneur vendeur dans les soumissions du dit seigneur et Dame leurs père et mère et se trouveront subrogés aux droits et privilèges du dit seigneur comte de La Vieuville. »

Chiquet avait exigé que tous les baux cessassent au moment de sa prise de possession, c'est-à-dire au premier janvier 1742. Le grand hôtel était occupé alors, dit l'acte, par un sieur Levy et par d'autres locataires. Il paya aussi la somme de deux mille quatre cent livres « pour les épingles de ladite dame de La Vieuville, à cause de la présente vente. »

Disons que les archives de la Seine nous avaient déjà procuré les éléments essentiels de cette vente de 1741, dans le Registre des Insinuations, n° 108, f° 109 V°. La seule différence existant entre les deux pièces est que *les épingles* offertes à la dame de La Vieuville, y sont qualifiées de ***pot-de-vin***.

Un jugement du Bureau de la Ville, du 10 avril 1742, maintint et confirma à Jean Chiquet, écuyer, conseiller, secrétaire du Roi, maison et couronne de France et de ses finances, la propriété d'un cours de neuf lignes d'eau en superficie, d'une part, et d'une autre part, un cours de seize lignes d'eau aussi en superficie, provenant des eaux de la rivière, pour en jouir par lui et ses héritiers à perpétuité (1).

L'*Almanach Royal* pour l'année 1770 indique l'habitation de deux secrétaires du Roi dans la maison : Chiquet, rue Saint-Paul, et Verne, secrétaire du Roi, servant près la cour des Aydes, hôtel de La Vieuville, rue Saint-Paul ; on y trouve aussi Canclaux, conseiller au Grand Conseil, également indiqué comme habitant l'hôtel de La Vieuville, rue Saint-Paul. Ces deux derniers n'y sont, naturellement, qu'à titre de locataires.

Le 7 mai 1777, les immeubles furent vendus par sentence d'adjudication en l'audience des criées du Châtelet de Paris, sur licitation poursuivie entre Jean-Baptiste Chiquet de la Périère, écuyer, seigneur de Chailly, et Anne Chiquet, veuve de Denis-Louis de Breheret, seigneur de Courcilly, propriétaires par indivis, chacun pour un tiers, et Jean Chiquet de Champregnard, écuyer, notaire, conseiller secrétaire, propriétaire par indivis, pour l'autre tiers ; tous trois, héritiers de Jean Chiquet, leur père décédé.

L'adjudication fut prononcée en faveur de Antoine-François de Vouges de Chanteclair, écuyer, seigneur de Passy ; Charles-Nicolas Macault, écuyer, seigneur de Lacosne, et André de Vouges, écuyer, demeurant déjà dans

(1) *Archives nationales*, Q/1, 1267/1.

l'hôtel. Cette acquisition était faite pour installer, dans le vieux logis des ducs de La Vieuville, l'entreprise des messageries de Paris à Lyon.

La lettre de ratification de cette vente, datée du 1er décembre 1777, nous donne les renseignements suivants sur les immeubles dont il s'agit :

« Lesdits exposants sont adjudicataires d'une grande maison sise à Paris et connue sous le nom de grand et petit hôtel de La Vieuville, ayant sa principale entrée par la rue Saint-Paul et une entrée sur le quay des Célestins, ayant deux grandes cours, l'une sur ladite rue, l'autre sur le quay, ayant plusieurs corps de logis et de bâtimens, tant au fond des cours qu'en ailes et reignant d'une porte cochère à l'autre, cave, grenier, basse-cour, écuries, remises, deux boutiques sur la rue Saint-Paul, corps de logis au-dessus, tournant et s'étendant sur la rue des Lions, deux autres boutiques sur la dite rue, réservoir d'eau de la Ville, chapelle, engards, puits, logement de suisse, apartenances et dépendances, tenant d'un côté à la rue des Lions, d'autre côté au quay des Célestins et autres d'un bout sur ladite rue Saint-Paul, d'autre au sieur du Coudray, ainsi que le tout se poursuit et comporte, sans en rien réserver, aux charges ordinaires et accoutumées, en outre y compris les droits de consignation, moyennant la somme de deux cent quatre-vingt-deux mil sept cent soixante-seize livres, pour en jouir en toute propriété, leurs hoirs et ayan cause... (1). »

Les quittances des paiements reçues par Mes Dumoulin et Dayeux, notaires à Paris, sont datées des 19 juin et 7 juillet 1778.

Nous devons dire en passant, que Lefeuve, ordinairement mieux informé, a complètement erré en parlant de cet hôtel, dans lequel il intalle les frères Pâris sous la Régence, et qu'il fait entrer dans la famille de La Vieuville du fait de Mme de Parabère. Lefeuve, qui passe pour avoir vu bien des titres de propriétés, n'avait certainement pas examiné ceux de cette maison (2).

Le 3 août 1793, l'hôtel et ses dépendances étaient vendus, par jugement rendu en l'audience des criées du département de Paris, séant au ci-devant Châtelet, sur la licitation poursuivie entre André de Vouges, citoyen de Paris, y demeurant, rue Saint-Paul, héritier pour un quart d'Elizabeth Breherot sa mère décédée, épouse de Antoine-François de Vouges, et pour pareille portion, sous bénéfice d'inventaire, dudit Antoine-François de Vouges, son père, et en cette qualité, propriétaire d'une partie de la maison; et Jean-Marie, Simon-Casimir et Claude-Narcisse de Vouges, tous trois frères héritiers chacun pour un quart de leur mère.

(1) *Archives de la Seine*, Lettres de ratification.

(2) *Histoire de Paris, rue par rue, maison par maison*, par Lefeuve, 1875, t. IV, p. 190.

L'adjudication était prononcée en faveur de Me Colin, avoué, qui en a passé déclaration au profit de Jean-Bernard Cardon, négociant à Paris, rue du Sentier, section de Molière et Lafontaine, et de Mme Cardon, sa femme.

La lettre de ratification de cette vente donne les renseignements suivants :

« Ledit exposant s'est rendu adjudicataire d'une maison située à Paris, rue Saint-Paul, n° 30, ayant entrée par ladite rue et le quay des Célestins, consistant en cours, différents corps de logis, batimens, pavillons et édifices en icelles, écuries, remises, chambres de domestiques, greniers à fourrages et autres appartenances et dépendances de ladite maison telle qu'elle se poursuit et comporte sans en rien excepter, retenir ni réserver. Ladite adjudication faite moyennant la somme de deux cent quatre-vingt-dix-sept mille cent cinquante livres, y compris 14,500 livres pour les frais... (1). »

Cette lettre de ratification est datée du 8 frimaire an II (28 novembre 1793), et la quittance définitive, reçue par Me Duchesne, notaire à Paris, du 8 fructidor an III.

Jean-Bernard Cardon (M. le comte d'Aucourt, propriétaire actuel, me donne *Jean-Pierre Cardon*) et Mme Adelaïde-Madeleine Sivert, son épouse, demeurant ensemble à Paris, rue du Sentier, n° 17, vendent à M. Jacques Happey l'ensemble de la grande propriété connue sous le nom de grand et petit hôtel de La Vieuville, suivant contrat passé devant Mes Vingtain et Duchesnes, notaires à Paris, les 6 et 8 avril 1822.

M. Jacques Happey était le fondateur de l'établissement des *Eaux clarifiées*, qui fonctionnait au *terrain*, derrière Notre-Dame, à l'endroit où se trouve aujourd'hui la Morgue. Vers 1808, il transféra ses appareils dans les locaux de l'hôtel de La Vieuville, qu'il devait acquérir en 1822. M. Jacques Happey mourut le 26 juin 1850, laissant comme héritiers :

1° Alexandre-Jacques Happey, décédé le

(1) *Archives de la Seine*, Lettres de ratification.

15 mai 1885; 2° Caroline-Joséphine Happey, épouse de M. Edmond Barbier d'Aucourt.

La liquidation de la succession Happey laissa comme propriétaires de l'ancien hôtel de La Vieuville les trois enfants de Caroline-Joséphine Happey : 1° Mme Berthe-Marie Barbier d'Aucourt, épouse de M. Vathaire de Guachy; 2° Mme Alice-Adelaïde Barbier d'Aucourt, veuve de M. Eugène Charmet, général de brigade; 3° M. François-Gaston Barbier d'Aucourt, celui-là même qui est l'auteur de deux ouvrages fort intéressants sur les anciens hôtels de Paris, et qui veut bien, aujourd'hui même, me communiquer de précieux renseignements sur ses immeubles.

L'établissement des *Eaux clarifiées*, dont il a été question plus haut, jouissait en son temps d'une fort bonne réputation, qui ne manqua pas de rejaillir — le mot est de circonstance — sur son directeur, M. Happey.

Un *Guide des étrangers à Paris*, de 1820, fait un éloge dithyrambique de cette innovation et de son créateur, et nous apprend que tout un cortège de rois, les souverains alliés, réclamèrent d'y être conduits lors de *leur passage* à Paris, en 1814 et 1815. Nous ne pouvons mieux faire que de reproduire cette mention :

« *Etablissement des eaux clarifiées et dépurées de la Seine, quai des Célestins, n° 24.* — Honneur soit à l'homme utile qui inventa de dépurer, au moyen de filtres de charbon, les eaux de la Seine, souvent ternes, bourbeuses et chargées de substances hétérogènes, désagréables et malsaines! Il a bien mérité de l'humanité celui qui fournit à ses concitoyens une eau toujours pure, toujours limpide, agréable et bienfaisante, par abonnement sans augmentation du prix de celle puisée dans les fontaines publiques par des porteurs qui la fournissent chargée de toutes ses immondices. Le public est admis à voir cet établissement, curieux et salutaire, que les souverains alliés n'ont pas dédaigné de visiter durant leur séjour à Paris » (1).

Il s'agit, sans doute, de l'arrivée à Paris, en juillet 1815, de l'empereur de Russie, de celui d'Autriche et du roi de Prusse. C'était beaucoup d'honneur, sans doute, mais aussi une grande humiliation pour le vieil hôtel de La Vieuville.

Un grand journal de 1834, *le Magasin universel*, consacra également à cet établissement, un article des plus élogieux et des plus documentés auquel nous empruntons quelques détails. L'eau de Seine était amenée dans plusieurs grandes cuves au moyen d'une pompe mue par des chevaux. Après s'être reposées plusieurs heures pour se débarrasser des matières étrangères par le dépôt au fond des cuves, ces eaux passaient dans de longues rigoles percées, de distance en distance, de trous garnis d'éponges destinées à retenir les matières insalubres non déposées au fond des cuves. Par ces trous, les eaux tombaient sur des filtres formés de couches successives de sable et de charbon de bois : le sable pour retenir encore les matières en suspension; le charbon, pour absorber les gaz que l'eau tenait en dissolution. Rien n'était, paraît-il, plus curieux que cette salle des filtres dans laquelle des jets, des cascades, des jaillissements s'entre-croisaient dans l'espace non pas pour le plaisir des yeux, mais pour faire entrer les eaux clarifiées en communication avec l'air atmosphérique afin de les rendre moins lourdes, plus potables, plus digestives. Les eaux ainsi épurées étaient mises dans des tonneaux-voitures que des conducteurs allaient livrer chez les abonnés. Et pour que, en route, l'idée ne vînt pas aux dits conducteurs de trafiquer de leur marchandise, les tonneaux étaient soigneusement cadenassés à la sortie, ne laissant d'ouvert que le robinet distributeur. Le même journal nous apprend que l'entreprise de M. Happey, si appréciée des Parisiens, était aussi une œuvre philanthropique pour ses nombreux ouvriers et collaborateurs, auxquels la bienveillance patronale assurait la sécurité dans le travail, les soins médicaux et la subsistance pendant la maladie (1).

Une planche de la Bibliothèque nationale intitulée : *Curiosités de Paris*, montre une grande salle de l'hôtel de La Vieuville occupée par les filtres de la Cie *des Eaux clarifiées*. La salle est percée de grandes fenêtres carrées, le sol est occupé par les appareils et l'on y voit le fonctionnement des robinets, jets, cascades et rigoles.

La légende est la suivante : « Etablissement des eaux clarifiées et dépurées, quai des Célestins, n° 24. A Paris, chez Martinet, rue du Coq St Honoré. Déposée à la direction impé-

(1) *Le Conducteur de l'étranger à Paris en 1820*, par F.-M. Marchant. Chez J. Moronval. Paris, 1820, p. 205.

(1) L'article du *Magasin universel* est reproduit dans le numéro d'avril-juin 1904, p. 144, de *la Cité*, organe de la *Société historique du IVe arrondissement*, et fait partie d'un travail de M. A. Callet sur l'établissement des eaux clarifiées.

riale de la librairie. » On trouve aussi dans le même fonds, un prospectus de la Compagnie avec la même grande salle et les mêmes appareils, sauf que les fenêtres sont rondes. Texte : « Etablissement royal des Eaux de la Seine, clarifiées et dépurées par les filtres-charbon, quai des Célestins, 24, et rue Saint-Paul, 2. Ci-devant cloître Notre-Dame. » Au-dessous de la gravure : « Salle des filtres » (1).

Nous reproduisons ci-après la description de l'hôtel, trouvée dans les papiers ayant servi à établir le cadastre de 1852. On y verra, par la pauvreté des renseignements et par l'incohérence des indications topographiques, combien seront peu utiles aux chercheurs de l'avenir, les documents administratifs laissés par notre époque :

« Propriété à l'angle des rue St Paul et du quai des Célestins, composée de deux grandes cours et de sept corps de logis. Le 1er, à droite dans la 1ère cour et sur la rue, élevé sur caves, d'un rez-de-chaussée, entresol, 1er étage carré, et 2e lambrissé. Le 2me, à gauche dans la 2e cour et en aile à gauche de la même cour, élevée sur terre-plein, d'un rez-de-chaussée, 1er étage carré, d'un 2me mansardé pour l'aile. Le 4e corps de logis, au fond de la 2e cour, élevé sur terre-plein, d'un rez-de-chaussée, 1er et 2me étages carrés et 3me formant grenier. Le 5me corps de logis, en aile à droite, élevé sur terre-plein, d'un rez-de-chaussée et 1er étage à usage de grenier. Le 6e corps de logis, sur le quai des Célestins n° 24, élevé sur cave, d'un rez-de-chaussée, deux étages carrés et 3me en mansarde. Le 7me, enfin, élevé sur caves, d'un rez-de-chaussée, 1er étage carré, et 2me lambrissé forme le n° 30 du quai des Célestins.

« Etablissement des eaux filtrées de la Seine, grandes et petites locations bourgeoises, d'ouvriers de petits fabricans (2). »

Dans notre travail de 1902 (3), nous avons donné une description des bâtiments dont les façades en brique et pierre, sur la cour de la rue Saint-Paul n° 4, regardent le Nord et l'Ouest. Nous n'avons rien à ajouter ni à retrancher de cette description, que nous reproduisons dans nos pièces justificatives, si ce n'est de rappeler encore une fois que nos collègues, MM. Selmersheim et Formigé, architectes et inspecteurs des monuments historiques, les considèrent comme ayant été construits à la fin du xve siècle ou au commencement du xvie.

En ce qui concerne celui de ces bâtiments qui est situé sur ladite cour et que l'on a devant soi en entrant par la porte cochère, nous dirons qu'il n'y a pas bien longtemps encore, son rez-de-chaussée, occupé maintenant par des écuries et des ateliers dont les entrées sont dans la cour de la rue des Lions, avait un plafond qui était formé de poutrelles apparentes sur lesquelles nous avons vu des vestiges de peintures décoratives de différentes couleurs. Nous ajouterons également qu'un plan provenant du cabinet de Robert de Cotte, pouvant dater de 1719 ou 1720, divise le 1er étage de ce bâtiment en trois grandes pièces, donnant sur la cour d'honneur et sur le jardin. Celle du milieu a deux fenêtres sur la cour et deux sur le jardin, celle de droite ou du Sud, également deux de chaque côté et celle de gauche, une étroite sur la cour et deux sur le jardin.

Nous avions parlé aussi du bâtiment donnant sur la cour de la rue des Lions, en face de la porte cochère, orienté de l'Est à l'Ouest, et orné de mansardes à frontons triangulaires et circulaires chargés de sculptures paraissant dater du xviie siècle. Nous émettions, en 1899, des doutes au sujet de l'union de ce bâtiment avec l'hôtel de La Vieuville proprement dit donnant sur la cour de la rue Saint-Paul. Grâce aux documents et actes de vente trouvés depuis, grâce aux plans provenant du cabinet de Robert de Cotte, dont nous avons parlé plus haut, et qui doivent remonter vraisemblablement à l'année 1719 ou 1720, comme le manuscrit qui les accompagnait jadis, le doute n'est plus permis et il est possible d'affirmer que le bâtiment en question était une aile de l'hôtel ancien, ajoutée vraisemblablement pendant la première moitié du xviie siècle. Sa façade septentrionale, percée de huit fenêtres, bordait tout le côté Sud du jardin — devenu aujourd'hui une cour encombrée d'appentis et de matériaux — tandis que le côté Nord était limité par la rue des Lions. Ses mansardes à frontons sculptés, coupent encore, à la mode de cette époque, la corniche du toit, toujours couvert de ses vieilles tuiles et percé, presque au faîte, d'une seconde rangée de plus petites mansardes.

La partie de ce bâtiment qui vient se souder au corps de brique et de pierre du vieil hôtel,

(1) *Bibliothèque nationale*. Estampes. Topographie de la France. Seine-Paris. IVe arrondissement, 15e quartier. 2. (Va 251), petit format.

(2) *Archives de la Seine*, papiers du cadastre de 1852.

(3) *Un vieux logis parisien, l'hôtel de La Vieuville. La Cité. Bulletin historique du 4e arrondissement*, n° de janvier-avril 1902.

est spécialement couverte, dans la largeur de deux fenêtres du premier étage, d'un haut comble pointu dont le zinc a remplacé les ardoises ou les tuiles, et devant lequel se dresse une mansarde à fronton cintré et sculpté. La même mansarde se retrouve de l'autre côté de la cour, vers la rue des Lions, dans un second toit pointu, mais de plus petites dimensions, et qui a gardé ses tuiles anciennes.

Les plans de Robert de Cotte nous montrent exactement l'emplacement occupé par le petit hôtel de La Vieuville, qui avait son entrée particulière sur le quai des Célestins, à la porte cochère portant actuellement le n° 14. Ce petit hôtel est toujours une jolie maison ancienne de trois étages et de trois fenêtres par étage. Sa porte cochère est placée à gauche du bâtiment, comme dans le plan cité. Le premier étage a conservé un beau balcon en fer forgé de style Louis XIV, dont le motif central estampille le logis. Il porte, en effet, un monogramme, composé de deux L et d'un V entrelacés, qui est le chiffre de La Vieuville. Il était séparé de la partie du grand hôtel formant le coin de la rue Saint-Paul et du quai des Célestins, par un groupe de maisons particulières ne faisant pas partie de l'ensemble de l'immeuble et qui appartenaient à d'autres propriétaires. Sur le plan du terrier du roi de 1700, ces maisons sont au nombre de trois et sont adossées au mur du bâtiment en aile sur le jardin. Du quai, le petit hôtel venait rejoindre la troisième et dernière pièce de ce bâtiment avec lequel il communiquait.

Pour le premier étage de ce bâtiment d'aile, ledit plan nous indique trois grandes pièces se succédant de l'Est à l'Ouest et dont la première, percée de trois fenêtres, communique avec le vieil hôtel, vis-à-vis de la cage de son escalier d'honneur. La seconde pièce, celle du milieu, est également percée de trois fenêtres et la dernière de deux.

Cette partie annexe de l'hôtel de La Vieuville, comme la partie principale d'ailleurs, a traversé bien des vicissitudes depuis qu'elle a cessé d'être habitée, noblement d'abord, bourgeoisement ensuite. Son premier étage a donné asile à une école israélite que l'on désignait dans le quartier sous le nom de *la Schoule*. Nous y avons connu, il n'y a pas bien longtemps, un atelier d'ébénisterie.

Aujourd'hui, l'antiquaire qui occupe déjà presque tout le vieil hôtel, a repris pour son commerce les trois pièces en question et leur a rendu, en les bondant d'objets d'art, une affectation qui les rapproche un peu plus de leur destination primitive. Dans la pièce du milieu se trouve un admirable plafond qui paraît dater de la première moitié du XVIIe siècle, décoré de guirlandes de fleurs, d'amours et d'aigles, disposés, en puissante saillie, au-dessus de corniches d'un relief très apparent. Dans les quatre coins sont des couronnes ducales surmontant des monogrammes formés de lettres entrelacées. La couronne ducale, il n'en faut pas douter, est celle du duc de La Vieuville. Le monogramme se compose des lettres L. V. O. entrelacées et doublées, selon une mode employée quelquefois à l'époque, ce qui donne au chiffre deux L, deux V et deux O. C'est donc *La Vieuville d'O* qu'il faut lire. Catherine d'O était la mère du duc de La Vieuville.

L'occupant actuel, on doit l'en féliciter, a fait réparer avec soin et délicatesse le plafond dont il s'agit, qui avait été mis fort mal en point par les locataires précédents. Nous le louerons moins, cependant, d'avoir fait peindre, dans sa partie centrale, un ciel un peu trop bleu, peuplé d'amours un peu trop roses. La mélancolie du passé eût été plus expressive si l'on avait laissé à ce superbe spécimen des temps lointains les gris discrets et effacés qui sont la poésie des choses mortes et qui seuls peuvent leur convenir quand le cadre n'existe plus. A côté de ce plafond, qui décorait probablement un salon d'apparat, il en existe un autre, de dimensions plus petites, formé d'une sorte de coupole ovale entourée d'une puissante guirlande de fleurs, et qui était sans doute celui d'un boudoir ou d'un cabinet.

En suivant le plan, dit *du premier étage*, nous retrouvons un autre balcon en fer forgé qui existe encore sur le quai des Célestins, au-dessus d'un entresol, et dont l'unique fenêtre commande une longue galerie qui revient jusqu'à l'escalier d'honneur et semble faire suite au bâtiment de brique et pierre allant du Nord au Sud, sur la cour de la rue Saint-Paul. A côté de ce balcon se trouvait, au même étage, la chapelle de l'hôtel, bordant le quai, et de laquelle il subsiste encore une coupole qui serait inexplicable si l'on ne connaissait la précédente affectation de la pièce. A partir de cette chapelle, et en allant vers la rue Saint-Paul, le plan nous indique l'existence d'une terrasse à la hauteur de la chapelle et à laquelle cette dernière accédait de plain-pied. De cette terrasse, qui ne se prolongeait pas jusqu'à l'encoignure de la rue Saint-Paul et du quai, mais devait s'arrêter aux deux dernières fenêtres situées sous le toit pointu du bâtiment d'angle, la vue devait s'étendre agréablement sur la rivière, fort mouvementée alors en raison du port Saint-Paul, du port au foin, du port au blé, et des coches d'eau qui débarquaient de nombreux voyageurs. Le dessous de cette terrasse — qui a aujourd'hui disparu et qui est remplacée par des logements en entresol et au premier étage — était percé d'une voûte faisant communiquer la basse-cour de l'hôtel avec le quai des Célestins.

Une jolie gravure, dessinée en 1782 par le chevalier de L'Espinasse et gravée par Berthauld, en 1788, dédiée à Monseigneur Pierre-Charles-Laurent de Villedeüil, montre, très exactement reproduites, toutes les maisons du quai des Célestins. Elle est intitulée : « Vüe intérieure de Paris, représentant le port Saint-Paul, prise du quay des Ormes, vis-à-vis l'ancien Bureau des coches d'eau. »

On y voit une partie de la façade de l'hôtel de La Vieuville donnant sur le quai et le balcon en fer forgé, qui est toujours en place. Dans cette planche, la terrasse mentionnée sur le plan de Robert de Cotte n'existe plus, et le bâtiment en façade sur le quai est déjà celui d'aujourd'hui, sauf qu'au-dessus du balcon il n'y a qu'une fenêtre au lieu de deux et que la maison se termine par un pignon pointu.

Dans le plan que nous venons de si souvent citer, la haute maison faisant le coin de la rue Saint-Paul et de la rue des Lions et qui, sur cette dernière, porte le n° 19 actuel, n'existe pas encore. A sa place, se trouvent des constructions dont il est impossible de définir le caractère et qui furent peut-être une aile de brique et pierre semblable aux deux autres qui se dressent encore sur la cour de la rue Saint-Paul. Cette hypothèse est pour nous absolument vraisemblable et rationnelle. La cour dont il s'agit ne se conçoit pas, en effet, sans les trois côtés de même époque et de même construction s'ajoutant au quatrième côté : le mur sur la rue Saint-Paul avec la porte cochère, pas celle d'aujourd'hui, bien entendu, qui est du XVIIIe siècle.

La Bibliothèque nationale possède un autre plan intitulé : « Projet pour ajuster des boutiques dans l'hôtel de La Vieuville, rue Saint-Paul, n° 2. » D'après ce document, les boutiques en question eussent été construites sur la cour d'honneur qu'elles faisaient disparaître; il y en aurait eu huit ou dix sur la rue Saint-Paul, de la rue des Lions au quai des Célestins, et aussi quelques-unes sur ledit quai.

Un autre plan donne également la topographie des caves de l'hôtel (1).

La maison de la rue des Lions Saint-Paul n° 11, qui appartient aujourd'hui au même propriétaire que l'hôtel de La Vieuville, mais qui ne devait pas jadis en faire partie, a conservé une chambre à coucher avec un plafond en coupole fort intéressant. Cette coupole est peinte sur plâtre et représente, au centre, des amours portant des corbeilles de fleurs. L'encadrement de ce motif central est décoré de guirlandes, de vases, de fleurs et de corbeilles.

L'alcôve de cette pièce a encore une partie de son cadre en bois mouluré et un plafond également peint sur plâtre et de forme ovale. Il est malheureusement impossible d'en distinguer le sujet. La cheminée est décorée, en guise de glace, d'un grand médaillon rond modelé en plâtre ou en staf, représentant une scène biblique et surmonté d'amours et de fleurs d'un beau relief. La porte qui entre dans cette pièce est en plein cintre et est revêtue de boiseries unies, ainsi que les murs. L'ensemble paraît dater du XVIIe siècle. Il y a aujourd'hui, dans cette pièce, un atelier de fabrication de sièges en jonc. La maison formait jadis un hôtel particulier, avec sa porte cochère, sa cour, ses bâtiments d'aile à droite et au fond. L'escalier est dans l'aile droite et a conservé une rampe en fer forgé très ouvragée.

CHAPITRE IV

HISTORIQUE DE LA FAMILLE DE LA VIEUVILLE. — CEUX D'ARTOIS ET CEUX DE BRETAGNE. — LES APPRÉCIATIONS DE SAINT-SIMON. — DU COSKER OU DU COSQUER PREND LE NOM DE LA VIEUVILLE. — ALLIANCE AVEC LA FAMILLE D'O. — LE GRAND FAUCONNIER DE FRANCE. — LA FILLE DE VINCENT BOUHIER. — LE GOUVERNEMENT DE LA PLACE DE MÉZIÈRES. — L'ORDRE DU SAINT-ESPRIT.

Nous avons essayé, à l'aide des mémoires du temps, des grands recueils de généalogie et de pièces d'Archives, de constituer l'histoire de cette maison de La Vieuville qui,

(1) Les plans que nous venons de décrire sont déposés à la *Bibliothèque nationale*, cabinet des estampes : 1° *Topographie de la France*, Seine-Paris, IIIe et IVe arrondissements (Va 442). Grand format : deux plans, n°s 1291 et 1292, plan du rez-de-chaussée, plan du premier étage; — 2° *Topographie de la France*, Seine-Paris, IVe arrondissement, 15e quartier, L (Va 251). Petit format : deux plans, n°s 1290 et 1292, plan des caves, plan pour ajouter des boutiques.

pendant de longues années, tint une place importante dans les annales parisiennes, donna son nom à l'hôtel dont nous nous occupons, et produisit deux Grands Fauconniers de France, des lieutenants généraux, gouverneurs de provinces, un surintendant des Finances et un évêque de Rennes.

Le berceau d'une illustre famille de ce nom, duquel prétendait sortir celle qui a motivé ce travail : *La Vieuville, La Viéville*, ou *La Viefville*, suivant les orthographes diverses des historiens et mémorialistes, paraît être l'Artois. D'après les époques et selon les variations géographiques du pays, on la qualifie tantôt La Vieuville de Flandre, tantôt de Picardie, de l'Artois, des Pays-Bas : provinces comprises alors dans l'ensemble territorial que l'on appelait *le cercle de Bourgogne*.

La Maison est d'importance et ses alliances sont recherchées. Une bâtarde de Philippe, duc de Brabant, Isabeau, dite *la Batarde de Brabant*, épouse Philippe de La Viéville, chevalier, conseiller et chambellan du roi d'Espagne Philippe Ier, gouverneur d'Artois, chevalier de la Toison d'Or. Le duc de Brabant étant né le 25 juillet 1404 et décédé le 15 octobre 1425, il est permis de fixer approximativement la date de l'union de Philippe de La Viéville avec Isabeau de Brabant au milieu du XVe siècle (1).

D'autre part, Marie de La Viéville, fille unique de Pierre, seigneur de La Viéville en Artois, de Tournehem au baillage de Saint-Omer et autres lieux, et d'Isabeau de Preure, fut mariée, avant le 17 février 1453, avec Antoine, bâtard de Bourgogne, surnommé *le grand Bâtard*, seigneur de Beures en Flandre, de Crèvecœur et de Vassy, comte de Sainte-Menehould, de Grandpré, de Guines, de Château-Thierry, de La Roche-en-Ardennes, chevalier de Saint-Michel et de la Toison d'Or, fils naturel de Philippe Le Bon, duc de Bourgogne et de Jeanne de Prelle.

De cette union naquirent quatre enfants qui portèrent tous le grand nom fastueux et redoutable de leur père : Philippe de Bourgogne, Jeanne de Bourgogne, Marie de Bourgogne et N. de Bourgogne, une autre fille, et dont les armoiries étaient écartelées Bourgogne et La Viéville : *Au 1 et 4 de Bourgogne avec le filet en barre d'argent. Au 2 et 3 de La Viéville.*

L'écu de Pierre de La Viéville dont la fille venait de s'allier à la maison de Bourgogne, était ainsi meublé :

Fascé d'or et d'azur de huit pièces à trois annelets de gueules en chef, posez sur les deux premières fasces (1).

Il est important de se rappeler ces armoiries, qui seront plus tard celles du surintendant des Finances de Louis XIII et de Louis XIV.

En 1403, un seigneur de La Vieuville, « saige et bon chevalier », est le lieutenant du maréchal de Boucicaut, qui lui confie la garde de la ville de Gênes pendant que lui-même s'embarque pour Chypre (2).

Dans le milieu de ce quinzième siècle, Louis de La Viéville, seigneur de Sains, est fait chevalier banneret par le duc de Bourgogne, dans une cérémonie fort curieuse racontée par Olivier de La Marche (3). On le voit aussi défendre, pour le même duc, la ville d'Alost contre les Gantois, qu'il bat et oblige de se retirer (4). Sa moralité, par exemple, est moins recommandable que sa bravoure et serait insuffisante pour lui assurer une place honorable dans sa descendance : un jour, en effet, il enlève en plein champ une belle et noble damoiselle qu'il ramène chez lui et à laquelle, devant sa femme légitime, il fait partager, de force, sa table et son lit. Traduit pour ce fait devant le duc de Bourgogne, il fut sauvé par la magnanimité de son épouse qui intercéda à genoux auprès de la jeune fille séduite pour lui faire abandonner sa plainte. Ce La Viéville d'Artois mourut à Saint-Omer en 1461 (5).

Un autre personnage de ce nom, Jean de La Vieuville, seigneur de Frétoy, « jeune homme de Picardie », est tué vers 1546 dans une escarmouche contre les Anglais, devant Boulogne (6).

Parmi cette nombreuse lignée aux orthographes souvent différentes, un rameau semble pourtant se préciser sous le nom de *La Viefville*.

---

(1) *Histoire généalogique et chronologique de la maison royale de France*, etc., par le Père Anselme, 1726, T. I, p. 250 B.

(1) *Histoire généalogique du P. Anselme, loc. cit.*, t. I, p. 255 A.

(2) *Mémoires du maréchal de Boucicaut*, collection Petitot, 1re série, t. VII, p. 28.

(3) *Mémoires d'Olivier de La Marche*, collection Petitot, 1re série, t. X, p. 104.

(4) *Mémoires d'Olivier de La Marche*, collection Petitot, 1re série, t. X, p. 118.

(5) *Mémoires de Du Clercq*, collection Petitot, 1re série, t. XI, p. 101 et 102.

(6) *Mémoires de Martin du Bellay*, collection Petitot, 1re série, t. XIX, p. 589.

Jacques de La Viefville assiste à une assemblée qui se tient le 22 octobre 1418, avec le chancelier Eustache de Laistre, Jean de Mailly, Thierry Le Roy, maîtres des requêtes et plusieurs autres, et dans laquelle on s'occupe de la tranquillité et de la sûreté de Paris, en l'absence du roi et du duc de Bourgogne, marchant contre les Anglais assiégeant Rouen (1).

Une Claude de La Viefville épouse, avant le 20 octobre 1508, Jacques de Guistelle, chevalier seigneur de La Motte, Mayeur de Saint-Omer, élu le 5 janvier 1478, et lui donne une fille, Agnès de Guistelle, chanoinesse de Sainte-Vandruë (2).

Nous trouvons, d'ailleurs, dans l'*Armorial* de d'Hozier, une suite ininterrompue de ces La Viefville, de 1498 à 1730, savoir :

Philipes I de La Viefville, chevalier Baneret de Jérusalem, seigneur de Mamez, d'Auvin, de Watou et de la Prée, conseiller chambellan de Sa Majesté catholique, époux de Michelle de Monceaux ou de Moncheaux, avec laquelle il se marie le 28 septembre 1498, fille de Jean de Moncheaux, seigneur de Moncheaux, de Houdenc en Brai, et de Jeanne de Villers, dame de Belloi et du Candas.

Enfants :

Philipes II de La Viefville, seigneur de Watou, de Mamez et d'Auvin; Jean de La Viefville, seigneur de Mamez, et Adrienne de La Viefville, mariée le 14 septembre 1545 avec Sypmphorien de Ghistelles, écuyer.

Philipes II de La Viefville épousa Françoise de Failli le 9 juillet 1547, fille de Joachim de Failli, seigneur de Rumilli, et de Jeannes de Berghes.

Ils eurent pour enfant :

Eustache de La Viefville, seigneur de Steenvorde et de Watou, qui épousa Michelle de Blondel avant le 10 avril 1587, fille de messire Jacques de Blondel, chevalier, seigneur de Quinchi, et de Marie Le Blanc.

Enfants :

Eustache-Pantaléon de La Viefville, chevalier, seigneur de Steenworde, de Villiers-Sire-Simon, etc.; Michel de La Viefville, seigneur de La Chapelle; Anne de La Viefville, femme de Jacques de Blondel, seigneur de Quinchi; Michelle de La Viefville, mariée le 9 février 1610 avec Jean de Marnez, sieur de Cahem; Marie de La Viefville, femme de Jehan d'Ideghem, chevalier, baron de Busebeke.

Eustache-Pantaléon de La Viefville avait épousé Claude de Mérode le 27 juillet 1621, fille de Philippe de Mérode, comte de Middelbourg, baron de Fretzen et du Saint-Empire, grand veneur du comté de Flandre, premier commissaire au renouvellement des Loix du dit comté, grand bailli de la ville de Bruges et des pays et territoires du Franc, et de Jeanne de Montmorency-Croisilles.

Ils eurent pour enfant :

Georges de La Viefville, baron de Steenvorde; François de La Viefville, abbé de Sainte-Gertrude, conseiller d'Etat extraordinaire de Sa Majesté Catholique.

Georges de La Viefville épousa, le 23 décembre 1682, Marie-Catherine de Raust, fille de Pierre de Raust, seigneur de Subempdern, bourgmestre de la ville de Tirlemont, et de Christine de Heers.

Enfant :

François-Joseph-Germain de La Viefville, marquis de La Viefville, seigneur de Steenworde et de Oudenhove, ci-devant capitaine de la garde wallone du roi d'Espagne, demeurant à Steenvorde, dans la chatellenie de Cassel, diocèse de Bruges, au comté de Flandre. Ce fut en sa faveur, et attendu son ancienne noblesse et ses services, que la baronie de Steenvorde et les terres d'Oudenhove et d'Octezele furent érigées en marquisat de La Viefville, par lettres patentes datées de Versailles, du mois de février 1711, registrées au Parlement de Flandre.

François-Joseph-Germain de La Viefville épousa, le 22 septembre 1709, Jeanne Le Poivre, veuve de Georges-Guislain de Gruntere, écuyer, seigneur de Varembeke, et fille de de Guillaume Le Poivre, écuyer, et de Jeanne-Thérèse Van den Boogaerde.

Leurs enfants furent :

François-Joseph-Jean de la Viefville, né le 13 juillet 1714; Philipes-Jacques de La Viefville, né le 25 mars 1718; Louis-Auguste de La Viefville, né le 17 février 1723; Jeanne-Thérèse de La Viefville; Anne-Françoise de La Viefville, née le 31 août 1721 ; et Marie de La Viefville, née le 12 juin 1724. Lesdits Fran-

(1) *Armorial général* de d'Hozier, t. V, p. 50.

(2) *Armorial général* de d'Hozier, t. I, p. 279.

çois-Joseph-Jean et Philipes-Jacques de La Viefville, reçus pages du roi dans sa Petite-Ecurie, l'un le 22 octobre 1730, l'autre le 13 novembre 1724 (1).

Un rameau de ces La Viefville de Flandre, celui des seigneurs d'Orvillers, doit également prendre place dans cette généalogie :

Renaud de La Vieuville ou La Viefville, seigneur de Promleroy, époux de Jeanne de Sanchoy, dont il a deux enfants :

Blanche, mariée le 19 mars 1457 à Jean Forel, écuyer, demeurant à Orvillers; Tristan de La Vieuville ou La Viefville, seigneur de La Neuville-le-Roi, de l'Anglantier, de Promleroy, de Graville et de Lieuviler, marié en novembre 1461 à Antoinette de Saurel, dont :

François de La Vieuville ou La Viefville, seigneur de Porquericourt, marié en 1500 à Marguerite de Lafrené, qui lui donna comme enfant :

Jean de La Vieuville ou La Viefville, seigneur d'Orvillers, mort en 1543 et qui avait épousé, le 15 février 1533, Anne de Hallwin, remariée à Pierre de Rochebaron, écuyer, seigneur de Dominois, et fille de Jean de Hallwin, chevalier, seigneur d'Esquelsbeke et de Jeanne de Montchevalier.

Les enfants de Jean et de Anne furent :

Marie de La Vieuville ou La Viefville; François de La Vieuville ou La Viefville, IIe du nom, seigneur d'Orvillers, marié à Claire d'Amerval, veuve en janvier 1563, laissant :

Adrienne de La Vieuville ; Antoine de La Vieuville ou La Viefville, écuyer, seigneur d'Orvillers, marié le 27 septembre 1579 avec Marie de Belloi, fille de Florent; chevalier, seigneur de Belloi et d'Ami, et d'Anne de Ligni, dont :

A. Claude de La Viefville, seigneur d'Orvillers, marié à Louise de Wignacourt, fille d'Adrien, chevalier, seigneur de Litz, et de Louise de Saint-Perier, qui eurent pour enfant Alof, marié eu 1682 à sa cousine Charlotte de Wignacourt, héritière de la branche.

B. Louis de La Viefville, chevalier, seigneur de Rouviler, marié le 28 octobre 1675 à Marie-Anne de Fayot, fille de Jean, chevalier, seigneur de Cuisi, et de Marie Picart, qui eurent, entre autres enfants : Marie-Anne, née le 13 mars 1677 ; et Marie, née le 8 août 1679, l'une et l'autre reçues à Saint-Cyr, en juillet 1687, après présentation de leurs lettres de noblesse.

C. Adrien de La Viefville, commandeur de Wignacourt, grand-prieur de Champagne, dont le nom fut substitué à celui de Wignacourt, pour honorer la mémoire des deux grands-maîtres de l'ordre de Malte (1).

Ces diverses branches, quelles que soient les différentes façons d'écrire leur nom, sortent toutes du même tronc et gardent, à travers les temps, leurs armoiries que reproduit le plus officiel des généalogistes, d'Hozier, en regard des La Viefville de Flandre dont nous venons de donner la suite :

Fascé d'or et d'azur de huit pièces et trois annelets de gueules, posés en chef, brochant sur les deux premières fasces.

Tel est, en un défilé assez monotone, l'historique des La Vieuville ou La Viefville d'Artois.

Mais était-ce bien de cette Maison que descendait le fameux surintendant des Finances qui vint loger à la rue Saint-Paul et dont il portait le blason ?

Très carrément, Saint-Simon le nie :

« Je ne sais, dit-il, d'où ils s'avisèrent de prendre le nom et les armes de La Vieuville ; je ne vois ni alliance ni rien qui ait pu y donner lieu, si ce n'est que le choix étoit bon et valoit beaucoup mieux que les leurs. Mais ils n'y ont rien gagné : cette bonne et ancienne maison d'Artois et de Flandre ne les a jamais reconnus, et personne n'ignore qu'ils n'en sont point. »

Et il ajoute plus loin :

« C'étoient de forts petits gentilshomes de Bretagne dont le nom est Coskaer, peu ou point connus avant 1500 qu'Anne de Bretagne les amena en France (2). »

Insistant ailleurs sur l'usurpation du nom de La Vieuville, il dit encore :

« Leur nom est Coksheart ; ils sont bretons, et rien moins que des La Vieuville de Flandres

(1) *Armorial général* de d'Hozier, t. II, p. 636.

(1) *Dictionnaire de la Noblesse*, de La Chesnay-Desbois, t. XIX, p. 702.

(2) *Mémoires de Saint-Simon*, édition Hachette, 1873, t. 8, p. 23.

(dont ils ont pris le nom et les armes, qu'ils ont avec raison trouvés meilleurs que les leurs (1). »

On connaît l'âpreté du jugement, la méchanceté, le persiflage de Saint-Simon, pour tous ceux dont la noblesse ne lui semblait pas de bon aloi. Dans l'espèce, pourtant, ce motif ne fut pas le seul qui arma sa malveillance contre les La Vieuville, et ce motif n'est pas précisément à l'honneur du grand mémorialiste, si dur cependant pour les autres. Ce fut son père, en effet, qui, lors de l'exil de La Vieuville, en 1632, ainsi qu'on le verra plus loin, bénéficia des biens de l'exilé. Ce dernier dut même, lors de sa rentrée en faveur, en 1643, intenter un procès au duc de Saint-Simon, pour les lui faire rendre (2).

Quelle que soit, pourtant, l'appréciation de Saint-Simon sur le droit qu'avaient les La Vieuville de Bretagne de porter les armes des La Vieuville d'Artois, il faut convenir que ce droit était certainement énigmatique, puisque le Père Anselme lui-même n'a pas essayé de le tirer au clair et n'a pas établi de liaison entre ces deux maisons.

Voici ce que dit le grand généalogiste :

« Jean Coskaer ou Cosker, gentilhomme de Bretagne, seigneur de Farbus en Artois, prit le nom de *La Vieuville*. Sa femme, Catherine Kerviher, était veuve en 1472 (3) ».

Les armoiries des Cosker étaient :

D'Argent à sept feuilles de houx d'azur, posées 3, 3 et 1.

A part la seigneurie de Farbus, en Artois, rien, on le voit, ne semble relier les Cosker aux La Vieuville, rien, sauf pourtant ceci, que, en français, le mot breton *Cosker*, ou *Cozker*, ou *Coskaer*, se traduit rigoureusement par *Vieuville* ou *La Vieuville*.

Le Père Anselme ajoute que Sébastien de La Vieuville, fils de Jean et de Catherine, vint en France en 1491 avec la reine Anne de Bretagne, lors de son mariage avec Charles VIII, et qu'il épousa Perrine de Saint-Waast, par contrat du 23 novembre 1510.

Et de Jean Cosker, le généalogiste ci-dessus nous conduit au duc de La Vieuville, surintendant des Finances et à sa descendance, et nous montre, sans nous l'expliquer, ainsi qu'on le verra plus loin, à quel moment les feuilles de houx des Cosker se mêlèrent aux annelets des La Vieuville.

Voici, d'autre part, la mention donnée par le *Nobiliaire et Armorial de Bretagne*, de M. Pol Potier de Courcy (1) :

Du Cosquer (en français La Vieuville), seigneur du dit lieu, paroisse de Courbrit, évêché de Cornouailles, famille qui subit les réformes et montres de 1426 à 1481.

D'argent à sept feuilles de houx d'azur. 3. 3. 1.

Le nom ancien de cette famille est Glezran. Jean de Cosquer, armé pour le recouvrement du Duc en 1420, est le premier de la filiation. La branche aînée se fondit dans Kerlazret, puis dans Euzénou. Jean du Cosquer, ci-dessus, Juveigneur, épousa, en 1470, Catherine de Kernicher.

Leur fils Sébastien, qui se maria en 1510 avec Perrine de Saint-Waast, s'établit en Artois où il francisa son nom en La Vieuville. Il fut homme d'armes des Ordonnances du Roi dans des montres de 1489 à 1505, reçues à Arras et à Saint-Quentin (2).

Plus loin, le même recueil est aussi affirmatif en ce qui concerne le passage d'un Cosquer en Artois, et la traduction de son nom breton en un nom français :

« Sébastien, fils de Jean, s'établit en Artois où il francisa son nom et épousa, en 1510, Perrine de Saint-Waast (3). »

(1) *Mémoires de Saint-Simon*, édition Hachette, 1873, t. 16, p. 443.

(2) Charles de La Vieuville, impliqué dans la disgrâce de la Reine-Mère du Roi et du duc d'Orléans, son frère, avait été condamné à mort par contumace. Parmi les donataires du Roi qui eurent leur part de la dépouille des La Vieuville, figure Claude de Saint-Simon, premier gentilhomme de la chambre de Sa Majesté et son premier écuyer. Ces biens lui furent concédés par lettres patentes du 21 octobre 1632. Claude de Rouvroy, duc de Saint-Simon, lieutenant général, naquit en 1607 et mourut en 1693. Il avait été page de Louis XIII qui le favorisa continuellement de son amitié et le créa duc et pair en 1635. Il fut le père de Louis de Rouvroy, duc de Saint-Simon, auteur des *Célèbres mémoires*.

(3) *Le Père Anselme, loc. cit.*, t. IV, p. 792.

(1) *Nobiliaire et Armorial de Bretagne*, par M. Pol Potier de Courcy. Rennes, chez Plihon et Hervé, 1890. in-folio. (B. N. L• m. 2. 34 B.)

(2) *Nobiliaire et Armorial de Bretagne, loc. cit.*, t. I, p. 295.

(3) *Nobiliaire et Armorial de Bretagne, loc. cit.*, t. III, p. 220.

Les deux versions, on le voit, diffèrent un peu. Selon le Père Anselme, ce serait Jean Cosker qui aurait, le premier, pris le nom de La Vieuville, tandis que, d'après M. Pottier de Courcy, ce serait son fils Sébastien. Tous deux, pourtant, sont d'accord pour faire venir Sébastien en Artois et pour le faire marier, en 1510, avec une flamande, Perrine de Saint-Waast.

On ne confondra pas cette famille du Cosquer avec une autre du même nom, qui possédait la seigneurie de Plounevez Moëdec, dans l'évêché de Tréguier et qui portait : *1.4 D'or au Sanglier de sable* (1).

Aux deux versions ci-dessus, qui ne tranchent guère la question en litige, nous allons en ajouter une troisième trouvée dans un manuscrit de la bibliothèque Mazarine et datant du milieu du XVIIe siècle :

« *Du nom, Armes et devises de Monseigneur le Surintendant.*

« La maison de La Vieville est illustre es pays bas dez avant l'an 1300; qu'un de ce nom ayant espousé une femme de qualité héritière de la maison de Cozker En basse Bretagne. Il y habita et y laissa de la postérité qui fut en considération dans le pays Et a la cour des Ducs de Bretagne tant que la Duchesse Anne, se mariant au Roi Charles 8e, ceux de Cozker ou de la Vieville suivirent sa cour et sont depuis lors demeurés par deçà avec le double nom de Vieville, Cozker signifiant en Breton ce que Vieille Ville est en françois, Et retenant doubles armes, celles de la Vieville et Cozker de Bretagne qui sont 7 fueilles de houx d'azur en champ d'argent, 3. 3. 1. chargeant ou equartelant l'escu des armes de La Vieville des Pays Bas qui sont burrelées ou fascées de 8 pièces d'or et d'azur a 3 anelets de gueule posés de suite sur les deux premières fasces du chef. Les supports sont deux sauvages de carnation ayant leur honte couverte de feuilles de houx. Le cimier est une hure de Singlier aussy au naturel (2). »

On estimera, sans doute, que cette pièce, qui semble être contemporaine du duc de La Vieuville, surintendant des Finances, ne présente pas non plus toute la clarté désirable. Nous pensons, dans tous les cas, qu'il n'est guère possible de la traduire autrement que comme ceci :

Un La Viéville des Pays-Bas épousa une Cozker de Bretagne. Ces deux noms, par une coïncidence bizarre, ayant la même signification, servirent indistinctement à désigner cette nouvelle famille jusqu'à l'époque où elle vint en France et quitta le nom breton pour le nom français. En ce qui concerne la fusion des armoiries, le généalogiste anonyme l'explique par le mariage : « Et retenant doubles armes, celles de La Viéville et Cozker de Bretagne... »

Mais quelle confiance faut-il avoir en ce document et sur quoi repose la thèse qu'il soutient?

On voit que Saint-Simon avait quelque raison d'écrire ce que nous avons rapporté plus haut concernant cette origine et l'on comprendra, en présence d'aussi peu de preuves, les réserves faites par les La Viéville d'Artois au sujet de cette parenté.

Il nous faut maintenant nous consacrer entièrement aux La Vieuville de Bretagne, desquels sortira le célèbre surintendant des Finances, possesseur de l'hôtel de la rue Saint-Paul, dont nous avons entrepris de retracer l'histoire.

Donc, ainsi que nous l'avons dit, Jean Coskaer ou Cosker, gentilhomme de Bretagne, seigneur de Farbus, en Artois, prit le nom de La Vieuville à une date qu'il nous a été impossible de trouver, pas plus que celle de sa naissance et de sa mort. Pourtant, au dire du P. Anselme, sa femme, Catherine Kerviher, était veuve en 1472.

Ils eurent un fils, Sébastien de La Vieuville, seigneur de Farbus, qui vint en France en 1491 avec la reine Anne de Bretagne, lors de son mariage avec Charles VIII. Le 23 novembre 1510, il épousait Perrine de Saint-Waast qui lui donnait :

Pierre de La Vieuville, seigneur de Farbus, de Challenet, de Giveaudean, de Villémontry, chevalier de l'ordre du Roi, gentilhomme de sa chambre, gouverneur de Reims, de Mézières et de Rethelois, lieutenant de cent hommes d'armes de la compagnie d'Antoine, roi de Navarre, l'un de ses conseillers et chambellans, capitaine de cinquante lances, qualifié seigneur de La Vieuville, porte-guidon de quatre-vingt dix lances des ordonnances du Roi, sous le duc de Vendômois. Pierre de La Vieuville épousa, le 3 août 1539, Catherine de

(1) *Nobiliaire et Armorial de Bretagne*, *loc. cit.*, t. I, p. 295.

(2) *Bibliothèque Mazarine*, manuscrit Dubuisson, n° 4390.

La Taste, dite de Montferrand, de laquelle il eut :

1. Anne de La Vieuville, épouse, en 1596, de Michel d'Aumale, seigneur de Nampfel, dont elle eut trois enfants : Philippe, Caterin et Louis d'Aumale.

2. Robert, marquis de La Vieuville, baron de Rugles et d'Arzilliers, vicomte de Farbus en Artois, seigneur de Challenet, de Royancourt et de Villemontry, chevalier des ordres du Roi, capitaine et gouverneur des villes de Mézières et de Linchamp, Grand Fauconnier de France après le maréchal de Brissac, gentilhomme de la chambre du Roi de Navarre par lettre du 13 janvier 1573. Le 27 janvier 1574, lieutenant général au pays de Rethelois, capitaine de cinquante hommes d'armes le 7 mars 1577, membre du Conseil privé du Roi de Navarre le 22 avril 1580. Sa terre de Sy fut érigée pour lui en marquisat sous le nom de La Vieuville vers 1595. Fut envoyé ambassadeur en Allemagne « pour le fait de la Religion » et chevalier des ordres du Roi en 1598. Il mourut en 1612 et fut enterré à Challenet.

Robert de La Vieuville, le premier marquis de la lignée, contracta deux mariages.

Le premier, avec Guillemette de Bossut, fille de Claude de Bossut, chevalier seigneur de Longueval et d'Anne de Linanges qui lui donna comme enfant Henriette de La Vieuville, épouse en premières noces de Antoine de Joyeuse de Saint-Lambert, et en secondes noces de Jacques Damas, baron de Chalençay. C'est cette même Henriette de La Vieuville, que Félibien appelle aussi la comtesse de Grandpré (t. 11, p. 1518), qui fonda un prieuré de Bénédictines à Mouzon, en 1628, et qui, en raison des guerres qui dévastaient alors la région, se réfugia à Paris, avec ses religieuses, à Picpus, en vertu de lettres patente de Louis XIII, de mars 1638. La guerre étant terminée, elle retourna à Mouzon, en 1640, où elle agrandit considérablement son monastère par de nombreuses acquisitions (1).

Le second mariage de Robert de La Vieuville fut célébré, en 1581, avec Catherine d'O, veuve de Michel de Poysieu, seigneur de Pavant, et fille de Charles d'O, seigneur de Verigny et de Jacqueline de Girard. Leurs enfants furent : Charles de La Vieuville, qui sera le plus illustre de la Maison, et dont nous parlerons plus loin ; Louis ; Pierre ; Bastien de La Vieuville, morts jeunes ; et Louise de La Vieuville, religieuse à Saint-Pierre de Reims (1).

On a vu que Robert de La Vieuville avait été nommé Grand Fauconnier de France après le maréchal de Brissac. Il est intéressant de remarquer, à ce sujet, que les armoiries que lui attribue le P. Anselme, dans la partie de son ouvrage qui traite de l'historique des titulaires de cette charge, sont toujours celles des Cosker de Bretagne : *d'Argent à sept feuilles de houx d'azur, posées 3.3 et 1.*

Dans son écu, le Grand Fauconnier n'a pas encore introduit les armes des La Vieuville d'Artois.

A propos de ces feuilles de houx des Cosker, le manuscrit de la Mazarine, consacré aux Armoiries des La Vieuville, et dont nous avons parlé plus haut, s'étend longuement sur le symbolisme de cet arbuste.

On y lit notamment les quatre vers suivants :

Fueilles de houx tousiours verdoye
Quand toute autre fueille des bois
Triste pallit, elle est en joye :
Et pique du haineur les dois.

Après le mariage de Robert de La Vieuville avec Catherine d'O, les Armoiries de la Maison se modifient et se complètent. On y introduit les armes des La Vieuville d'Artois, des Cosker de Bretagne et celles de la famille d'O. Elles sont ainsi définies :

« *Ecartelé au 1 et 4 fascé d'or et d'azur les 2 premières fasces chargées de 3 annelets de gueules; au 2 et 3, d'hermines au chef dentelé de gueules qui est d'O, et surtout d'argent à 7 feuilles de houx d'azur posées 3.3.1* (2) ».

Catherine d'O mourut le lundi 16 mai 1611 : « Madame de La Vieuville, dit Pierre de l'Estoile à cette date, meurt, riche de quarante mille livres de rente (3) ».

Déjà, le même *journaliste* nous apprend, à

(1) *Description de Paris*, par Piganiol de la Force, 1742, t. VI, p. 345.

(1) *Le Père Anselme, loc. cit.*, t. IV, p. 792.

(2) *Dictionnaire de la Noblesse* de La Chenaye des Bois, t. 19, p. 723.

(3) *Mémoires-Journaux de Pierre de l'Estoile*, t. XI, p. 115.

la date du dimanche 4me janvier 1598 que : « Le Roy a donné l'ordre du Saint-Esprit à Robert de La Vieuville, baron de Rugle, dans l'église des Augustins, avec dix autres seigneurs (1). »

Cette distinction accordée à Robert de La Vieuville par Henri IV, nous vaut une amusante historiette de Tallemant des Réaux.

Quand le Roi lui posa le collier sur les épaules et que le récipiendaire prononça la phrase consacrée : « *Domine, non sum dignus* » le Béarnais lui répondit, en riant dans sa barbe :

« Je le scay bien, je le scay bien, mais mon nepveu m'en a prié. »

Le neveu en question n'était autre que le duc de Nevers, prince de Mantoue, chez qui La Vieuville avait été maître d'hôtel. Et Tallement ajoute que le nouveau promu s'empressa de raconter la chose à tout le monde, de peur, sans doute, qu'une narration plus désobligeante, et avec commentaires, en soit faite par d'autres. Il était de ceux, d'ailleurs, qui remplaçaient souvent la bravoure par un mot d'esprit, et il arrivait quelquefois qu'en ces temps farouches de flamberge au vent les rieurs étaient du côté de l'esprit.

Un jour, que Robert de La Vieuville s'est moqué d'un courtisan, celui-ci lui dépêche un second afin de lui apprendre que l'affaire se doit régler le lendemain, à six heures du matin. « A six heures! répond notre homme. Je ne me lève pas de si bon matin pour mes propres affaires, je serais bien sot de me lever de si bonne heure pour celles de vostre amy. »

On rit, à la cour, de cette boutade, qui tint lieu, en effet, de rencontre : « Cet homme n'en put tirer autre chose. La Vieuville, de ce pas, en alla faire le premier le conte au Louvre, et, parce que les rieurs estoient de son costé, l'autre passa pour un ridicule (2). »

Nous arrivons à Charles de La Vieuville, fils de Robert de La Vieuville et de Catherine d'O. C'est le plus célèbre de la famile, celui qui s'éleva le plus haut, posa sur son front la couronne ducale, fut premier ministre, produisit Richelieu, et enfin, ce qui nous intéresse plus particulièrement, habita, le premier de sa lignée, l'hôtel de la rue Saint-Paul en lui donnant son nom.

Charles Ier de La Vieuville, d'abord marquis, puis duc de La Vieuville, pair de France et Grand Fauconnier en 1612, en remplacement de son père. En 1616, il est capitaine de la première compagnie des gardes du corps du roi, lieutenant général en Champagne et Rethelois ; en 1619, chevalier des ordres ; en 1622, maréchal de camp sous les ordres du duc d'Angoulême, au siège de Montpellier. Puis, il quitte la guerre pour l'administration et remplace, le 21 janvier 1623, Henri de Schomberg comme surintendant des finances, fait entrer Richelieu au ministère, lequel le fait ensuite congédier et arrêter en 1624. Il rentre en faveur en 1643, redevient surintendant des finances en 1651, est fait duc et pair la même année et meurt en 1653.

Telles sont les grandes lignes de cette existence, que nous allons essayer de développer à l'aide des mémoires du temps.

Nous avons dit que le père de Charles, Robert de La Vieuville, s'était marié avec Catherine d'O en 1581 et qu'il était l'aîné de leurs cinq enfants. Quoique les généalogistes n'indiquent pas l'année de sa naissance, il sera facile de l'établir approximativement. Son père décéda en 1612 et sa mère en 1611, laissant ainsi le jeune marquis à la tête des apanages, survivances et de la fortune familiale.

Il épouse, le 7 février 1611, Marie Bouhier, fille de Vincent Bouhier, seigneur de Beaumarchais, conseiller du roi en ses Conseils d'Etat et privé, trésorier de l'Epargne, et de Marie Hotman.

Le contrat de mariage est daté du 28 décembre 1610 et fut passé devant Etienne Collaron et Thomas Groyn, notaires au Châtelet.

Charles de La Vieuville recevait en dot vingt mille livres de rentes, assignées et affectées sur le marquisat de La Vieuville et sur les terres et seigneuries qui le composaient. Il reçoit en outre la baronie et seigneurie d'Arzillières, affermée six mille livres tournois par an.

Marie Bouhier de Beaumarchais recevait la somme de « sept vingts mille livres », plus, trois mois après le décès de l'un ou de l'autre de ses père et mère, la somme de soixante mille livres.

Le futur constituait à son épouse un douaire de cinq mille livres tournois de rentes, au cas ou des enfants naîtraient de leur mariage,

(1) *Mémoires-Journaux de Pierre de l'Estoile*, t. VII, p. 331.

(2) *Historiettes de Tallemant des Réaux*, édition Monmerqué et Paulin, Paris, t. I, p. 13.

et de sept mille livres, dans le cas contraire.

Le contrat fut passé « en la maison des dits seigneur et dame de Beaumarchais, à Paris, rue et paroisse Saint-Paul, après midy, le vingt huictiesme jour de decembre mil six cens dix. »

Cette pièce appartient aux *Archives nationales;* en raison des détails particulièrement intéressants qu'elle donne sur les familles des deux époux, nous avons cru devoir la reproduire *in extenso* dans nos pièces justificatives (1).

Les débuts du jeune marquis, dans la vie militaire qu'il avait embrassée, ne sont pas des plus brillants.

En 1614, il était gouverneur de Mézières, qu'il se laissa enlever sans coup férir par le duc de Nevers. Il est vrai que le duc, et c'est ce qui peint bien l'anarchie de ces temps tourmentés, était gouverneur de la province de Champagne dans laquelle se trouvait la ville en question. Cette affaire de Mézières arriva, pendant la minorité du Roi, le 19 février 1614. Les princes et les grands, voulant jeter la perturbation dans le royaume avant la majorité de Louis XIII, fomentèrent toutes sortes de désordres dans leur provinces respectives, puis voulurent se rassembler à Mézières, sous les ordres de M. le Prince. La Reine-Mère essayait en vain de contrarier leurs desseins, quand Nevers enleva à La Vieuville la place de Mézières située dans son gouvernement de Champagne. L'imbroglio est assurément curieux qui montre un gouverneur de province prenant au canon une ville de son gouvernement, au commandant de la place, son subordonné (2).

Le cardinal de Richelieu raconte qu'à cette occasion, Nevers eut l'effronterie d'écrire à la Reine-Mère qu'en sa qualité de gouverneur de la province de Champagne, il avait cru de son devoir de se saisir de la place au nom du Roi. Il lui demandait même de faire punir La Vieuville pour avoir donné l'ordre à son lieutenant Descuroles de lui en refuser l'entrée. On sait qu'il avait suffi au duc de Nevers d'envoyer chercher quatre pièces de canon à

(1) *Archives nationales*, registre Y 151, folios XI recto à XV recto.

(2) *Mémoires de Richelieu*, collection Petitot, 2e série, t. 10, p. 387.

Sedan pour épouvanter la garnison Macerinienne et lui faire ouvrir ses portes (1).

Messire du Val, marquis de Fontenay-Mareuil, raconte l'histoire avec une certaine variante, mais le fond en est toujours le même.

Il indique que M. le Prince voulait s'assurer de la place de Mézières qui lui était fort utile pour avoir une retraite et un lieu où les secours étrangers eussent pu lui venir, et aussi pour sauver toutes les terres que le duc de Nevers possédait dans la région. Il vint donc de Châteauroux faire le siège de la ville avec MM. de Longueville, de Nevers, du Maine, de Luxembourg.

Le marquis de La Vieuville était alors gouverneur de la ville et citadelle de Mézières, pour le Roi, mais, dit Fontenay-Mareuil, « il n'y estoit pas, et n'y tenoit ordinairement que fort peu de gens, commandés par un lieutenant et un vieux sergent, auxquels il se fioit fort ».

Ainsi que nous l'avons dit plus haut, le piquant de l'affaire était que Nevers, l'assiégeant, avait le droit de se considérer comme chez lui dans la ville qu'il assiégeait. On fit une cote mal taillée en lui permettant d'entrer dans la cité, mais non dans la citadelle, où se réfugièrent les défenseurs. Ayant appris qu'ils seraient tous pendus si la citadelle n'était pas livrée, ils s'empressèrent de la rendre immédiatement et La Vieuville perdit la place. On l'en blâma beaucoup à la Cour, mais peut-être y avait-il mis quelque bonne volonté. Son père, en effet, n'avait eu l'ordre du Saint-Esprit et le gouvernement de cette ville que grâce à celui du duc, son vainqueur (2).

A ce moment, Charles de La Vieuville était marié depuis quelques années et semblait ne guère se soucier de la petite ville Ardennaise dont il avait la charge. La vie, sans doute, était plus agréable au bord de la Seine, dans le bel hôtel de la rue Saint-Paul, somptueusement meublé par le richissime Bouhier de Beaumarchais.

Laconiquement, Bassompierre nous apprend qu'il était à Paris quand le fait arriva :

« Deux jours après (14 mars 1614) vinrent

(1) *Mémoires de Richelieu, loc. cit.*, t. 10, p. 329.

(2) *Mémoires de messire du Val, marquis de Fontenay-Mareuil*. Collection Petitot, 1re série, t. 50, p. 232.

les nouvelles comme M. le Prince et M. de Nevers avaient pris Mézières, mal gardée par La Vieuville qui en était gouverneur et qui était lors à Paris (1). »

Disons, en passant, que la ville de Mézières fut la cause indirecte, ou tout au moins une partie de la cause, de la chute de Schomberg comme surintendant des Finances, chute dont La Vieuville fut un des artisans acharnés. Ce dernier, en effet, avait juré une haine implacable à Schomberg qui lui avait rayé deux mille écus par an sur l'état de Champagne qu'il s'était fait donner pour le gouvernement de Mézières (2).

A deux années de là, en 1616, le marquis fit payer à la duchesse de Nevers le bon tour que son mari lui avait joué : Il commande à Reims. L'entrée de la ville lui est demandée par la duchesse qui ne veut que la traverser pour aller faire ses couches à Nevers. La Vieuville, qui gouverne la place comme lieutenant de Roi, connaît les ruses de la famille; il sait bien qu'une fois en ville, l'épouse en mal d'enfant se trouvera subitement indisposée afin de permettre à son mari de venir et d'être acclamé par les habitants. Il refuse donc la demande qui lui est adressée et oblige la duchesse à passer la nuit dans une méchante hôtellerie de faubourg (3).

Charles de La Vieuville fut reçu chevalier de l'Ordre du Saint-Esprit dans la promotion faite à Paris, dans l'église des Augustins, le 31 décembre 1619. Nous signalerons, à cette occasion, que son blason, reproduit par le P. Anselme, dans son catalogue des chevaliers de l'Ordre, comporte, à ce moment, les armes des Cozker de Bretagne et des La Vieuville d'Artois. La légende en est la suivante :

Ecartelé au 1 et 4 d'argent, à sept feuilles de houx de sinople, au 2 et 3 fascé d'or et d'azur de huit pièces, à 3 annelets de gueules brochant sur les deux premières fasces, qui est La Vieuville des Païs-Bas (4).

(1) *Mémoires du maréchal de Bassompierre*, collection Petitot, 2e série, t. 20, p. 49.

(2) *Mémoire du maréchal de Bassompierre*, *loc. cit.*, t. 20, p. 502.

(3) *Mémoires de messire du Val, marquis de Fontenay-Mareuil*, *loc. cit.*, t. 50, p. 360.

(4) *Le Père Anselme*, *loc. cit.*, t. IX, p. 153.

CHAPITRE V

LES INTRIGUES POUR LA SURINTENDANCE DES FINANCES. — LE COUP D'ÉPAULE DU BEAU-PÈRE. — LA NOMINATION. — INGRATITUDE DE LA VIEUVILLE. — L'AVARICE ET LES MOTS D'ESPRIT DU NOUVEAU MINISTRE. — LES LIBELLES PUBLIÉS CONTRE LUI. — LE MARÉCHAL DE VITRY, BEAU-FRÈRE DE LA VIEUVILLE. — ENTRÉE DE RICHELIEU AUX AFFAIRES A LA DEMANDE DE LA VIEUVILLE. — LA DISGRACE DU SURINTENDANT ET SON ARRESTATION.

Nous arrivons au moment décisif de l'existence de Charles de La Vieuville, à cette époque où il va chercher à se hausser au premier rang.

En 1622, il est maréchal de camp sous les ordres du duc d'Angoulême, mais déjà la pensée le hante de devenir surintendant des Finances. Un jour, qu'il conduisait trois mille hommes pour s'opposer à la marche de Mansfeld, il laissa sa troupe près de Lyon et vint dans cette ville trouver le roi qui y séjournait avec les reines. Ce fut là qu'il fit les premières tentatives pour ruiner Schomberg, titulaire de la fonction; qu'il posa, ainsi que l'on dirait aujourd'hui, sa candidature au poste de surintendant. Il représenta à Louis XIII, au dire de Fontenay-Mareuil, le grand embarras des finances, lui persuada que l'année 1623 était mangée d'avance, que le trésor royal était sans argent et sans moyen d'en trouver, que le crédit était en mauvaise posture. Bien entendu, La Vieuville avait des partisans, qui prétendaient que lui seul était capable « de faire trouver de quoy vivre » grâce à son beau-père Beaumarchais, trésorier de l'Epargne, qui l'aiderait de sa bourse, de ses influences, de ses conseils « estant estimé le plus riche homme de ce temps-là ».

Au dire d'Arnaud d'Andilly, d'ailleurs, il s'était instruit depuis longtemps dans les finances, avec Beaumarchais, et afin d'être prêt, le moment venu, de briguer la charge convoitée (1).

De suite, la reine-mère, Marie de Médicis, fut pour La Vieuville à cause de Luynes qui voulait le maintien de Schomberg. Et puis, il ne faut pas oublier que le marquis était Grand Fauconnier de la couronne, ayant suc-

(1) *Mémoires d'Armand d'Andilly*. Édition Petitot, 2e série, t. 34, p. 1.

cédé à son père en 1612, et qu'à ce titre il jouissait déjà d'une particulière faveur auprès de Louis XIII, grand amateur de chasse au vol. Il ne faut pas douter qu'il profita de cette fonction pour convoiter la surintendance des Finances et le poste de premier ministre.

L'une des causes, aussi, du succès de cette campagne, fut la démarche adroite et tendancieuse de Beaumarchais qui, après son gendre, mais sans qu'il fût question pourtant de lui, vint pour son compte personnel supplier le roi, étant donné le désarroi financier, d'être dispensé de faire les avances accoutumées par les trésoriers de l'Epargne.

L'infortuné Louis XIII, affolé de ces assauts, ne sachant où se retourner, résolut de renvoyer immédiatement Schomberg et d'appeler La Vieuville à sa place (1).

On verra bientôt que le nouveau surintendant ne réussit pas mieux que son prédécesseur.

« M. de La Vieuville, dit Fontenay-Mareuil, fist dès l'abord de tels changemens sans distinction de ce qui avait servy ou non, qu'il mist une infinité de gens contre luy, qui despuis le luy rendirent bien. »

Bassompierre, qui fut très mêlé à toute cette affaire, donne des renseignements fort précieux sur la façon dont elle se passa. Selon lui, La Vieuville excellait aux intrigues de cour et connaissait le moyen de faire donner en sa faveur, le ban et l'arrière-ban de la courtisanerie. Avec M. de Caumartin, garde des Sceaux, et M. de Puisieux, secrétaire d'Etat, il entreprit, en 1622, de « désarçonner » M. de Schomberg de sa charge de surintendant des Finances. A plusieurs reprises, Louis XIII fut circonvenu et toujours la mauvaise gestion de Schomberg lui était signalée avec perfidie et inexactitude. Susceptible et avare, le roi se laissait aller à écouter ces insinuations. Caumartin avait voué à Schomberg une haine profonde pour la vive opposition qu'il avait faite à sa nomination de garde des sceaux ; La Vieuville, outre qu'il convoitait sa place, avait encore sur le cœur le souvenir des deux mille écus du gouvernement de Mézières dont nous avons parlé plus haut ; le chancelier Brûlart de Sillery, et son fils de Puisieux, comptaient dans le camp de La Vieuville. La partie était donc rude contre Schomberg.

(1) *Mémoires de messire du Val, marquis de Fontenay-Mareuil, loc. cit.*, t. 50, p. 550.

Bassompierre raconte, de son côté, la première tentative de La Vieuville auprès du roi pour supplanter le surintendant par un « procédé peu digne d'un gentilhomme ».

Il venait alors d'être nommé maréchal de camp sur la recommandation de Caumartin. La démarche qu'il tentait auprès du roi n'était pas faite en son nom personnel, mais en celui de son beau-père Beaumarchais et avait pour but d'obtenir qu'il fut relevé de ses fonctions de trésorier de l'Epargne. M. de Schomberg, affirmait le Grand Fauconnier, ayant complètement dilapidé les finances, même les ressources de l'an prochain, il était bien superflu d'avoir un trésorier. Comme par hasard, le garde des Sceaux Caumartin et le secrétaire d'Etat de Puisieux étaient dans une pièce voisine, le roi fait répéter devant eux ce qu'il vient d'entendre. C'était mettre de l'huile sur le feu. Bassompierre, qui était aussi présent et qui jouissait auprès de Louis XIII d'une particulière faveur, prit pourtant la défense de Schomberg et obtint que, avant d'être condamné, des éclaircissements lui seraient demandés.

C'était un atermoiement et l'assaut n'avait pas réussi.

Schomberg fut entendu et n'eut pas de peine, au dire de son défenseur, de confondre ses détracteurs. Plus l'accusation avait été violente et injuste, plus la défense devait être brillante et plus il fallait que les caisses soient pleines.

Le surintendant prouva donc à Louis XIII : « qu'il avoit de quoy achever cette année sans toucher sur l'autre, et qu'il avait 8,000,000 de livres de moyens extraordinaires, outre le revenu du roi, lesquels n'étoient à la foule du peuple, ni des particuliers, ni à la diminution du revenu de sa Majesté, pour luy faire grassement passer l'année prochaine (1). »

Au commencement de l'année 1623, les intrigues reprirent contre Schomberg, mais cette fois l'ambition de La Vieuville apparut plus nettement. Son beau-père, Bouhier de Beaumarchais, déclara formellement au roi qu'il ne pourrait faire les avances nécessaires que si un nouveau surintendant était désigné avec mission de réorganiser les finances de l'Etat. Il persistait à demander le retrait de sa fonction si cette modification ne pouvait être apportée. Et derrière le beau-père était le

(1) *Mémoires du maréchal de Bassompierre, loc. cit.*, t. 20, p. 502.

gendre, pressant et ambitieux, qui apportait le système complet de réorganisation et qui offrait même, au cas où il ne donnerait pas les résultats désirables au bout de quelques mois, de se retirer purement et simplement et de son plein gré. Louis XIII se laissa prendre à ces belles promesses, donna la surintendance à La Vieuville et renvoya Schomberg.

Deux hommes avaient surtout été les artisans de la fortune de La Vieuville : le chancelier de Sillery, qui venait d'avoir les sceaux après le départ de Schomberg, et M. de Puisieux, son fils. A peine en fonction, dit Bassompierre, le nouveau ministre n'eut de cesse de « cabaler » contre eux pour les écarter de son cercle d'action. Il connaissait bien l'esprit faible du Roi, n'entendant bien que le dernier qui lui parlait, et il voulut que ce dernier fût toujours lui. Sillery et Puisieux n'obstruèrent pas longtemps sa route, car, au commencement de l'année 1624, le chancelier se vit obligé de remettre ses fonctions au Roi afin qu'elles ne lui fussent pas retirées d'office et, le 4 février de la même année, le même chancelier et son fils, sur les instances du surintendant, étaient exilés « dans une de leurs maisons hors de Paris » (1).

L'ambassadeur vénitien d'alors, Giovanni da Pesaro, signale ainsi la lutte engagée par les anciens alliés : « 15 décembre 1623. Entre le marquis de La Vieuville, qui paraît le plus puissant en crédit auprès du Roi, et la maison du chancelier, continuent les défiances mutuelles ou plutôt s'accroissent les mauvais offices, et chacun cherche en cachette à abattre son compagnon. »

« Les deux ministres sont grandement combattus et La Vieuville est détesté pour l'avarice avec laquelle il administre les finances ; chacun se plaint d'être sans pension, de ne pas être payé, c'est une clameur universelle de la part des postulants. »

Giovanni da Pesaro avance même que le chancelier a essayé, pour se défendre, de mettre de son côté le confesseur du Roi en lui promettant 40,000 écus pour bâtir une église.

Le nonce du Pape Ottavio Corsini, en ce moment à la Cour, semble plutôt soutenir le chancelier, puisqu'il note l'incapacité et le peu d'expérience de La Vieuville comme ministre. Il reconnaît, pourtant, qu'il a beaucoup étudié autrefois, qu'il est très fort en grec et qu'il a toujours vécu dans la crainte de Dieu, ce qui est bien quelque chose (1).

La même note d'ingratitude de La Vieuville envers Sillery et Puisieux est indiquée par Monglat. Il nous le montre « dans les commencements de son investiture » à l'humble dévotion de ses bienfaiteurs, puis, au fur et à mesure qu'il entre dans les bonnes grâces du Roi, s'essayant à en faire sortir les deux autres. Si bien, qu'au commencement de 1624, il s'en était débarrassé et avait fait donner les Sceaux à Etienne d'Aligre et le Secrétariat d'Etat de Puisieux, à Charles Le Beauclerc (2).

Après Schomberg, Sillery et Puisieux, ce fut le tour du colonel d'Ornano, gouverneur et grand favori de Monsieur. Il le fit d'abord exiler dans son gouvernement de Pont-Saint-Esprit où il refusa de se rendre. Le Roi le fit mettre alors à la Bastille, puis au château de Caen où Monsieur pouvait moins souvent le venir voir (3).

Il est curieux de constater que tous les mémorialistes contemporains de ces temps, ont jugé de la même façon le La Vieuville qui nous occupe en ce moment. Tous le montrent plein d'une noire ingratitude à l'égard des deux hommes qui le poussèrent au pouvoir, et indiquent son âpreté jalouse à confisquer la volonté du Roi à son profit. Dans les mémoires du duc de Rohan, c'est la même antienne concernant Sillery et son fils, que le surintendant, jaloux de voir partager avec lui la faveur du roi, signale comme servant mal le pays « préférant l'utilité de Rome et d'Espagne à celle de France ». Et comme Louis XIII, ajoute Rohan, « étoit aussi facile à croire du mal de quelqu'un que difficile à croire du bien », il n'eut pas de peine à adopter tout ce que lui dit La Vieuville. Il faillit même faire ordonner le procès du chancelier, ce qui, à peu de temps de là, le fit mourir de tristesse.

Resté seul favori, le nouveau ministre fit changer toutes les ambassades pour y placer ses créatures (4).

Aussitôt pourvu de la surintendance des

(1) *Mémoires du Maréchal de Bassompierre, loc. cit.*, t. 21, 2ᵉ série, p. 2 et suivantes.

(1) *Richelieu et les ministres de Louis XIII*, par M. Barthold Zeller, 1880, p. 233, 234 et 243.

(2) *Mémoires de Monglat*, Collection Petitot, 2ᵉ série, t. 49, p. 37.

(3) *Mémoires d'Arnaud d'Andilly*, Édition Petitot, 2ᵉ série, t. 34, p. 10.

(4) *Mémoires du duc de Rohan*, collection Petitot, 2ᵉ série, t. XVIII, p. 250.

Finances, de la *super-intendance*, comme on disait alors, le marquis de La Vieuville fut en butte à un grand nombre de sollicitations des courtisans. Il y résista avec hauteur et dédain et déchaîna bientôt contre lui une haine sans merci qui se traduisit par des libelles racontant « ses actions avaricieuses et sordides », que les colporteurs du Pont-Neuf crièrent dans tout Paris, *après* sa disgrâce, mais que l'on connaissait déjà *avant*.

L'un de ces libelles, intitulé *le Mot à l'oreille de Monsieur le marquis de La Vieuville, surintendant des Finances*, avait la prétention de lui apprendre toutes ses vérités.

Sa fortune, lui disait-il, avait plus de flatteurs que sa vertu d'amis.

« Ceux qui se souvenaient des exercices de piété que vous faisiez autrefois dans le noviciat des Jésuites, après être sorti de celui des Chartreux, se promettaient de vous toutes choses dignes d'un homme qui a la crainte de Dieu devant les yeux..., mais depuis que les fumées de la bonne fortune vous ont noirci les méninges et troublé le cerveau, comme il arrive presque toujours à tous ceux que la faveur enyvre, vous avez grandement changé; vous ne connaissez plus personne, vous ne tournez plus la vuë que sur les ducs et pairs de toutes races et ne prêtez plus l'oreille qu'à ceux du petit coucher. »

Il laisse dehors, dit le même document, une foule de monde sans daigner recevoir « et contrainct de mugueter longuement à la porte de son cabinet ». La duchesse de La Trémouille lui reprocha un jour amèrement qu'elle avait attendu plusieurs heures sans être reçue :

« Si vous continuez, vous ne trouverez dorénavant plus de femmes qui veulent avoir à faire à vous. De quoi la vôtre ne pleurera pas, de peur de devenir maigre. Et puis elle est bien aise de voir en sa maison cette grande foulle, qui est la marque de la grande faveur, et c'est ce qui entretient la grande foulle, que de ne parler qu'à trois ou quatre tous les jours, afin que les autres reviennent. Et voilà comme vous faites. Vous traversez, au sortir de votre chambre, une galerie et une salle aussi remplies d'hommes que votre tête pleine de fantaisies rassemble, vous les traversez sans vous tourner vers personne non plus qu'une image que l'on porte en procession ; par vénération, tout le monde ote le chapeau, et fait des révérences que vous ne rendez point. »

C'était dans ce beau logis de La Vieuville, si rempli de solliciteurs malheureux que, au dire du *Mercure*, deux flamands, orfèvres de la vallée de misère, étaient continuellement occupés, pendant de longs mois, à graver ses armoiries sur un nombre incroyable de grands vases qu'il avait fait faire (1).

On lui reproche aussi, dans le même factum, sa ladrerie envers ses serviteurs, ladrerie et parcimonie qu'il n'a pas craint de porter jusqu'au Louvre, dans les propres services du roi, alors que, pourtant, « la libéralité est la vertu la plus royale de toutes ».

« ... Vos domestiques, même, se plaignent par-tout que vous ne leur faites jamais de bien, de manière qu'un de ces mêmes domestiques à qui menaciez de faire donner des coups de bâton, connoissant votre humeur entièrement éloignée de toute libéralité, vous répondit comme cet espagnol *no le creo, por que al fin es dar*. Votre dépense est si resserrée, soit pour votre table, soit pour votre train, que vous ne donnez à gagner à personne, grand vice à un homme de votre condition. »

Le bout de l'oreille perçait, il est vrai, de place en place, dans ce libelle, surtout à propos des coupes sombres que le ministre avait faites dans les pensions des courtisans, lesquels ne pouvaient souffrir qu'on les privât de cette douce mâne. On le prévenait donc charitablement que les seigneurs qui n'avaient plus leur prébende « pourroient tirer autant de sang de ses veines qu'il destourneroit d'argent des coffres du roy ». Car on l'accusait de garder pour lui le produit de ces économies au lieu de les laisser dans le trésor royal.

Il était aussi menacé de la colère et de la vengeance des gens de lettres privés de leurs pensions, « qui luy pourroient faire sentir combien il estoit périlleux d'irriter des hommes qui foisoient des playes que tous les opérateurs du monde ne pouvoient guérir : car quand on retranchoit aux faiseurs de livrets, ce que l'on avoit accoustumé de leur donner, ils crioient comme pies que l'on plumoit toutes vives ».

Nous voyons, dans le *Mot à l'oreille*, que le marquis n'est pas dépourvu d'esprit naturel et que cet esprit est souvent la monnaie avec laquelle il paie un quémandeur.

A Malassis, qui lui pleure misère et demande ce qui lui est dû, il répond : « Vous serez donc toujours mal assis ».

(1) *Le Mercure français*, 1624, t. X, p. 653.

On devine sans peine comment il reçut d'Argencourt venant lui réclamer ses subsides. A quelqu'un qui lui présente une ordonnance à signer, il répond : « j'ay la goutte à la main, je ne peux escrire ». A un autre réclamant le paiement d'une dotation, il fait avec ses bras le geste d'un nageur, en disant : « Il n'y a point de fonds ».

Toutes choses, dit le factum, plus dignes de Tabarin ou de Padelle « que d'un des premiers Ministres du Premier Etat de l'Europe » (1).

Il avait une telle peur des solliciteurs, nous apprend Tallemant, que dès qu'on lui disait : *Monsieur, je vous*, il croyait qu'on allait ajouter : *demande*, et il vous tournait le dos. Le poète Malherbe, qui avait un jour à le remercier de quelque chose, ne put le faire qu'en commençant sa phrase par ces mots : *Monsieur, remercier je vous viens* (2).

Et Scapin, d'après le *Mot à l'oreille*, aux trois choses qui sont réputées être le plus difficiles à accomplir : cuire un œuf, faire le lit d'un chien, enseigner un Florentin, ne craint pas d'en ajouter une quatrième : avoir une audience de M. de La Vieuville (3).

Tallemant raconte la petite anecdote suivante, arrivée à Claude Favre, sieur de Vaugelas, qui voulait toucher sa pension :

« M. de Vaugelas alla une fois chez M. de La Vieuville, surintendant des finances, pour la première fois, pour tascher d'être payé de sa pension. La Vieuville lui dit, de si loing qu'il l'aperçut : « Allez chez un tel ». Il y va, cet homme n'avoit point ouÿ parler de luy ; il retourne. La Vieuville luy dit : « Allez chez « Bardin ». Bardin n'en sçavoit pas plus que l'autre. A la troisième fois, La Vieuville luy dit : « Allez chez le trésorier de l'épargne qui « est en exercice, il y a arrest pour cela » — « Monsieur, respond Vaugelas, il ne faut point « d'arrest pour cela, c'est une pension (4). »

(1) *Le Mercure François*, 1624, t. X, p. 653 et suivantes. *Le Recueil* E, à Paris, 1760, donne in-extenso *le Mot à l'oreille de Monsieur le marquis de La Vieuville, sur-intendant des Finances*, p. 178.

(2) *Les Historiettes de Tallemant des Réaux*, édition Monmerqué et Paulin. Paris, t. I, p. 293.

(3) Les Archives du ministère des Affaires étrangères ont conservé un certain nombre de libelles et pamphlets écrits contre La Vieuville : *France*, t. 36, folios 8-17 (1624).

(4) *Historiettes de Tallemant des Réaux*. Edition Monmerqué et Paulin. Paris, t. III, p. 225.

La Voix publique au Roy, autre libelle, s'adressait directement à Louis XIII.

Après avoir passé en revue les membres du Conseil du Roi, le pamphlet arrivait au surintendant :

« Pour ce qui est de la personne du marquis de La Vieuville, on dit que plusieurs des siens s'efforcent de persuader au monde qu'il est très habile homme, mais il a ce malheur que personne ne veut ajouster foi, non plus qu'aux nouvelles de l'arrivée de la Flotte d'Espagne : on a beau publier son committimus, et raconter que c'est luy qui gouverne tout, *ne per æquo*, le public se fie aussi peu en sa conduite, qu'en la prud'hommie du fraizé Duret.

« Changeant ordinairement le soir ce qu'il aura résolu le matin, puis il retourne à ce qu'il a changé, ou faict des desseins tous nouveaux avec des résolutions toutes nouvelles, allant ainsi de blanc en noir, et de noir en blanc, selon les diverses conceptions qui lui agréent, ressemblant de cette façon à ceux qui ne guérissent jamais un mal à cause de la multiplicité des remèdes desquels ils se servent, pour n'en sçavoir l'usage d'un bon.

« Le bruit est partout, Sire, que La Vieuville fait le mareschal d'Ancre, le Luyne, le Puisieux et la Puisieuse tout ensemble, présumant tout de lui, que dans votre Conseil, il entreprend de proposer, délibérer et résoudre tout ; se faschant si les secrétaires rapportent, et si les autres ne concluent aux fins de cest unique sénateur. Ainsi il ne faut qu'un fait, dit le proverbe pour troubler toute la feste. »

Dans la rue, un palefrenier reproche à son compagnon qu'il sangle son cheval comme la cervelle de La Vieuville.

Un autre se plaignant de ne pas trouver de logis, on lui dit qu'il fallait aller chez La Vieuville qui avait toujours force chambres vides dans la tête.

« Pour conclusion, Sire, dit le libelle, la voix publique crie partout que La Vieuville n'est pas assez expert médecin pour trouver les remèdes salutaires à la guérison des playes de la France, on le tient véritablement pour un grand personnage en matière de ses intérêts, boutades et intrigues : mais qu'il ait le talent de pouvoir conseiller un grand roi comme V. M. dans les importantes affaires du temps présent... C'est ce qu'on lui dénie tout à plat... (1). »

(1) Le *Recueil E*, à Paris, 1760, donne *la Voix publique au Roi*, in extenso, p. 208.

« Qelle fidélité, ajoute le même factum, un prince doit-il attendre d'une personne sans conscience? Quelle justice en peuvent espérer les subjects? Un homme ardent à son intérest, n'est-il pas capable de s'engager en toutes sortes de méchancetez, principalement quand il estime ses artifices assez grands pour desguisez ses malices à son maistre. »

Et sur ce ton, *la Voix publique* d'énumérer toutes les fautes du marquis de La Vieuville, et de démontrer que les désordres dans l'Etat ont augmenté considérablement depuis qu'il est aux affaires. Le peuple est de plus en plus surchargé de tailles; les voleries se commettent plus nombreuses dans l'Epargne depuis que le beau-père et le gendre l'administrent. En un mois de temps La Vieuville et Beaumarchais ont plus dérobé d'argent aux caisses de l'Etat que n'en avaient pris en une année ceux qu'ils ont fait chasser de leurs places. Et si le surintendant a su épargner d'un côté, ce n'était que pour mieux y trouver son compte de l'autre.

Et la hardie satire signale, sinon avec preuves à l'appui, du moins avec l'indication de ceux qui pourraient faire cette preuve, que La Vieuville et Beaumarchais ont *grivelé* plus de six cent mille écus au trésor. Rien que sur les secours accordés aux Hollandais, ajoute-t-elle, le marquis seul prélève tous les ans quarante mille écus.

Ces dilapidations hantent les cerveaux des serviteurs de la maison. Un jour, Bardin, premier commis de Beaumarchais, tombe gravement malade de la fièvre et, dans un accès, croit entendre la Vierge Marie lui annoncer qu'il guérirait si son maître restituait toutes les sommes qu'il a volées. A peine sur pied, Bardin raconte l'histoire à Bouhier qui lui répond : « Mon amy, vous êtes un badin, sçachez que la Vierge Marie ne se mesle pas de nos affaires, pensez à vous guérir et ne resvez plus. »

Ainsi se gouvernent, dit le *Mercure François*, « ceux qui veulent mourir riches (1) ».

Qui ne traite pas avec le surintendant, n'a pas chance d'aboutir :

« Les orfèvres de Paris poursuivent de faire bastir le pont au change de pierre de taille à leurs despens, le marquis ne le trouve pas bon. »

(1) *Le Mercure François*, 1624, t. X, p. 653 et suivantes.

On devait aussi lui reprocher d'être faux-monnayeur et prévaricateur des deniers publics :

« Outre les monnoies falsifiées, La Vieuville avait conçu l'entreprise imaginaire de faire venir l'eau de Villemomble dans les fossez de Paris par des canaux... C'étoit une entreprise dont les fonds auroient été pris dans le Trésor de l'Épargne, ce qui eut permis bien des détournemens (1) ».

Le gros reproche, d'ailleurs, de tous ces pamphlets, était le malencontreux beau-père, le richissime et effronté Bouhier de Beaumarchais, que les courtisans qui n'avaient rien pu en tirer exécraient de toutes leurs forces. Le duc de Beaufort ne disait-il pas que Beaumarchais était une éponge qu'il fallait presser, lequel avait plumé l'oie du roi et en devait rendre au moins la plume.

Il ferait mieux, disaient de son gendre ces mêmes courtisans, de rechercher toutes les voleries des trésoriers de l'Epargne et « non pas de ruiner tant de gens à qui il ostoit le pain des mains en les privant de leurs pensions, tandis que ses valets et ceux de son beau-père Beau-marchais puisoient avec de gros acquits patents dans les sources des Finances. »

Et *la Voix publique* terminait en montrant au roi l'imprudence qu'il avait eue de laisser entrer dans la même maison deux charges aussi importantes : la Surintendance des Finances, avec La Vieuville, et la Trésorerie de l'Epargne avec Beaumarchais : « chose qui ne s'est veuë jamais en quelque royaume que ce soit ».

Aussi, disait-elle encore, était-il heureux que la France fut placée sous la garde de Dieu, étant véritablement abandonnée des hommes depuis qu'elle était entre les mains de La Vieuville.

Il est bien entendu que tous ces factums à l'adresse du surintendant, ne manquèrent pas l'occasion de crosser ferme les financiers et traitants de l'époque, dont l'orgueil n'avait pas plus de limites que l'âpreté, et avec lesquels, grâce à leurs écus, les grandes familles de noblesse ne dédaignaient pas de s'unir :

« Que votre Majesté sache qu'il n'y aujourd'huy financier qui ne vive en seigneur et qui ne soit meublé en prince, la plus part d'entre

(1) *Le Mercure François*, 1624, t. X, p. 674.

eux, pour s'exempter du gibet, s'estant alliez aux plus illustres maisons de vostre royaume. N'est-ce pas chose horrible de voir un Jacquet avoir espousé la niepce du duc de Mayenne? La fille de Feydeau, le comte du Lude? Celle de Beaumarchais, le maréchal de Vitry? Celle de Montmor, le fils du maréchal de Thémines? Celles de Herbaut, les comtes de Palluau, de Bury et marquis de Sel? Celle de Fabry, le Sr de Pompadour? Quoy plus? un commis de l'espargne a donné sa fille au marquis de Montravel avec cent mil écus. Villautrais, qu'on croyoit devoir estre pendu, après avoir desrobé un million au siège de Montpellier, a marié sa fille au neveu du cardinal de La Rochefoucaut, pour s'appuyer de l'escarlate. Et ainsy d'infinis autres, les enfans desquels, bravant l'ancienne noblesse, de manière que la science de bien desrober est unique chemin de s'annoblir aujourd'huy en France (1). »

Le maréchal de Vitry auquel ce pamphlet fait allusion, était Nicolas de l'Hospital, marquis puis duc de Vitry, d'origine napolitaine et vieux compagnon d'armes de Henri IV. Nicolas succéda à son père en 1611 comme capitaine des gardes du corps du roi. On sait qu'il dut sa fortune au meurtre du maréchal d'Ancre, qu'il accomplit, il est vrai, sur l'ordre de Louis XIII, mais ordre que, depuis longtemps, il insinuait au roi de lui donner. Ce lâche assassinat, qui éclaboussa plus son blason que les écus de la fille de Beaumarchais, perpétré le 24 avril 1617, ne fut pas alors jugé comme il l'est de nos jours; nous n'en voulons pour preuve que les stances suivantes adressées en cette occasion à l'assassin :

. . . .

Heureux, cent fois heureux qui tua la vipère;
Il nous garantit tous de son mortel venin;
Encore plus heureux qui tueroit la mégère;
Il nous délivreroit de sa funeste main.

Vitry, si cette mort te donna de la gloire,
Je te prierois de cœur de nous prêter ton bras :
Deux fois seroit écrit au Temple de Memoire,
Donnant à la Furie un semblable Trespas.

Ne crains point de donner la mort à une femme,
Qui te fera peut-être en bref finir tes jours,
Ce n'est point une femme, plustôt un monstre infâme,
Qui vomit contre tous sa rage et son courroux (2).

. . . .

(1) *Documents inédits sur l'histoire de France.* Lettres du cardinal de Richelieu, publiées par M. Avenel, t. VIII, p. 33.

(2) *Le Recueil* Y. A. Paris, 1760, p. 128.

Le soir du crime, Vitry fut fait maréchal de France et son frère du Hallier, qui était du complot, capitaine des gardes, à sa place. Il est juste de dire que, par la suite, il fut un brave soldat au service de France. Mais, quelles qu'aient été ses belles actions elles ne sauraient faire oublier la façon dont il avait obtenu son bâton de maréchal.

A propos du siège des îles d'Hyères, prises par les Espagnols en 1635 et que l'Archevêque de Sourdis devait reprendre, Vitry se laissa aller, dans une vive discussion, à frapper ce prélat guerrier. Sur les instances de Richelieu, il fut enfermé à la Bastille, pour ce fait, en octobre 1637 et n'en sortit qu'en janvier 1643, à la mort du cardinal.

Nommé duc et pair de France en 1644, il mourut le 28 septembre de cette année à l'âge de 63 ans.

Richelieu disait de Vitry, dans son testament politique, qu'il avait été obligé de lui retirer le gouvernement de Provence parce que son humeur insolente et altière ne convenait pas à un peuple aussi jaloux de ses privilèges et de ses franchises que le peuple Provençal.

Pour en revenir au pamphlet contre les financiers, dont il vient d'être question, disons que Nicolas de l'Hospital avait, en effet, épousé Lucrèce-Marie Bouhier, veuve de Louis de La Trémouille, marquis de Noirmoutier, fille aînée de Vincent Bouhier, seigneur de Beaumarchais et de Marie Hotman (1).

Ce mariage, contracté le 9 mai 1617, quelques jours après le meurtre du maréchal d'Ancre, vit probablement ses fastes se dérouler dans l'Hôtel dont nous nous occupons, puisqu'il était alors la propriété et l'habitation de Beaumarchais.

On en connaît la date par le billet suivant :

« Le 4e May 1617 furent fiancez par monseigneur de Paris, messire Nicolas de l'Hospital, chevalier, conseiller d'Estat, marquis de Vitry et maréchal de France (le nom de la fiancée a été oublié), marié le 9e avec dispenses (2). »

Le mariage se fit à Saint-Paul.

(1) Le premier mariage de Lucrèce-Marie Bouhier avec Louis de La Trémouille avait été célébré le 13 mars 1610.

(2) *Dictionnaire de biographie et d'histoire*, de Jal.

Vitry est déjà maréchal de France, salaire de sa méchante action, et il a besoin de beaucoup d'or, d'or maniable et accommodant, pour cacher le sang qui est resté sur son bâton. Ce sera donc Bouhier qui le lui fournira, trop heureux encore d'avoir été choisi pour cacher momentanément sous ses écus, l'écu du brutal soudard.

L'évocation des temps lointains prend une singulière acuité quand elle se manifeste dans le milieu, dans le décor, dans les murs mêmes où se déroulèrent les choses auxquelles l'on songe.

Que de souvenirs dans ce logis de la rue Saint-Paul !

Les façades en briques soulignées de larmier de pierre, les fenêtres moulurées du xve siècle, la tour carrée, tout est encore là comme au temps où le beau soldat de 36 ans faisait sonner ses éperons d'acier sur le pavé de la cour d'honneur de Vincent Bouhier.

Rien, ou presque rien n'a été modifié.

On y peut encore rêver qu'à ce bruit métallique, la petite Beaumarchais, qui a quitté le deuil d'un La Trémouille allié aux Bourbon et aux Condé, va apparaître à l'une des larges baies auxquelles il ne manque que ses meneaux, et se pencher sur la tablette de pierre pour voir le cavalier attendu descendre de son cheval et s'engouffrer sous la sombre voûte. L'évocation, pourtant, si elle doit être sincère, aura ici une lacune, car l'escalier n'est plus le même, les lourdes balustres de bois contre lesquelles heurta plus d'un fois, sans doute, l'épée du jeune maréchal de France, ayant cédé la place à la rampe en fer et aux degrés de marbre ouvragés par les artisans d'un siècle moins âgé et plus élégant.

Nicolas de l'Hospital eut de Lucrèce-Marie Bouhier cinq enfants, qui furent :

1. *François*, né rue Pavée et baptisé le 21 juillet 1618; parrain et marraine : Vincent Bouhier et Françoise de Brichanteau, mère de Vitry.

2. *Marie*, née à la place Royale, le 16 août 1619, baptisée le 20 mars 1622, à Saint-Paul; parrain et marraine : François de l'Hospital, capitaine des gardes du corps, frère de Vitry, et Marie Hotman, femme de Vincent Bouhier.

3. *Lucrèce*, née le 15 juillet 1624, rue Neuve-Royale, baptisée le 26; parrain et marraine : Vincent Bouhier et Marie Bouhier, sa fille, femme du marquis de La Vieuville, surintendant des finances.

4. *Louis*, né à Château-Vilain, le 20 décembre 1627, baptisé à Saint-Paul le 9 février 1630; parrain et marraine : François de l'Hospital et du Haluyn, conseiller d'Estat et demoiselle Georgette de l'Hospital.

5. *Roger*, né à Château-Vilain, le 4 mai 1629, baptisé le 9 février 1630; parrain et marraine : Roger de Bellegarde, duc et grand écuyer de France, et dame Catherine de La Rochefoucauld, dame d'honneur de la Reine (1).

Leur mère mourut à Arques, en Bretagne, le 19 février 1666 à l'âge de 66 ans.

Quant on poursuivit les financiers, la Reine-Mère, Marie de Médicis, fut particulièrement implacable et acharnée contre Bouhier de Beaumarchais en raison, on le devine, du mariage de sa fille aînée, Lucrèce-Marie, avec Nicolas de l'Hospital, meurtrier du maréchal d'Ancre, son familier, son ami.

Pour tirer Beaumarchais de ses griffes, ou tout au moins pour atténuer sa haine, on offrit en mariage la petite fille de Bouhier, c'est-à-dire la fille de La Vieuville, à Barradas, avec huit cent mille livres de dot. Il s'agissait de François, chevalier de Barradas, premier écuyer de la Petite-Ecurie, qui fut particulièrement aimé de Louis XIII.

Le Roi se montra content de cette union, mais voulut que l'on fit un compte rond en donnant un million. Richelieu, sentant probablement, à cette occasion, une rentrée en faveur de La Vieuville, et voulant être agréable à la Reine-Mère, fit si bien que le mariage échoua (2).

On pense bien que toutes les calomnies, contre La Vieuville, tous les outrages anonymes, vrais ou faux, tous les libelles, tous les pamphlets dont nous avons donné de larges extraits, n'étaient pas sans jeter le trouble dans l'esprit du Roi et dans celui de la Reine-Mère. Pour celle-ci, un seul homme était capable de tenir ferme les rênes de l'Etat et de remettre les choses en bon chemin : Richelieu.

Monglat assure que la plus grande passion qu'avait alors Marie de Médicis, était de faire entrer le cardinal au Ministère malgré la répugnance qu'avait le Roi de l'y voir siéger. Il ajoute même que Richelieu insinua à la Reine-Mère qu'elle devait d'abord gagner La

(1) *Dictionnaire de Biographie et d'Histoire*, de Jal, p. 1278.

(2) *Les Historiettes de Tallemant des Réaux*. Édition Monmerqué et Paulin. Paris, t. II, p. 243.

Vieuville « pour consentir qu'il entrât au Conseil, seulement par honneur, pour la satisfaire ». Le surintendant, acquis à sa cause, déciderait ensuite le Roi. Ce fut, en somme, ce qui arriva (1).

Tout le monde, à la Cour, connaissait l'antipathie, pour ne pas dire plus, de Louis XIII envers le cardinal. Le voyant un jour traverser la cour du château de Compiègne, il dit tout bas au maréchal de Praslin : « Voilà un homme qui voudrait bien estre de mon Conseil; mais je ne m'y puis résoudre, après tout ce qu'il a fait contre moy. »

Néanmoins, en présence de l'horizon qui s'assombrissait : les affaires de la Valteline, le mariage d'Angleterre, les difficultés de la religion, il se dit et on lui dit que, peut-être, La Vieuville ne suffisait pas pour arranger tout cela et qu'il fallait un homme d'une autre envergure.

Richelieu entra donc au Ministère en avril 1624.

« Mais ce qu'il faut remarquer, ajoute Fontenay-Mareuil, c'est que M. de La Vieuville, ignorant l'estat auquel il estoit avec le Roy, et combien son crédit estoit diminué, y consentit librement, soit par la connoissance de sa propre faiblesse, ou par une trop grande présomption de son bon esprit; croyant pouvoir toujours tenir le dessus, en quoy il fust bien trompé (2). »

Au dire du comte de Brienne, La Vieuville consentait, en effet, à laisser entrer Richelieu dans le Ministère, mais simplement à titre consultatif, comme l'avaient été les cardinaux de Retz et de La Rochefoucauld. « L'intention de La Vieuville n'étoit pas de donner au cardinal le secret des affaires, mais de juger des affaires avec lui. »

Disons que le Roi connaissait mieux que son surintendant le caractère de Richelieu, puisqu'il lui répondit, quand il lui fit part de son intention, que si l'on prenait le cardinal, il fallait le prendre complètement ou pas du tout, qu'il n'accepterait probablement pas un rôle secondaire, enfin, « qu'il étoit trop habile homme pour prendre le change (3). »

(1) *Mémoires de Montglat, loc. cit.*, 2ᵉ série, t. 49, p. 39.

(2) *Mémoires de messire du Val, marquis de Fontenay-Mareuil, loc. cit.*, t. 50, p. 562.

(3) *Mémoires du comte de Brienne*, collection Petitot, 2ᵉ série, t. 35, p. 381.

Richelieu, en 1617, tenait le portefeuille de la Guerre et des Affaires étrangères. En cette qualité, il avait eu déjà des relations avec La Vieuville, alors Lieutenant général en Champagne. Il l'avait, de plus, d'un regard perspicace et scrutateur, observé de près, depuis qu'il occupait la première place dans les Affaires de l'Etat. Il n'avait donc aucun doute sur ses intentions à son égard, se rappelant que, pour l'éloigner de la Cour, il lui avait, à quelque temps de là, fait offrir l'ambassade d'Espagne qu'il avait refusée. Aussi bien, ne mit-il pas longtemps à démêler l'idée secrète du marquis quand il apprit que celui-ci lui offrait la direction d'un second conseil, qu'il appelait le *Conseil des Dépêches*, et dont les membres ne devaient pas avoir accès auprès du Roi.

Il répondit à La Vieuville, lors des ouvertures qu'il lui fit, par une lettre de refus dont les premiers mots semblent être à double entente et paraissent être un présage de la vengeance qu'il tirera de cette humiliation, quelques mois plus tard :

« Le C. (cardinal) ne sçauroit assez remercier M. de la W. (Vieuville) de l'estime qu'il faict de luy et de la bonne volonté qu'il luy porte. Il taschera, en toutes occasions, d'en prendre revanche, en sorte qu'il cognoistra que ses interest lui seront aussy chers que les siens propres.

« Mais il jugera que la proposition faicte, en ce qui regarde le dit sieur Card. ne seroit ny utile au service du Roy, ny bonne pour entretenir l'intelligence qui doict estre entre sa Majesté et la Reyne sa mère, et qu'elle seroit périlleuse pour le dit sieur C... (1) ».

Richelieu, à ce qu'affirment ses propres mémoires, malgré sa répugnance d'entrer dans le ministère, à tel ou tel titre, dut pourtant céder à la pression. En vain fit-il valoir sa mauvaise santé et les inconvénients du système de La Vieuville, il ne put, selon lui, décliner l'offre qui lui était faite.

« Mais, dit-il, toutes ces raisons furent inutiles; car, comme cet homme (La Vieuville) étoit violent en ses passions, il poussa cette affaire si vivement qu'il n'y eut pas moyen de résister aux mouvements du Roi et de la Reine-Mère, qu'il fit intervenir en cette occasion. »

(1) *Collection de documents inédits sur l'Histoire de France.* Lettres du cardinal de Richelieu, publiées par M. Avenel, t. Iᵉʳ, p. 783.

En trois lignes, M. Jean Mariejol a défini très exactement la singulière situation occupée par le cardinal dans cette combinaison : « Richelieu était donc réduit à dire son avis, et quand on le lui demandait. Il ne pouvait traiter avec personne, n'étant qu'un ministre d'Etat consultant, ni négocier en sa maison. Son action commençait et s'arrêtait aux portes du Conseil (1). »

C'était donc contraint et forcé par La Vieuville, déjà déclinant, mais encore puissant, que Richelieu entrait aux affaires. Ainsi que nous l'avons dit plus haut, il savait d'ailleurs à quoi s'en tenir sur cette nomination :

« La Vieuville ne le faisant pas mettre au Conseil pour servir le Roi, mais pour se maintenir, et pensant se servir de lui comme d'une marotte, il l'y vouloit faire entrer avec honte.... »

Cette phrase des Mémoires du cardinal ne laisse pas de doute sur ce qu'il pense du soi-disant intérêt que semble lui porter le surintendant; on ne s'étonnera donc pas de l'âpreté des critiques qu'il fait contre son administration et contre sa personne :

« La Vieuville se gouvernoit si mal, qu'il ne pouvoit pas subsister davantage. Le cardinal ne fut pas plutôt dans les Conseils, qu'il ne vit par effet ce qu'il avoit prévu, qui est qu'il n'avoit pas dessein d'amender ses procédures. »

Et il le montre tournant à tous les vents des préoccupations diverses, jaloux même de son ombre, essayant par des procédés enfantins, de garder la tête des affaires alors qu'il perd pied dès la moindre difficulté; ombrageux à l'excès de tout ce qui était proposé et mis en avant par d'autres que par lui. Et aussi, ce qui est plus grave, faisant « pour ses intérêts particuliers, des propositions dommageables au service du Roi, ou, s'il les faisoit bonnes, il tramoit sous main tout le contraire, selon ses passions ».

Il n'est jamais assouvi, ajoute-t-il, de privilèges et de charges importantes et lucratives; c'est ainsi qu'il convoite l'Amirauté, qu'il veut marier sa fille au comte d'Harcourt, qu'il veut peupler de ses créatures et de ses parents la maison de Monsieur. Le cardinal l'accuse même de faux, lui reprochant de vouloir souvent faire signer aux secrétaires du Roi des pièces que le Roi ne connaissait pas ou qui étaient contraires à ses idées. Il le montre, encore, falsifiant les états de garnison de Champagne et y enlevant la mention de solde de certains officiers pour se mettre à leur place en qualité de lieutenant de Roi à Reims et pour en toucher le montant.

La Champagne, d'ailleurs, est une province qu'il met volontiers en coupe réglée : Il y a une affaire de forêt qui n'est pas très propre, entre lui et son cousin Joyeuse. Un de ses parents, le sieur de Grandpré, qui est aussi un Joyeuse, est gouverneur de Mouzon en Champagne. Voulant lui procurer le bénéfice d'une augmentation de garnison sans en parler au Roi, il propose à un secrétaire d'Etat de signer la pièce nécessaire, ce que celui-ci refuse. Il signe alors lui-même et la garnison est envoyée.

Au dire de Richelieu, il alla même jusqu'à être faux monnayeur.

Ce fut Laffemas qui découvrit le fait et dévoila qu'il était intéressé dans une affaire de construction de moulins spéciaux destinés à la fabrication de fausses pièces.

Et pour donner le change, affirmait-on, à ce drainage de l'argent public, il réduisait toujours les pensions des courtisans, ce qui faisait dire au cardinal :

« Enfin ces extravagances vinrent si grandes, que toutes ses entreprises se contredisoient les unes les autres, et, comme un ivrogne, il ne faisoit plus un pas sans broncher (1). »

Pendant cette période de déclin du surintendant, Richelieu, il faut le constater, n'a pas vis-à-vis de lui, une conduite des plus franches. Dans l'ombre et en dehors de sa sphère, il l'accuse déjà de tous les méfaits dont ses mémoires sont le reflet, mais, quand il est en sa présence et devant le roi, il semble l'excuser et le défendre. Pourtant le moment fatal approchait.

De longues conférences ont lieu entre le roi et le cardinal sur les personnes capables de remplacer le marquis de La Vieuville. Ce sont des conciliabules à voix basse tenus dans les coins, chez la reine, dans des cabinets, le soir, afin de ne pas éveiller son attention ou

(1) *Histoire de France.* Ernest Lavisse, t. VI, par M. Jean Mariejol, p. 226.

(1) *Mémoires de Richelieu,* collection Petitot, 2e série, t. 22, p. 329.

celles de quelques-uns des siens. On parle de rappeler Schomberg, on suppute Champigny, on examine Mathieu Molé. Le marquis, malgré toutes ces précautions, se doute de quelque chose et devine vaguement sur la figure des courtisans que son sort va se dénouer. Il se rend chez le garde des Sceaux, au courant des idées du roi et de Richelieu, mais il ne laisse rien transpirer. Il s'en va chez le cardinal, qu'il soupçonne bien un peu d'être son ennemi, mais qu'il ne croit pourtant pas capable de l'exécuter. Le cardinal ne dit rien, d'abord, puis, ses lèvres minces laissent échapper quelques insinuations qui ne doivent guère laisser de doute dans l'esprit torturé du surintendant : « Il vint chez le cardinal, qu'il pressait si vivement de l'assurer qu'il ne seroit point éloigné, que ledit cardinal, qui savoit bien taire la vérité, mais jamais la violer, ne lui put jamais répondre avec telles précautions qu'il n'odorât quelque chose de ce qui lui devoit arriver » (1).

Parmi ceux qui participèrent ouvertement à la ruine de La Vieuville, il faut citer le maréchal de Bassompierre. Dès l'avènement du surintendant, d'ailleurs, la lutte d'intrigues, de chicanes, de délations avait commencé entre ces deux hommes. Bien entendu, au dire de Bassompierre, c'est toujours La Vieuville qui est l'agresseur : il fait arrêter le paiement en sa faveur d'une somme de 24,000 livres qui lui revenait sur l'entretènement des suisses, il l'accuse auprès du roi d'être soudoyé par l'Espagne contre la France; il le montre, enfin, sans scrupules pour ses propres affaires et sans dévouement à celles de l'Etat. Et l'autre, pour conserver sa faveur auprès du roi, qu'il garda d'ailleurs entièrement, d'opposer des calomnies aux calomnies, de faire flèche de tout bois contre lui et surtout de s'allier avec Richelieu, ce qui était la manœuvre la plus habile de toutes.

Un jour, à Saint-Germain, trois gentilshommes se promenaient gaiement dans les galeries du château et avec l'allure d'une étroite amitié : le roi, M. de Bellegarde et Bassompierre. Survint La Vieuville avec son beau-frère, le maréchal de Vitry. Déjà, des bruits couraient sur la disgrâce du surintendant; la belle humeur qu'il vit peinte sur la figure de Bassompierre ne lui fit rien présager de bon. Aussi, quelques instants après, le maréchal de Vitry accostait-il le maréchal de Bassompierre en déplorant de le voir en désaccord avec La Vieuville et l'assurant qu'il voulait s'employer à les raccommoder.

— A quoi bon, répondit Bassompierre, maintenant que sa ruine est certaine. Si je l'avais voulu, je l'eusse fait alors qu'il était tout-puissant.

Les choses, en effet, allèrent rapidement. Au premier Conseil qui succéda à cette scène, le roi, sèchement, ordonna au surintendant d'avoir à payer sur-le-champ tout ce qui était dû sur les appointements de Bassompierre.

« Il ne répondit pas un mot, dit ce dernier dans ses mémoires, et fit seulement la révérence d'acquiescement. » Il comprit, sans doute, que c'était le commencement de la fin.

Enhardi par cet acte d'énergie, Bassompierre prévint Louis XIII de son intention de traduire son ministre devant le Parlement, dès qu'il aurait quitté les finances, au sujet de l'accusation portée par lui sur sa prétendue entente avec l'Espagne. Ce fut alors que le roi lui donna l'assurance que, non seulement il lui retirerait son portefeuille, mais qu'il ordonnerait à bref délai son arrestation (1).

Dès qu'il vit que tout s'écroulait autour de lui, La Vieuville prit la résolution de prévenir l'arrêt du roi en lui remettant le premier sa démission. Louis XIII était à Rueil, chez sa mère; il s'y fit conduire en carrosse et obtint un entretien. Le roi, surpris sans doute, semble s'être départi un peu de sa sévérité, encore qu'il n'abandonne pas, pourtant, le projet qu'il a de le faire arrêter. L'endroit, d'ailleurs, était mal choisi et sa garde peut-être insuffisante. Il répond donc vaguement à La Vieuville « qui reprenait quelque espérance par la prudence avec laquelle Sa Majesté lui parloit » et l'invite à retourner à Saint-Germain, lui promettant que, si sa volonté était de se séparer de lui, il le lui apprendrait lui-même de sa bouche.

Ce fut après son retour à Saint-Germain que se passa cette scène burlesque racontée par quelques mémorialistes du temps. A peine le malheureux marquis venait-il de se coucher, qu'un charivari effroyable éclata dans une cour de service à l'occasion du mariage d'un officier du commun avec une veuve. Monsieur, frère du roi, en passe de s'amuser ce jour-là, demanda aux marmitons et à la noce de venir

(1) *Mémoires de Richelieu*, collection Petitot, 2e série, t. 22, p. 335.

(1) *Mémoires du maréchal de Bassompierre*. Edition Petitot, T. 21, 2e série, p. 2 et suivantes.

dans la cour du château, ce qu'ils firent en frappant sur des poêles et des ustensiles de cuisine. L'infortuné La Vieuville croyant que tout ce vacarme était à son intention, et pensant que l'on venait pour l'assassiner, perdit à ce point la tête qu'il se réfugia chez son pire ennemi, chez le cardinal de Richelieu. La charité chrétienne ordonnait à ce prêtre de lui tendre un main secourable. Il le fit de bonne grâce et daigna le rassurer (1).

Louis XIII, cependant, ne manqua pas de tenir à son ministre chancelant, la parole qu'il lui avait donnée la veille à Rueil. Dès le lendemain matin il le manda dans sa chambre et, brutalement, lui notifia son congé en dépit de ses supplications et de l'évocation qu'il fit devant lui de ses nombreux aïeux et des services rendus par eux, à travers les âges, à la Monarchie française.

Au pied de l'escalier, dans la cour, de Tresmes l'attendait pour l'arrêter. On le fit monter dans un carrosse puis, escorté d'une compagnie de mousquetaires du roi, il fut conduit au château d'Amboise.

Il n'y avait pas bien longtemps encore que, dans toutes les grandes cérémonies royales, La Vieuville et de Tresmes étaient les personnages les plus importants de la Cour. Au lit de justice tenu par Louis XIII au Parlement de Rouen, nous apprend Saint-Simon, le 11 juillet 1620, La Vieuville se tient, avec le comte de Tresmes, capitaine des gardes, aux deux côtés des petits degrés par lesquels on monte aux sièges entourant le trône royal.

Quand le roi assiste au Parlement, La Vieuville et de Tresmes se retrouvent « l'un au marchepied du roi, l'autre au passage, entre le chancelier et le premier président (2) ».

Le résident florentin Giovanni-Battista Gondi, en ce moment à Paris, écrivit, à propos de la disgrâce de La Vieuville :

« Le pronostic fait à la Cour il y a quelques mois, au marquis de La Vieuville, de sa chute prochaine, est, en somme, devenu vrai ; il a été, il y a trois jours, déposé par le roi de sa charge de surintendant général des finances, et on l'a fait conduire en toute hâte de Saint-Germain au château d'Amboise sous la conduite de M. de Tresmes, capitaine de la garde du roi, dans un carrosse à six chevaux, escorté de trente arquebusiers à cheval. »

(1) *Mémoires du maréchal de Bassompierre.* Collection Petitot, 2e série, t. 21, p. 2 et suivantes.

(2) *Mémoires de Saint-Simon*, édition Hachette, 1873, t. XIX, p. 405 et 408.

Giovanni-Battista Gondi ajoutait que l'on causa beaucoup, à la cour, de cette disgrâce, l'attribuant à l'hostilité de toute la noblesse contre La Vieuville. On disait aussi, d'après lui, que le coup venait de Richelieu, lequel avait acquis la certitude que « le marquis commençait à lui donner des crocs-en-jambe ».

Il disait aussi, et nous retenons son dire comme étant celui d'un homme indépendant et désintéressé dans la question, que le surintendant tombait surtout pour les raisons politiques indiquées par le roi dans sa lettre au Parlement et dans celle à d'Effiat, et non pour des causes d'improbité et de malversations. Voici ce qu'il écrit à ce sujet :

« Dans l'administration des finances, toutefois, quoi que disent les libelles contre lui, la cour ne pense pas qu'il ait mal agi, si ce n'est en tolérant que son beau-père, M. de Beaumarchais, trésorier de l'épargne, ait guidé ses mains (1). »

A la réunion du Conseil qui eut lieu immédiatement après l'arrestation du surintendant, Richelieu, passé au premier rang, donna libre cours aux ressentiments qu'il professait contre La Vieuville et loua ouvertement le roi de ce qu'il venait de faire. Il lui donna même déjà des conseils pour l'avenir :

« Si Votre Majesté faisoit encore un choix pareil à celui de La Vieuville, vos affaires seroient perdues, en sorte qu'il seroit impossible de les remettre jamais sur pied, car celui-ci les a mises en tel estat qu'on n'oseroit vous promettre assurément de les rétablir comme on peut désirer. »

Et le grand cardinal, entraîné par le lyrisme débordant qu'éprouve tout homme d'Etat d'être débarrassé subitement d'un obstacle, continua son discours par une phrase dont il dut sourire plus tard, si tant est qu'un sourire effleurât jamais ses lèvres pâles, et qu'il eût le toupet de consigner dans ses mémoires :

« Votre Majesté ne doit pas confier ses affaires publiques à un seul de ses conseillers et les cacher aux autres ; ceux que vous avez

(1) *Richelieu et les ministres de Louis XIII*, par M. Berthold Zeller, 1880, *loc. cit.*, p. 293, 294 et 295.

choisis doivent vivre en société et amitié dans votre service, et non en partialités et divisions (1). »

Le *Mercure de France* raconte autrement que ne le fait Richelieu l'arrestation de La Vieuville. Il dit qu'un exempt et des archers pénétrèrent dans sa chambre, au château de Saint-Germain, se saisirent de sa personne et la firent descendre dans un carrosse qui partit, escorté de gardes, pour Amboise.

Après cette arrestation, d'autres exempts vinrent saisir ses papiers dans son domicile de Paris et mirent l'hôtel sens dessus dessous. On en fit autant au logis de son beau-père Beaumarchais, qui avait pris la fuite, avec son premier commis Bardin, pour l'île de Noirmoutier (2).

Selon les *Œconomies royales*, la disgrâce du surintendant vint beaucoup, également, « de la recherche des financiers », ce qui veut dire des poursuites exercées contre ceux qui détenaient les fonds publics. Parmi eux était Bouhier de Beaumarchais. Quand on sut que ce dernier n'échappait pas aux poursuites, on comprit que le crédit de son gendre baissait dans la faveur du roi. Et alors commença, de la part des courtisans, la petite guerre des libelles dont nous avons parlé : « chacun jugeant par la poursuite rigoureuse qu'on faisoit de son dit beau père, qu'il ne pouvoit durer, l'on s'émancipa de l'accuser de desservice et trahison » (3).

On reprochait surtout à Bouhier, qui était l'un des plus riches financiers d'alors, d'avoir avancé les plus fortes sommes d'argent pour soutenir les guerres fomentées par La Vieuville en Allemagne, avec Mansfeld, et contre les Génois, avec le duc de Savoie. Ils s'entraînaient donc mutuellement dans la débâcle quand Richelieu précipita la chute finale. Ce qui fit dire au duc de Rohan, en parlant des deux ministres, le vainqueur et le vaincu : « Voilà comme tous ces favoris se servent fidèlement les uns les autres (4). »

(1) *Mémoires de Richelieu*, collection Petitot, 2e série, t. XXII, p. 339.

(2) Le *Mercure de France*, 1624, t. X, p. 672.

(3) *Œconomies royales* (mémoires de Sully), collection Petitot, 2e série, t. 9, p. 403.

(4) *Mémoires du duc de Rohan*, édition Petitot, 2e série, t. 18, p. 250.

CHAPITRE VI

LES RAISONS DE LA DISGRACE DU MARQUIS DE LA VIEUVILLE. — RICHELIEU SEUL MAITRE DU POUVOIR. — L'ARCHEVÊQUE DE TOULOUSE DÉFEND LA VIEUVILLE. — NOTIFICATION AU PARLEMENT ET A L'ANGLETERRE DE LA DISGRACE DU SURINTENDANT. — LA VIEUVILLE RÉPOND AUX LIBELLES. — BOUHIER DE BEAUMARCHAIS CONDAMNÉ ET PENDU EN EFFIGIE. — CONDAMNATION DE LA VIEUVILLE NON SUIVIE D'EFFET. — SON RETOUR EN FRANCE. — CONSPIRATIONS CONTRE RICHELIEU. — CONDAMNATION A MORT ET FUITE EN BELGIQUE ET EN ANGLETERRE. — MORT DE RICHELIEU ET DE LOUIS XIII. — RENTRÉE DU MARQUIS DE LA VIEUVILLE. — PROCÈS AVEC SAINT-SIMON, DÉTENTEUR DE SES BIENS. — RÉTABLISSEMENT DANS LA CHARGE DE SURINTENDANT DES FINANCES ET DANS CELLE DE MINISTRE D'ÉTAT.

On a dit que le renversement de La Vieuville, dégagé des intrigues et des compétitions, examiné de loin et posément, avait été un mouvement très réfléchi du roi, occasionné par la place trop grande, pour son peu de valeur personnelle, que prenait le surintendant, et par une sorte d'insubordination respectueuse que n'excusait aucun acte de génie.

La chose, assurément, n'est pas douteuse, mais ce qui ne l'est pas moins, c'est le rôle joué par la politique d'alors, dont les différents partis, se servant comme d'un levier de leurs créatures au pouvoir, se ruaient sur les privilèges et sur les coffres de l'Etat.

La Vieuville fut certainement incorrect, peut-être indélicat, mais on ne peut s'empêcher de reconnaître qu'il essaya de mettre un frein à tous les assauts donnés au trésor public par une noblesse affamée et perdue de dépenses.

On peut donc penser que le surintendant tombait surtout sous la poussée des mécontents, bien plus que pour les raisons invoquées par la lettre ci-dessous, adressée par Phelypeaux d'Herbaut, secrétaire d'Etat, à M. de Marquemont :

« ... La résolution que S. M. a prise ne doit estre interprètée pour changement d'humeur, mais receue et approuvée pour des raisons importantes au bien de l'Estat, de manière que, Dieu aydant, l'on n'en doit attendre que de bons effets pour la réputation de

S. M. et la prospérité des affaires du royaume. A Saint-Germain-en-Laye, ce 13 août 1624 (1). »

Le souvenir de son passage aux affaires fut vite effacé dans les générations qui le suivirent, et c'est à peine si l'on parle de lui dans les annales écrites de notre pays, sauf quelques petits souffles de haine, échos des mémoires du temps dont presque tous les auteurs étaient ses ennemis, ayant été ses courtisans. La grande figure de Richelieu, aussi, l'écrase du poids énorme de son génie, diminue et annule les actes de son administration, génie que La Vieuville avait deviné, ce qui sera même le seul titre qu'on lui reconnaîtra plus tard pour sauver son nom de l'éternel oubli et ce qui fera dire à M. G. Hanotaux, dans sa belle histoire du grand cardinal :

« Celui-ci doit de vivre dans l'Histoire a l'honneur qu'il a d'être, pendant trois mois, le concurrent du cardinal de Richelieu; il eut aussi l'honneur et le malheur, tout ensemble, de lui ouvrir la porte. Il s'appelle La Vieuville (2). »

Saint-Foix, dont les jugements sur les hommes et sur les choses ne sont pas toujours dépourvus de justessse, a rendu à Charles de La Vieuville des hommages peut-être exagérés, mais indiquant qu'il a su démêler dans la lecture des écrits de l'époque, la part revenant à la méchanceté des gens de cour dans la réputation qui fut faite alors au surintendant :

« On entrevoit dans quelques mémoires de ce tems-là, que c'étoit un ministre du génie, du caractère, de la probité de Sulli, et à qui il ne manquoit qu'un Henri IV, un maître qui le soutînt contre la haine des courtisans et les ressorts qu'ils font jouer pour perdre l'administrateur des revenus de l'Etat, qui ne se prête pas à leur avidité » (3).

Nous devons dire que Richelieu avait été nommé premier ministre le 29 avril 1624, c'est-à-dire trois mois et demi avant la destitution et l'arrestation du surintendant, arrivées le 13 août de cette année. On ignorait un peu à la Cour de quelle façon le cardinal avait escaladé le pouvoir, c'est du moins ce qu'il ressort d'une lettre écrite le 4 mai 1624 par un attaché au service de la jeune reine, Patrocle, et dont le fragment ci-après a été donné par M. Avenel :

« M. le cardinal de Richelieu introduit par le Roi dans le Conseil de ses affaires, avec les recommandations si grandes de sa capacité, fidélité et probité, que tout le monde le regarde desjà pour le tout puissant..... Je ne vous diray pas maintenant la façon comme quoy Monsieur le Cardinal de Richelieu est venu au degré où il est, car il n'est pas encore bien recogneu sy M. de La Vieuville y a grande part ou autrement.... (1). »

Désormais le cardinal était le maître dans le cabinet. Il allait pouvoir y diriger seul les affaires de l'Etat, sans craindre de rivalités de compétitions, d'entraves.

Au milieu du concert d'outrages et de calomnies qui s'éleva contre La Vieuville, un homme, pourtant, le défendit contre Richelieu, du moins dans ses mémoires, Monseigneur de Montchal, archevêque de Toulouse. M. de Montchal fut ce grand prélat qui se dressa souvent vis-à-vis du cardinal et défendit contre lui les droits du clergé, que Richelieu ne ménageait pas plus que les autres ordres de l'Etat. Il accuse formellement le cardinal d'avoir manqué à sa parole et à ses engagements en poursuivant la ruine du surintendant qu'il avait juré de soutenir.

Parlant de Marie de Médicis, voulant à toute force l'entrée de Richelieu au ministère, il dit : « Elle employa auprès du Roy à cette fin le marquis de La Vieuville qui étoit celui qui lors avoit plus de pouvoir auprès de Sa Majesté, et qui pour complaire à la mère du Roi et obliger le cardinal, qui lui avoit juré amitié et fidélité inviolable sur le Saint-Sacrement, pour être associé avec lui au gouvernement, lui remontrant que leurs intérêts, du tout différens ne laissoient lieu à aucune jalousie entre eux. »

Plusieurs fois, ajoute Montchal, le marquis, dans ses tentatives en faveur de Richelieu, fut rebuté par le roi, qui lui répondit un jour : « Qu'il ne se pouvoit fier à celui qui, ayant

(1) *Documents inédits sur l'histoire de France.* Lettres du cardinal de Richelieu, publiées par M. Avenel, t. II, p. 21.

(2) *Histoire du cardinal de Richelieu,* par M. Gabriel Hanotaux, t. II, p. 548.

(3) *Essais historiques sur Paris,* par Saint-Foix. Éd. 1778, t. IV (*Histoire de l'ordre du Saint-Esprit*), p. 441.

(1) *Documents inédits sur l'Histoire de France.* Lettres du cardinal de Richelieu publiées par M. Avenel, t. 11, p. 4 (note).

trahi sa Majesté Bienfaitrice, lui donnoit juste sujet de l'estimer trompeur et fourbe, qui est le mot italien duquel un grand pape s'étoit autrefois servi pour exprimer ses finesses et par lequel il prophétisa ce qui devoit être. Mot que l'usage commun avoit depuis rendu françois pour faire connaître son naturel et sa conduite. »

Richelieu n'aurait même pas craint, au dire de l'archevêque de Toulouse, de soudoyer des plumitifs et folliculaires de mauvais aloi, pour prendre part à la campagne de factums entreprise contre celui qu'il voulait renverser :

« Il n'est pas hors de propos, dit-il, de remarquer que, pendant que le marquis de La Vieuville pressoit le Roy de donner part dans ses affaires au cardinal, de l'autre côté le cardinal faisoit faire des libelles diffamatoires contre le marquis par Faucon, auquel il disoit de ne rien laisser à dire, qu'on n'étoit jamais réduit à vérifier ce qu'on avoit écrit, ce que Faucon a depuis confessé au marquis, en lui en demandant pardon. »

C'est de Faucon du Ris, dont il est question ici, conseiller au Parlement de Rouen, maître des requêtes, puis premier président de Rouen et père du charmant poète Charleval (1).

Monseigneur de Montchal n'hésite même pas à comprendre le surintendant dans la liste des hommes *innocents* que Richelieu fit sortir de France pour pouvoir régner sans partage et contre lesquels : « il n'y eût sortes d'artifices, supositions, et surprises qui ne fussent employées, pour les rendre suspects ou coupables ».

Voici, en effet, ce qu'il écrit à ce sujet, en parlant de Richelieu écartant avec soin toutes les influences qui pouvaient le gêner :

« Néanmoins, par l'adresse qu'il avoit euë à chasser la Reine-Mère, Monsieur Frère du Roi, M. de Soissons, Messieurs de Guise, d'Elbeuf, de La Villette, de Bellegarde, de La Vieuville, le Président Le Coigneux, Monssignot, Payen, et mille autres, tous innocens... (1). »

Le jour même du renversement de La Vieuville, une longue lettre était envoyée par le Roi à la Cour de Parlement de Paris pour lui notifier l'éloignement du ministre. Cette missive, signée de Louis XIII et datée du 13 août 1624, expliquait la nécessité absolue devant laquelle il s'était trouvé de suspendre au plus vite l'administration de son ministre des Finances : « les inconvéniens estoient de telle conséquence que si le cours en eust duré plus longtemps, il nous eust esté très-difficile de garantir ce royaume d'une entière ruine. » Et avec amertume, il fait connaître les nombreuses infractions du marquis, changeant les résolutions prises par lui, traitant directement avec les ambassadeurs, lui attribuant des desseins qu'il n'avait pas contre des personnes qui lui étaient chères.

Cette lettre, pourtant, on pourra le constater, ne relève pas les nombreuses accusations de prévarication, de vol, de concussion, dont le surintendant avait été accusé dans les libelles, et qu'on verra se reproduire au moment de son procès. On y voit même que si le Ministre avait voulu amander son insubordination, il lui eut peut-être été possible de se maintenir : « Nous avons bien voulu, pour un temps, disait le Roi, ne luy pas tesmoigner ouvertement le ressentiment que nous avions de ses déportemens, luy faisant cependant assez cognoistre que nous ne les approuvions pas, pour luy donner lieu de s'en corriger, par l'appréhension d'encourir nostre disgrâce. Cette patience nous ayant esté inutile, nous ne doutons point que Dieu ne fasse réussir le remède auquel nous avons eu recours... (2). »

C'était au moment de l'arrestation du surintendant que se traitait justement l'affaire importante que l'on appelait alors *le mariage d'Angleterre*. Il s'agissait de l'union du prince de Galles avec Henriette de France, sœur de Louis XIII, union capitale pour le royaume puisqu'elle assurait l'alliance des Anglais, qui pouvaient ou soulever les protestants de France ou se mettre avec la maison d'Autriche.

---

(1) M. Jean Mariéjol, auteur du tome VI de l'*Histoire de France* rédigée sous les auspices de M. Ernest Lavisse, indique comme l'auteur du libelle : *la Voix publique au Roi*, Faucan, chanoine de Saint-Germain-l'Auxerrois. Il le donne également comme une créature de Richelieu, lancée aux trousses de La Vieuville. (T. VI, p. 223, 228.)

(1) *Mémoires de M. de Montchal, archevêque de Toulouse*, 1718, t. 1, p. 3, 4 et 30.

(2) *Documents inédits sur l'histoire de France.* Lettres du cardinal de Richelieu, publiées par M. Avenel, t. II, p. 25.

Les négociations avaient été conduites, jusque-là, par trois commissaires : Richelieu, le garde des sceaux d'Aligre et La Vieuville. Après sa disgrâce, ce dernier fut remplacé par Schomberg, rappelé à la Cour, mais ce fut Richelieu qui termina cette affaire. Un ambassadeur avait même été envoyé à Londres pour faciliter ces négociations, qui était le marquis d'Effiat, père de Cinq-Mars, confident et créature de La Vieuville. A la chute de son protecteur, il demanda, par un sentiment facile à comprendre, d'être rappelé en France. Mais le comte de Brienne lui ayant fait dire de la part de Richelieu qu'il commettrait une imprudence en insistant, il se rendit à ce conseil et resta à son poste (1).

Cette ambassade, d'un ordre particulier, était d'une importance si grande aux yeux du roi, qu'il crut devoir annoncer à M. d'Effiat, afin que celui-ci en fit part à la Cour d'Angleterre, l'arrestation du marquis de La Vieuville :

« Monsieur le marquis d'Effiat, je commenceray cette-cy par vous faire entendre les changemens que j'ay apportés en la conduite de mes affaires, par la destitution du marquis de La Vieuville, que ses mauvais déportemens m'y ont forcé. Et, en cela, faisant effort contre mon naturel, j'y ay esté réduit par quatre considérations si fortes que la moindre méritoit ce traitement; car, non-seulement il a esté assez osé de changer de sa tête les résolutions prises par mon commandement et en ma présence; de traitter sans ordre avec les ambassadeurs de plusieurs princes et rois; de m'imputer les maux que, pour venger ses passions, il a fait souffrir à plusieurs de ma cour; que mesme il a eu cet artifice d'attirer des personnes pour me donner de mauvaises impressions de la fidélité de ceux qui m'approchent, et en qui je me confie; estimant par là s'accrediter et se rendre nécessaire; bref, il n'a obmis aucune voie de nuire à autruy pour s'en avantager, et a cru qu'en sa hardiesse il trouveroit sa seureté. Je l'ay souffert avec patience quelque temps pour m'éclaircir de toutes ces choses, et puis pour luy faire cognoistre qu'il ne se conduisoit pas comme il devoit, espérant que cela le ramèneroit. Mais enfin sa persévérance ayant vaincu ma patience, j'ay esté contraint de venir au remède, et passer plus avant que je n'eusse voulu, ne pouvant prendre nulle fiance en son esprit, qui, altier et léger, seroit capable de beaucoup d'ire, et, faillant au secret, nuire au bien de mes affaires. C'est ce qui m'a fait adjouster à sa destitution l'arrest de sa personne, sans néanmoins estre encore entré en cognoissance de sa gestion en sa charge, laquelle, quelle qu'elle fust, n'auroit esté suivie de sa détention. Je veux que vous en donniés compte au roy de la Grande-Bretagne, au prince son fils, au duc de Boukingham et aux principaux ministres de cet estat, leur faisant entendre mes justes mouvemens, asseurant le prince et le dit duc que ceci, au lieu de reculer ce qu'ils désirent, l'advancera de beaucoup.

« Tandis que la manière de procéder du sieur de La Vieuville eût amené un résultat tout contraire, tant étoient grandes son imprudence et son indiscrétion (1). »

Cette lettre, datée également du 13 août 1624, serait, au dire de M. Avenel, comme celle envoyée au Parlement de Paris, de la main même de Richelieu. Le marquis d'Effiat, qui la reçut, ne manqua pas, sans doute, d'être édifié sur son protecteur La Vieuville. C'est probablement la raison pour laquelle il passa du côté du cardinal. On sait comment celui-ci l'en récompensa.

Un dernier pamphlet devait saluer la chute de l'infortuné ministre. *Le remerciement de la Voix publique au Roi, au sujet de la disgrâce de M. de La Vieuville, sur-intendant des Finances*, se prosterne aux pieds de Louis XIII pour le remercier de s'être débarrassé enfin de cet homme néfaste : « Vous avez, lui dit-il, délivré la France de l'oppression continuelle ou chacun vivoit, à cause des malheurs que l'on prévoyoit de la mauvaise conduite et des déportemens du marquis de La Vieuville, dans lesquels voste Estat et voste personne sacrée couroient risque de faire un prompt et périlleux naufrage (2). »

La Vieuville, pourtant, ne néglige pas de se défendre. Dans sa *Réponse au mot à l'oreille*, il réfute, avec une certaine dose de philosophie, les accusations dont il est l'objet. Plein de mépris et de détachement, il dédaigne de relever les noms de ses ennemis, de citer un seul personnage :

« Ce qu'est l'ombre aux corps exposez à la lumière du soleil, dit-il, l'envie l'est aux hommes

(1) *Mémoires du comte de Brienne*, édition Petitot, 2e série, t. 35, p. 381, 382 et 387.

(1) *Documents inédits sur l'histoire de France.* Lettres du cardinal de Richelieu, publiées par M. Avenel, t. II, p. 20.

(2) *Le Recueil F.* A Paris, 1760, p. 42.

constituez en dignitez éminentes. Quelque train qu'ils prennent, en quelqu'assiette qu'ils demeurent, de quelque côté qu'ils se trouvent, elle les suit toujours, les environne de toutes parts, et ne les abandonne jamais. »

La pièce, on le voit par ces quelques lignes, est d'une belle allure et conserve une hauteur de vue et une sérénité que n'atteignirent pas toujours les libelles qui la provoquèrent. Elle se termine ainsi :

« Sçachant qu'il n'appartient qu'aux Roys, comme on a dit il y a fort longtemps, mais à leurs ministres aussi, de souffrir que lorsqu'ils font pour le mieux, on en dise le plus de mal. Que l'envie donc murmure, que la médisance gronde, que la calomnie aboye tant qu'elle voudra contre luy, jamais il ne donnera sujet à la postérité de lui reprocher quelques jours, que pour conjurer la tempeste dont quelques malins esprits le menacent, il ait préféré le désir de leur plaire, au soin de faire son devoir (1). »

La déconfiture du marquis ouvrit la porte aux plaintes nombreuses formulées contre les financiers qui gravitaient autour de lui. En octobre 1624, une chambre de justice ou de réformation fut établie pour connaître de ces choses et pour juger les coupables. Le beau-père de La Vieuville, Bouhier de Beaumarchais, y fut déféré et condamné, par contumace — nous avons dit qu'il s'était réfugié dans l'île de Noirmoutier — à être pendu et étranglé, ce qui fut exécuté à l'aide d'un mannequin.

« Beaumarchais, dit Tallemant, fut pendu en effigie dans la cour du Palais ; il laissa des biens prodigieux, avait l'île de l'Eguillon, près de la Rochelle et six vaisseaux qu'il envoyoit aux Indes. Il faisoit accroire que sa richesse venoit de là (2). »

Dans une pièce intitulée : *Sommaire du procès du sieur de Beaumarchais, trésorier de l'Epargne,* publiée en 1624, il est accusé :

« D'avoir achepté ou fait achepter par personnes interposées, grande quantité de rescriptions à vil prix, tirées et levées sur diverses natures de deniers, avant et depuis l'année mil six cent vingt, et d'avoir mesme donné plus d'assignations qu'il n'y avoit de fonds sur les dites natures de deniers, pour obliger les porteurs des dites rescriptions à composer avec luy, et quitter comme ils ont fait, une moitié de leur deub pour avoir l'autre. Et cela est très bien justifié au procez par les interrogations des nommés Raucourt (père et fils) et par la déposition de trente cinq ou quarante temoins sans reproche. »

On voit aussi, dans l'acte d'accusation que, outre les liens de parenté qui le lient à La Vieuville, il est aussi attaché à lui dans certaines affaires financières qui s'étaient faites pendant l'administration du surintendant :

« Il ne se faut donc point estonner, indique le document, si le dit de Beaumarchais (qui est né de condition médiocre) a acquis les grands biens qu'on dit qu'il possède aujourd'huy, montant à plus de douze millions de livres, car ayant esté longtems dans sa charge, et ayant tousiours partagé avec ceux qui avoyent à recevoir de l'argent de luy, il luy a esté fort facile de s'enrichir. »

Selon les rédacteurs de la pièce en question, il n'y avait pas besoin de remonter plus haut dans la vie de l'accusé pour y trouver des griefs, les opérations scandaleuses faites pendant l'administration de son gendre suffisant pour le faire condamner.

Beaumarchais répondit à ce réquisitoire, et ses réponses furent imprimées en regard de l'accusation, dans le même document, marge contre marge, ce qui prouve qu'une appréciable liberté de discussion était laissée alors aux prévenus. Nous ne le suivrons pas dans sa disculpation. Disons seulement que, à propos du chiffre de sa fortune, il fit connaître qu'il était né de riches parents qui reçurent plusieurs fois, en leur maison, le Roi Henri IV, et que leur fortune avait été loyalement acquise par des trafics en mer, dans lesquels il s'était lui-même enrichi. Son avoir était déjà établi en 1607 et sa Majesté en connaissait bien l'origine puisque, lors d'une précédente *recherche* contre des financiers, il ne voulut point qu'il fût inquiété à ce sujet ainsi qu'en témoigne un brevet qu'elle lui fit adresser par M. de Loménie. Depuis cinquante-cinq ans qu'il est possesseur d'offices, il se vante de n'avoir rien fait perdre à personne ni de s'être enrichi aux dépens de l'Etat. Sa joie serait que l'on recherchât plus loin dans sa vie. Bien que âgé de soixante-dix-huit ans, on trouverait qu'il a toujours fidèlement servi les divers Rois qui se sont succédé, et

(1) *Recueil F.* A Paris 1760. *Réponse au mot à l'oreille, par M. le marquis de La Vieuville, sur-intendant des Finances, 1623*, p. 1.

(2) *Historiettes de Tallemant des Réaux.* Edition Monmerqué et Paulin, Paris, t. II, p. 243.

que toutes ses opérations financières, faites au nom du royaume, l'ont toujours été par « l'expres commandement de ses ordonnateurs ».

Le registre de la collection Clérambault, dans lequel existe ce document, contient également un beau portrait exécuté à la main, à l'encre de Chine, intitulé :

« Vincent Bouhier, s[r] de Beaumarchais, de Charon, de la Chaize Giraud et de La Chappelle Hermier, Tresorier de l'Espargne, Indendant de l'ordre du St Esprit en 1599 par la mort de Michel Sublet, s[r] de Heudicourt. Il commença à jouir des gages à raison de 400 escus par an depuis le 15 juin 1599 jusqu'à la fin de 1632 (1). »

Le beau-père de La Vieuville est représenté en buste, habillé d'un pourpoint collant pointillé de noir, une rangée de petits boutons très serrés sur le devant et des épaulières en haut des bras. La figure, assez caractéristique, porte la barbe en pointe et les cheveux relevés sur le front, à la mode du temps de Henri III ou du commencement du règne de Henri IV. Une vaste fraise godronnée se tuyautant autour du cou, complète le costume de cette époque.

En ce qui concerne le procès fait à La Vieuville, les juges le reconnurent coupable :

« 1° D'avoir donné moyen à son beau-père de dérober plusieurs millions au Roi ;

« 2° D'avoir changé de son autorité privée les états faits et arrêtés par son prédécesseur en sa charge ;

« 3° D'avoir, au préjudice des finances de Sa Majesté et des ordonnances, favorisé et porté des partisans pour des transports de deniers hors du royaume ;

« 4° D'avoir fait, pour lui et les siens, des compositions illégitimes de rescriptions et acquits patens ;

« 5° D'avoir pris de grands pots de vin ;

« 6° D'avoir dégradé à son profit les forêts du Roi en Champagne, proche de ses maisons ;

« 7° D'avoir voulu, depuis sa prison, lier amitié avec des étrangers. »

Disons tout de suite que, en dépit des libelles, des accusations, des arrestations, des calomnies, la Chambre de Justice ne découvrit rien contre le beau-père et le gendre. Ils furent bien accusés et condamnés, mais aucune preuve ne fut établie et Dieu sait, pourtant, si la Chambre en question dut être stylée par le Cardinal et par les courtisans.

Aussi, les secrétaires dévoués qui écrivirent les mémoires de Richelieu, disent-ils d'un air paterne en parlant de La Vieuville, que la bonté du Roi se contenta de le laisser en exil et ne voulut pas faire poursuivre le jugement (1).

Ce dénouement n'est-il pas fait pour plonger l'historien dans la pire des perplexités et pour lui montrer que le plus souvent les réputations des hommes d'Etat sont faites et défaites par les appétits plus ou moins satisfaits et toujours insatiables qui gravitent autour du Pouvoir. Ainsi, Schomberg avait été accusé de prévarication et de dilapidation des finances, par le parti politique qui soutenait La Vieuville, comme La Vieuville fut accusé de prévarication et de dilapidation par celui qui désirait le retour de Schomberg.

Et Louis XIII, esprit inquiet et timoré, dans son désir de justice, allait d'un pôle à l'autre au milieu de ces turpitudes, et comme au gré des courtisans qui tenaient les fils de toutes ces intrigues.

Car Schomberg, naturellement, revint aux affaires après l'arrestation de La Vieuville ; Schomberg, chassé et conspué à quelques mois de là, comme incapable, comme inconscient, comme malhonnête.

Ecoutez plutôt Arnaud d'Andilly raconter son retour :

« Le roy dépêcha en même temps [après la chute de La Vieuville] vers M. de Schomberg qui étoit à sa maison de Duretal, pour le faire revenir à la cour en qualité de ministre, et avec des témoignages d'une très grande impatience de le revoir. Il envoya aussi retirer du château de Caen M. le Colonel (d'Ornano) pour le remettre auprès de Monsieur, et le rétablir dans toutes ses charges » (2).

Nous avons dit que La Vieuville avait été conduit au château d'Amboise le 13 août 1624.

(1) *Bibliothèque nationale*. Manuscrit Clérambault n° 1125, folio 156.

(1) *Mémoires de Richelieu*. Édition Petitot, 2e série, t. 22, p. 357.

(2) *Mémoires d'Arnaud d'Andilly*. Edition Petitot, 2e série, t. 34, p. 10.

Treize mois après, c'est-à-dire en septembre 1625, il s'évadait et passait à l'étranger. C'est de cette année, et après son évasion, que date le document appelé : *Apologie de Monsieur le marquis de La Vieuville, adressé à M. le Chancelier*, dans lequel il se défend avec énergie et réfute tout ce dont on l'accuse.

« Je souffre tant de violence et suis réduit à une telle extrémité, qu'il n'est plus en moi de pouvoir retenir mes plaintes. On m'enlève l'honneur, on m'ôte mon bien, on veut m'arracher la vie : après cela qu'ai-je à craindre de plus cruel? Je me sens innocent et je sçais mes services..... »

Et il montre comment ses ennemis empêchent ses réclamations de parvenir jusqu'au roi : « Mes lettres se rejettent comme pestiférées; il est deffendu de parler de moy, et ma femme (à qui la nature même donna ce privilège) est rebutée comme une incogneuë. »

Pourtant, il répond longuement, avec clarté et précision, aux huit chefs d'accusation en vertu desquels il fut condamné et que Richelieu « ce vil calomniateur ose impudemment se vanter de lui avoir attribués » et qui sont :

« 1° L'évasion de ma prison;

« 2° Que j'ai fait payer les Suisses dans le temps où les affaires du roy étoient dans la plus grande nécessité;

« 3° Que par préférence j'ai fait donner de l'argent à Beaumarchais, trésorier de l'Epargne;

« 4° Que, sans avoir obtenu la permission du roy, j'ai parlé au comte Mansfeld et traité avec lui;

« 5° Que j'ai pareillement traité avec les ambassadeurs, sans en avoir de congé de la cour;

« 6° Que j'ai changé les résolutions du Conseil;

« 7° Que j'ai cherché toutes les occasions d'aigrir le roy contre ceux en qui il doit avoir le plus de confiance :

« 8° Et enfin, que j'ai révélé les secrets du roy. »

Cette pièce, fort importante et curieuse, énumère tous les grands travaux que le roi, aidé par lui, entreprit pour la prospérité de son royaume. Nous en détachons les lignes suivantes concernant Paris :

« Ses soins se sont étendus sur les ouvrages publics : tels que son bâtiment du Louvre, l'isle devant Notre-Dame, le parachèvement du pié-d'estal sur le Pont-Neuf, le plan d'un nouveau pont au change, le nettoyement des fossés de Paris, la perfection de la grand'salle du palais, l'entrée des fontaines de Rongis dans la ville, et tant d'autres que je m'abstiens de rapporter, que l'esprit toujours actif de Sa Majesté désignoit tous les jours pour sa bonne ville de Paris (1). »

Quelques jours avant son arrestation, le vendredi 28 juin 1624, La Vieuville accompagnait encore Louis XIII pour la pose de la première pierre de la fontaine élevée dans la place de Grève et qui devait donner au quartier les eaux de Rungis (2).

Nous avons dit, d'après les Mémoires de Richelieu, que Louis XIII n'avait pas fait poursuivre le jugement rendu contre La Vieuville. Le 1er juin 1626, il recevait en audience particulière la femme de l'ancien surintendant et lui accordait la liberté de son mari et la permission de rentrer en France. Dès son retour, il fut de toutes les conspirations contre Richelieu et avec Gaston, frère du Roi, contre le Gouvernement. Après le départ, en 1631, de Marie de Médicis et de Gaston, duc d'Orléans, pour Bruxelles, il les rejoignit en Belgique. Décrété d'accusation pour complot contre l'Etat, une chambre de l'Arsenal le condamna à mort par arrêt du 6 janvier 1632 avec confiscation de ses biens. Il avait été, également, dégradé de l'ordre du Saint-Esprit (3).

Mlle de Montpensier, qui vit cette dégradation avec celle du duc d'Elbeuf, à Fontainebleau, le 15 mai 1633, nous en a conservé le détail :

« Je vis ôter et rompre les tableaux de leurs armes qui étoient au rang des autres; j'en demandai la raison : l'on me dit que l'on leur faisoit cette injure parce qu'ils avoient suivi Monsieur. Je me suis mis aussitôt à pleurer, et je me sentis si touchée de ce traitement, que je voulus me retirer, et je dis que je ne pouvois voir cette action avec bienséance (4). »

Dans les Mémoires d'André d'Ormesson, rendant compte de la cérémonie du 15 mai

(1) *Le Recueil F*, à Paris, 1760, p. 54.

(2) *Histoire de Paris*, par Félibien, preuves, t. V, p. 556.

(3) *Biographie universelle de Michaud*, t. 48, p. 449.

(4) *Mémoires de Mademoiselle de Montpensier*, publiés par A. Chéruel. Charpentier, 1858, t. 1, p. 7.

1633 concernant la promotion des chevaliers du Saint-Esprit et la dégradation ci-dessus, on trouve l'indication suivante :

« En cette assemblée, le duc d'Elbeuf et le marquis de La Vieuville furent dégradés de l'ordre publiquement, et leurs armoiries foulées aux pieds par le héraut de l'ordre et rompues. »

Et André d'Ormesson ajoute en note : « Ils estoient à Bruxelles pour Monsieur, frère du Roi. Ils n'ont pas laissé [malgré leur dégradation] de porter l'ordre toute leur vie. »

En 1640, La Vieuville, toujours exilé, est en Angleterre. Richelieu étant encore au pouvoir, le marquis ne cessa d'être toujours considéré en France comme un criminel. C'est ainsi que sur le point d'aller de l'autre côté de la Manche pour y chercher sa femme, vers la fin de mars de cette année, M. de Chevreuse demanda quelles personnes il lui serait permis d'y voir. Par respect pour sa mère, le Roi l'autorisa à la visiter : « Mais sa Majesté luy deffend très-expressément d'avoir aucune communication avec des sujets convaincuz de crime, les S^rs duc de La Valette, La Vieuville, Le Coigneux et Fabroni. » (1).

Louis XIII mourut le 14 mai 1643 et Richelieu, le 4 décembre 1642. Le moment allait donc sonner pour La Vieuville de rentrer en France. La chose, en effet, ne se fit pas longtemps attendre, puisque neuf jours après la mort du Roi, juste le temps nécessaire à deux courriers de porter et de rapporter une réponse, le marquis recevait la lettre suivante :

« Monsieur le marquis de La Vieuville, l'assurance qui m'a été donnée de votre affection à mon service, m'a convié à vous permettre de revenir en ma ville de Paris. Je vous ai fait expédier mon passe-port pour cet effet, et vous écris cette lettre pour vous dire que je serai toujours bien aise de vous donner des preuves de mon affection en votre endroit. Sur ce je prie Dieu, Monsieur le marquis de La Vieuville, qu'il vous ait en sa sainte garde.

« Ecrit à Paris le 23e jour de mai 1643.

« Signé : Louis ».

Et plus bas :

« Bouthillier » (2).

(1) *Documents inédits de l'histoire de France*. Lettres du cardinal de Richelieu, publiées par M. Avenel, t. VIII, p. 362. Additions.

(2) *Le Recueil K*. A Paris, 1700, p. 184.

Les choses allèrent rapidement pour la rentrée en faveur de l'ancien surintendant et tout était oublié depuis longtemps, à la Cour et ailleurs, des libelles, pamphlets, calomnies et autres accusations et condamnations.

Les lettres patentes du 11 juin 1643, entérinées au Parlement le 24 juillet suivant, mettent cavalièrement à néant, cassent, annulent et révoquent l'arrêt rendu le 6 janvier 1632 par les commissaires en la Chambre de justice établie à l'Arsenal, ensemble la condamnation à mort prononcée par les dits commissaires, par défaut et contumace, contre le marquis de La Vieuville :

« Voulant prévenir les mauvais jugemens, disaient ces lettres, que la postérité pourroit faire de la condamnation de mort rendue par deffaux et contumaces, contre messire Charles, marquis de La Vieuville... »

Tous les motifs de cette condamnation étaient maintenant actes d'un bon et loyal sujet, on était sûr de sa fidélité et il n'était sorti de sa prison et du royaume que pour assurer sa vie « et se garantir de l'oppression et mauvais desseins de ses ennemis ».

Et ces lettres réparatrices tardives d'injustices politiques, rendaient à l'ancien ministre tout ce qu'il avait perdu après avoir blanchi sa réputation : « remettant et rétablissant le dit sieur de La Vieuville en ses biens, droits, honneurs, charges et dignités, pour en jouir par lui, comme si le dit arrêt ne fut intervenu. »

Louis XIV, encore bien jeune, il est vrai, pour tout savoir, y visait la fidélité du marquis, les services notoires qu'il avait rendus au feu roi et au royaume, tant comme surintendant des finances que comme principal ministre. Son éloignement, sa prison de treize mois, son exil de dix-huit années, n'avaient pu avoir lieu que par la pratique et l'oppression de ses ennemis. C'était aussi pour leur échapper, qu'il avait été contraint de suivre « le très cher oncle et duc d'Orléans » en Lorraine, de sortir aussi de France et de se retirer en Flandre et enfin, depuis la guerre entre la France et l'Espagne, de sortir de Flandre pour passer en Angleterre.

Il n'était pas jusqu'à la bonne dame de La Vieuville, la tendre fille du financier Bouhier, que les lettres plaignaient en termes attendris, rappelant combien elle avait été elle-même persécutée par les ennemis de son mari et surtout par l'infâme Herbelot, exempt des gardes du corps, qui vint la chercher un jour avec six de ses enfants pour la faire sortir du royaume (1).

Comme tout cela est bien français et combien peu nous avons changé depuis le XVIIe siècle! Notre politique intérieure à travers les temps — et c'est bien ce qui la rend si curieuse et si vivante — n'est-elle pas un éternel recommencement de choses et d'idées rejetées, reprises, combattues, vaincues, renaissantes et victorieuses. Aussi bien, de l'exemple de La Vieuville comme de tant d'autres que l'on trouverait dans notre histoire, peut-on penser de nos hommes d'Etat, à quelque régime qu'ils appartiennent, qu'il ne faut jamais prendre à la lettre les jugements formulés contre eux par les contemporains et qu'ils valent toujours mieux que la réputation que ceux-ci leur ont faite.

Par lettres patentes du 2 septembre 1643, il fut rétabli dans l'ordre du Saint-Esprit et ses armoiries remises en place aux Grands-Augustins (2).

Nous avons dit que les lettres de juin 1643 avaient rétabli le marquis dans ses biens. Tout ce qu'il possédait, en effet, avait été confisqué et attribué à plusieurs personnes, dont: le maréchal d'Estrées, qui avait obtenu plusieurs terres; les sieurs de La Chappelle, capitaine de Fère et Jacques Besnier, dit le Cadet, porte-harquebuse du roi, auxquels il fut donné au mois de novembre 1631 une métairie sise au village de Coutes sous Murs, et enfin au duc de Saint-Simon, père du célèbre auteur des *Mémoires* (3).

Cette dernière donation avait été faite en vertu des lettres patentes du 21 octobre 1631. Le roi y déclarait vouloir gratifier son amé et féal conseiller, premier gentilhomme de sa chambre, son premier écuyer, Claude de Saint-Simon, de la terre de Vérigny au Perche, château, maisons, avec tous les droits, appartenances et dépendances, comme aussi de la baronnie d'Arzillières, proche Vitry-le-Français, avec tous les meubles étant dans les châteaux, maisons et seigneuries. « Le tout appartenant, disait le roi, au marquis de La Vieuville, et à nous acquis et confisqué par sa rebellion et pour avoir encouru les peines portées par notre déclaration du mois de mars 1631 ».

(1) *Le Recueil K.* A Paris, 1760, p. 184.

(2) *Le Recueil K.* A Paris, 1760, p. 193.

(3) *Bibliothèque nationale*, manuscrit français 6864, f° 153.

La marquise de La Vieuville, en bonne mère de famille — elle avait de nombreux enfants — et aussi en digne fille de son père, c'est-à-dire connaissant la valeur de l'argent, essaya de sauver du naufrage le plus qu'elle put de la fortune de son mari et de la sienne. Le 28 août 1631, elle intenta une action en séparation de biens, mais se vit déjouer dans son entreprise par un brevet du roi, du 19 octobre 1631, qui ordonnait au capitaine d'Herbelot, exempt des gardes du corps de Sa Majesté, de la conduire hors du royaume avec ses six petits enfants. L'exempt mena toute cette famille éplorée vers Guise, d'où Marie Bouhier finit par rejoindre son mari.

En même temps qu'elle introduisait sa demande en séparation, la marquise formait opposition à la donation faite par le roi à Saint-Simon d'une partie des biens qui lui appartenaient en propre. Encore une fois, elle fut déboutée de sa demande : « désirant favorablement traicter ledit sieur de Saint-Simon, disait le roi, et le faire jouyr du contenu en nos lettres patentes de don, afin de luy donner plus de moyens de supporter la despense qu'il est obligé de faire près de nostre personne (1) ».

Si l'on en croit Marie Bouhier, l'exil de son mari et le sien auraient été le signal d'une véritable déprédation exercée sur leurs propriétés. Elle nous montre elle-même, dans un factum, la princesse de Carignan lui coupant une pierrée ou conduite d'eau dans sa maison de la Salle, près Bagnolet, et supprimant le chemin qui desservait ladite maison, de Bagnolet à Montreuil, pour agrandir son jardin. Tout cela se passait, ajoute-t-elle, « pendant la disgrâce et absence des sieur et dame de La Vieuville, où leurs biens, aussi bien que leurs personnes, estoient en proye et au pillage du premier venu (2). »

La marquise de La Vieuville, pourtant, finit par tirer son épingle du jeu, le vent étant sans doute tourné à la clémence. Un arrêt de la chambre du Trésor, daté du 5 avril 1632, lui donna acte qu'elle renonçait à la communauté dudit sieur son mari et décida qu'il lui serait restitué « sept vingts mil livres d'une part, soixante mil livres d'autre part, vingt mil livres pour son préciput, cinq mil livres de rentes de pension pour son douaire, plus l'ha-

(1) *Bibliothèque nationale.* Factum n° 18053 (4° F. 3).

(2) *Bibliothèque nationale*, factum n° 18057 (4° F 3).

bitation de la terre d'Arzillières lorsque le roi lui aura permis de rentrer en France, sans préjudice des six vingts mil livres qui luy furent baillées lors de son mariage comme avance d'hoirie (1). »

Les choses, on le voit, s'arrangaient assez bien, et le beau temps semblait revenir.

Lors du procès en restitution et en réparation de dégâts, que La Vieuville et sa femme intentèrent plus tard à Saint-Simon — ils l'accusaient d'avoir coupé les bois et saccagé le parc d'Arzillières — celui-ci publia quelques factums desquels il résulte que c'était avec la plus grande répugnance qu'il avait accepté la donation d'une partie de leurs biens. Il racontait même que le roi lui avait littéralement forcé la main et qu'un jour, en juillet 1632, il s'était même détourné de son chemin, avec toute la cour, pour passer par la terre en question, où Sa Majesté, l'ayant pris par les épaules, lui avait crié en le poussant vers le pont-levis : « Mais entrez donc dans votre château (2)! »

Ledit Saint-Simon, d'ailleurs, fit savoir que les choses se fussent arrangées beaucoup plus rapidement sans l'entêtement des époux de La Vieuville, qui voulaient rentrer non seulement dans leurs biens, mais encore dans les « fruits », c'est-à-dire dans les intérêts qu'ils avaient produits durant leur exil, « ce qui, dit Saint-Simon, ne fut jamais demandé à un confiscataire ».

Il faut croire, pourtant, que l'ex-surintendant ne réussit qu'à demi dans ses revendications puisque, dans son factum, Saint-Simon ajoutait : « M. de La Vieuville, rentré dans le royaume par les portes que la clémence de la reyne-mère lui en a ouvertes, au lieu de reconnoître la grâce que Dieu et Sa Majesté luy avoient fait en cela, se proposoit une vengeance dont le pouvoir ne luy a pas esté donné comme il l'avoit espéré (3). »

Tout ce procès fut plaidé devant le Conseil en 1643. La Vieuville voulait être renvoyé devant le Parlement, mais Saint-Simon, qui semblait craindre une trop grande publicité et qui se décidait pour un accommodement, préféra la première juridiction, ce qui lui fut accordé. Il y eut même à ce sujet, sur la question de procédure, une violente querelle entre *Monsieur*, chef du Conseil, et *Monsieur le Prince*, simple membre (1).

On s'expliquera peut-être, après cette affaire, le jugement peu aimable formulé par Saint-Simon, en ses mémoires, sur La Vieuville et sa famille, et l'on ne sera pas surpris du mépris hautain avec lequel il traite d'aussi petites gens, qu'il accusera même d'avoir volé leur nom et leur blason.

Bien autre avait été la conduite du maréchal d'Estrées, qui, lui aussi, s'était vu attribuer trois terres faisant partie des biens confisqués de La Vieuville; mais il les avait acceptées dans la pensée honnête de les conserver à la victime de Richelieu. Il lui en renvoya, en effet, le brevet dès que les circonstances le lui permirent (2).

Lors de son séjour en Angleterre, l'ex-surintendant de Louis XIII avait été fort bien accueilli par la cour de Londres, et notamment par la reine, qui lui promit d'intervenir en sa faveur auprès d'Anne d'Autriche et de Mazarin, à l'occasion du procès en restitution de ses biens intenté par lui à Saint-Simon.

En réponse à la missive royale, le ministre d'Anne d'Autriche envoya la lettre ci-après :

« A la Sérénissime Reyne de la Grande-Bretagne.

« Paris, 9 décembre 1643.

« Madame,

« La Reyne prend tant de part à toutes les choses ou Vostre Majesté s'intéresse que toute la maison de M. le marquis de La Vieuville se peut asseurer de sa royale protection, puisque Vostre Majesté l'affectionne. J'estime, Madame, que celuy qui a eu l'honneur de mourir pour ses intérests et à son service est très dignement rescompensé par le ressentiment qu'elle tesmoigne avoir de sa mort et par le soin qu'elle prend des intérests de sa maison. Si la Reyne pouvoit estre portée à les protéger par quelque autre considération, après la prière que Vostre Majesté luy en a faite, je tiendrois à grande gloire d'employer mes offices pour l'y exciter; mais, puisque je ne pourrois l'entreprendre sans presomption, je ne perdray pas au moins

(1) *Bibliothèque nationale*, factum n° 18052 (4° F 3).

(2) *Bibliothèque nationale*, manuscrit français, 6864, folio 153.

(3) *Bibliothèque nationale*, manuscrit français, factum 16364, folio 550.

(1) *Journal d'Olivier Lefèvre d'Ormesson. Documents inédits de l'histoire de France*, publiés par M. Chéruel, t. I, p. 105, 106 et 107.

(2) *Les Historiettes de Tallemant des Réaux*, édition Monmerqué et Paulin, Paris, t. I, p. 386.

d'occasion, Madame, de l'en faire souvenir, et d'apporter, en mon particulier, tout ce qui despendra de moy pour le service des personnes qui sont chères à Vostre Majesté, de laquelle je seray toute ma vie, avec toutes sortes de véritables respects, etc. (1). »

Celui qui, d'après Mazarin, eut l'honneur de mourir pour l'Angleterre, n'était autre que le fils aîné du marquis, Vincent de La Vieuville, tué, le 12 septembre 1643, au combat de Newbury, au service de la Royauté contre les Parlementaires. Son corps fut ramené à Paris et inhumé, le 24 novembre 1643, aux Minimes de la place Royale.

C'est à cette occasion que Olivier Lefèvre d'Ormesson écrivit dans son journal :

« Octobre 1643. — L'après disnée je fus voir M. de La Vieuville, qui avoit perdu son fils aisné, tué en Angleterre dans une bataille pour le Roy d'Angleterre : il en estoit extresmement affligé (2). »

Les lettres patentes du 8 avril 1644 rétablirent le marquis en sa charge de lieutenant général au gouvernement de Champagne (3).

C'est même cette qualité qui, en 1649, faillit lui coûter la vie. Pendant les troubles de la Fronde, certaines villes, on le sait, n'accueillaient pas avec de grands transports de joie les partisans de la cour. Reims était de ce nombre. Or, un jour de cette année que le marquis de La Vieuville tentait de faire rentrer dans le devoir la cité des sacres, et qu'il avait eu l'imprudence de se vouloir parer de son titre de lieutenant de Roi pour faire rentrer les mutins dans le calme, le peuple se souleva contre lui et l'arrêta.

On voulut tout simplement le pendre haut et court. Déjà la foule l'avait dépouillé de ses vêtements et le promenait nu-pieds de par la Ville, sans souci du froid intense qu'il y faisait. On le conduisit vers un gibet situé en dehors de la cité où il fut sur le point d'être accroché sans autre forme de procès, quand les magistrats de la ville, sentant la responsabilité qu'ils encouraient, entreprirent de le délivrer. Ils vinrent en députation auprès de la populace, lui assurant que leur intention était de juger le lieutenant de Roi selon les règles de la justice, après quoi il serait immédiatement exécuté. La foule lâcha sa proie, et La Vieuville fut délivré, mais il avait vu la mort de près (1).

En 1650, le 20 mai, d'autres lettres patentes, enregistrées au Parlement le 18 juillet suivant, voulaient encore que « tous jugemens, sentences, arrêts intervenus, toutes procédures faites, tant contre lui que contre les siens, ainsi que tout ce qui s'en était ensuivi, fussent mis au néant, cassez, révoquez et annulez » (2).

Au fur et à mesure que l'horizon du marquis s'éclaircissait et que ses charges et privilèges lui étaient rendus, son ambition des grandes fonctions revenait plus lancinante que jamais.

La surintendance de jadis miroitait devant ses yeux et ne laissait aucune trève à son cerveau surexcité. Mme de Motteville assure même que, dès son retour en France, il fut hanté par l'idée de reprendre la charge qui avait déjà causé son malheur : « La jouissance de ce bien, dit-elle, l'avoit si peu dégoûté, qu'il n'oublioit rien pour parvenir au bonheur de le posséder tout de nouveau. »

Il faisait faire, continue-t-elle, les offres les plus brillantes au Ministre, et ce ministre était Mazarin! lui promettant des sommes immenses et le persuadant que nul mieux que lui ne connaissait le moyen de faire sortir du peuple des ressources importantes sans le faire crier (3).

« Le marquis de La Vieuville se remet à poursuivre la surintendance », dit Dubuisson-Aubenay. Et il ajoute que les offres faites au Roi par la cabale de financiers soutenant le marquis étaient fort séduisantes, puisqu'il était question de l'entretien de cinquante mille hommes de pied et quinze mille chevaux ; de payer les gages de tous les officiers; de faire subsister splendidement la maison du Roi en lui donnant quatre millions pour ses menus (4).

Il avait, d'ailleurs, les plus forts atouts dans

(1) *Documents inédits sur l'histoire de France. Lettres du cardinal de Mazarin*, publiées par A. Chéruel, t. I, p. 491.

(2) *Documents inédits sur l'histoire de France. Journal d'Olivier Lefèvre d'Ormesson*, publiés par M. A. Chéruel, t. I, p. 114.

(3) *Le recueil K.* A Paris, 1760, p. 193.

(1) *Mémoires de Monglat*, collection Petitot, 2e série, t. L, p. 167.

(2) *Le recueil K.* A Paris, 1760, p. 193.

(3) *Mémoires de Mme de Motteville*, édition Charpentier, t. III, p. 85.

(4) *Journal des guerres civiles de Dubuisson-Aubenay*, publié par M. Gustave Saige, t. II, p. 69.

son jeu, puisque la reine-mère et Mazarin étaient pour lui. Le cardinal, surtout, voulait lui rendre les Finances parce que celles-ci étaient détenues par le président de Maisons, qui faisait partie des amis de M. de Chavigny, son ennemi mortel. Dans une lettre adressée à M. de Lionne, datée de Brühl, le 30 mai 1651, le premier ministre fait les plus grands éloges de La Vieuville :

« J'avais déjà fait toucher quelque chose à la Reyne par l'abbé Fouquet, de M. de La Vieuville, m'estant souvenu que S. M. m'avoit dit mille fois qu'il estoit très capable et que, quoy que son visage et ses discours fissent rire quelque fois, il estoit néanmoins très-entendu dans le faict des finances, et pour moy je croy que c'est le meilleur sujet qu'on y puisse mettre dans l'estat présent des affaires (1). »

Et le cardinal, pour appuyer sa prédilection, ne manque pas de faire valoir qu'il a de la naissance; qu'étant fort riche, il aura grand crédit auprès des financiers, dans le Parlement et surtout à la Chambre des comptes; qu'étant homme d'ordre, il recherchera les voleries qui pourraient se commettre envers le roi. Il considère, enfin, ainsi qu'il le dit plus haut, qu'il est le seul capable de remettre les finances en état.

Il soutiendra donc La Vieuville auprès de la reine-mère, écrit-il à Lionne sans doute pour qu'il le lui répète, mais sous deux conditions qui dépeignent bien l'homme et le caractère : la première, c'est que La Vieuville devra reconnaître que c'est bien grâce à lui qu'il est nommé surintendant et devra s'en souvenir à l'occasion, la seconde, que l'on devra ignorer à la Cour la part qu'il aura prise au changement du président de Maisons.

Le cardinal tint, en effet, sa promesse, et l'on en trouve de nombreuses preuves, notamment dans ses lettres à l'abbé Ondedei, son principal correspondant, à Paris, en juillet et août 1651 :

« ..... Il medesimo intendo per lo stabilimento di M. de La Vieuville, che S. M^ta m'hà digia promessa, e che mai fù conguintura più propria per esequirbo, à fine di mortificare ancora il Principe nell' allontanamento del presidente Mesone et mettere le finanze in stato che S. M^ta possi tirarne soccorso... (2) »

En voici encore une autre :

« ..... Non dimenticara che Lione, digustato del Sopraintendente, mi scrisse contra e mi fece parlare per Bartet fortemente, affinche supplicassi la Regina à rimuoverlo dalla carica, et à mettavi La Vieuville, et io havendolo fatto, perche veramente lo credeva di servitio alle Loro M^ta quando Bartet arrivo... (1) »

Le brevet du 19 septembre 1651 rétablit enfin le marquis de La Vieuville en la charge de surintendant des Finances, qu'il exercera maintenant jusqu'à sa mort.

« Le Roi, disait ce document, ayant considéré la vertu et le mérite du sieur marquis de La Vieuville..., sa connaissance et grande expérience au fait des Finances et dans les affaires les plus importantes, sa probité connue de tout le monde, sa prudente et sage conduite en toutes choses, sa fidélité et affection particulière au service de Sa Majesté et au bien de l'Etat, dont il a donné des preuves signalées en toutes les occasions qui s'en sont présentées, et même dans les fonctions des charges éminentes qu'il a tenues sous le feu Roi, dont il s'est dignement acquitté, particulièrement de celle de surintendant des Finances qu'il a exercée avec beaucoup d'honneur et d'estime publique. Sa Majesté a cru ne pouvoir mieux faire que de le rappeler en la fonction de ladite charge, afin de rétablir par son industrie et sage économie, ce qui a semblé manquer jusqu'à présent en l'administration de ses finances... (2) »

---

(1) *Documents inédits sur l'histoire de France.* Lettres du cardinal de Mazarin, publiées par A. Chéruel, t. IV, p. 240.

(2) Lettre de Mazarin à l'abbé Ondedei, datée de Brühl, le 18 juillet 1651. *Documents inédits sur l'Histoire de France.* Lettres du cardinal de Mazarin, publiées par M. A. Chéruel, t. IV, p. 352.

Traduction faite par le service de la préfecture de la Seine, cabinet du Préfet : « ..... J'entends de même par l'établissement de M. de La Vieuville, que S. M. m'a déjà promis, et je crois que jamais l'occasion n'a été plus propice pour l'exécuter, afin de mortifier le Prince par l'éloignement du président Mesone et de mettre les finances en un état tel que S. M. en puisse tirer secours... »

(1) Lettre de Mazarin à l'abbé Ondedei, datée de Brühl, le 14 juillet 1651. *Documents inédits sur l'Histoire de France.* Lettres du cardinal de Mazarin, publiées par A. Chéruel, t. IV, p. 335.

Traduction comme ci-dessus : « ..... On n'oubliera pas que Lione, dégoûté du surintendant, m'écrivit contre et me fit parler fortement par Bartet, afin que je suppliasse la Reine de l'éloigner de la charge et d'y mettre La Vieuville, et je l'ai fait, parce je le croyais vraiment utile à L. L. M. M. Lorsque Bartet arriva... »

(2) *Le Recueil K*, à Paris, 1760, p. 194.

Dans les mêmes lettres du 19 septembre 1651, il est encore dit qu'il prendra désormais séance dans le Conseil du Roi au-dessus de tous les plus anciens conseillers du Conseil d'Etat et immédiatement après les officiers de la couronne. Dans celles du 30 septembre 1651, le Roi lui accorde le titre et la qualité de Conseiller honoraire dans toutes les cours souveraines de France (1).

Le 9 novembre suivant, enfin, il était nommé Ministre d'Etat :

« Louis, par la grâce de Dieu... à notre amé et féal marquis de La Vieuville..., nous avons cru ne pouvoir faire un meilleur choix que de votre personne, pour être utilement assistez dans nos Conseils des bons et sages avis qui nous peuvent être nécessaires pour la conduite et administration des importantes affaires qui s'y traitent. A ces causes et autres, à ce nous mouvans, nous vous avons nommé, ordonné et établi par ces présentes signées de notre main, nommons, ordonnons et établissons l'un de nos ministres d'Etat, pour dorénavant en cette qualité avoir entrée, séance et voix délibérative dans nos Conseils... (2). »

Dubuisson-Aubenay indique dans son *Journal* que ce fut un officier de la maison de la Reine, Gaboury, qui fut chargé d'apprendre la bonne nouvelle à La Vieuville, et même d'aller le quérir pour le conduire à la Cour :

« Samedi 9 au matin, dit-il encore, tout le monde va voir le marquis de La Vieuville père comme surintendant, et ses lettres le soir en furent expédiées et signées par le sieur du Plessis de Guénégaud, secrétaire d'Etat et à lui portées par le sieur de Lingendes, son premier commis, accompagnées de deux autres brevets, l'un pour le ministériat, auquel il a place, et l'autre de préséance ès conseils des finances et privé, avant tous conseillers d'Etat et immédiatement après les officiers de la Couronne (3). »

Il fallait aussi présenter le nouveau surintendant à toutes les cours souveraines du Royaume, c'est-à-dire aux Parlements, aux Chambres des comptes, aux cours des Aydes, aux Trésoriers généraux. Pendant le mois de septembre 1651, le jeune Roi leur adressa donc une longue missive dans laquelle il montrait qu'aux maux soufferts par son peuple il n'y avait qu'un soulagement : le choix d'une personne « de suffisance, de naissance et d'intégrité » capable de rétablir l'ordre dans les Finances. Aussi, avait-il jeté les yeux sur le sieur de La Vieuville pour le rétablir dans sa charge de surintendant « qu'il a autrefois exercée avec grande réputation de suffisance, de vigueur et d'intégrité. »

A chacune des missives royales de présentations envoyées aux Cours souveraines, La Vieuville ne manque pas d'en adresser une autre, écrite de sa main, faisant connaître son dévouement et la façon dont il compte s'acquitter de sa tâche.

Nous détachons les quelques lignes suivantes de celle qu'il adressa aux Parlements, le 9 septembre 1651. Il n'y dissimule pas, et il affirme même sur ce point, que la situation n'est pas brillante et qu'il faut un certain courage pour accepter un ministère offert dans un moment aussi critique :

« Je n'ay pas esté peu surpris de me voir charger de ce pesant fardeau, veu l'estat déplorable où je le recois; la recepte difficile à faire par la misère du peuple, les avances dont on l'a engagée de plusieurs années qu'il faut regagner, les immenses debtes à acquiter pour satisfaire à la bonne foy, et les grandes despenses à soustenir à cause de la guerre. Aussy je vous avouë que je ne suis pas sans crainte de pouvoir si tost satisfaire à l'attente publique, comme mon affection inviolable au service de sa Majesté et à celuy du Royaume me le fait désirer. »

Il affirme, pourtant, dans cette lettre, que tout ce qui lui reste de force est acquis au bien de l'Etat, et il fait appel à l'intégrité dont le Parlement l'a jadis honoré pour l'aider dans la lourde tâche qu'il assume (1).

Une mazarinade de sept pages, intitulée : *Le changement d'Etat à la majorité du Roi,*

(1) *Le Recueil K.* A Paris 1760, p. 196.

(2) *Le Recueil K.* A Paris 1760, p. 197.

(3) *Journal des guerres civiles de Dubuisson-Aubenay*, publiées par M. Gustave Saige, t. II, p. 115.

Les lettres ne furent signées que le 19 septembre et non le 9 comme le dit Dubuisson.

(1) *Lettre du Roy aux Cours souveraines du Royaume.* A Paris, chez Josse 1651. (Cette pièce est classée sous le n° 2278 dans la *Bibliographie des Mazarinades*, par C. Moreau, 1850.)

datée de 1651, fut également composée à la louange du marquis de La Vieuville.

L'auteur y salue l'avènement du jeune monarque qui, par les dispositions prises et par les personnes dont il s'entoure, conduit le royaume à la Paix générale et au relèvement de la fortune publique.

« Et Monsieur de La Vieuville, par l'ancienne, c'est-à-dire la bonne administration des Finances, soulagera l'extrémité des misères auxquelles nous a réduit la nouvelle, qu'il ne scait point et qu'il veut ignorer. Il y a vingt-cinq ans que le feu roi l'honora de sa confiance, et de ce qu'on appelle aujourd'huy premier ministre, quoy que le nom n'en fut pas encore usité, avec la Sur-Intendance de ses Finances. »

Et ce document de rappeler que, durant les vingt mois de sa première administration, il remit un si bon ordre dans les affaires qu'on peut l'appeler « le premier Autheur des justes maximes des Finances ».

A manier l'argent de la France, y lit-on encore, il ne remporta d'autre avantage que « la gloire d'une inviolable probité. »

Nous sommes bien loin, n'est-il pas vrai, des diatribes de Richelieu, des libelles populaires et des mémoires de ses contemporains!

C'est que, probablement, toutes choses remises au point, vues de loin, expliquées, débarrassées des jalousies et des ambitions, La Vieuville n'avait pas été, sous Louis XIII, plus mauvais ministre qu'un autre. Du moins en jugeait-on ainsi au commencement du règne de Louis XIV.

CHAPITRE VII

LES PROTESTATIONS DE LA FRONDE CONTRE LA NOMINATION DE LA VIEUVILLE. — INTRIGUES ET DÉMARCHES. — LA PALATINE ANNE DE GONZAGUE Y PREND PART A CAUSE DE « SON GALANT », LE FILS DE LA VIEUVILLE. — AVARICE ET LÉSINERIES DE LA SECONDE SURINTENDANCE DES FINANCES. — CRÉATION DU DUCHÉ-PAIRIE DE LA VIEUVILLE. — LES TITRES NE SONT PAS ENREGISTRÉS AU PARLEMENT ET LE MARQUIS RESTE DUC A BREVET.

Il nous faut dire, d'après Dubuisson-Aubenay, que cette nomination avait été naturellement fort mal accueillie par le parti de la Fronde, en raison de Mazarin qui en avait été l'un des artisans. Les frondeurs manifestèrent leur mécontentement en jetant à profusion, dans les rues de Paris, de petits morceaux de papier sur lesquels leurs sentiments étaient clairement indiqués :

« Dimanche 19 (novembre 1651), à la nuit, billets imprimés, jetés par la rue et demandant un autre surintendant que le marquis de La Vieuville et qui soit hors du mazarinisme. »

C'était une façon, pour la population, de manifester ses sentiments qui avait ou moins le mérite de ne pas jeter la perturbation dans la ville.

« Au matin on trouve billets semés par les rues portant que le peuple se doit armer et demander la suppression de tous les impôts. »

Et encore une nouvelle pluie de petits papiers, rédigés dans la forme railleuse, et concernant aussi La Vieuville :

« Lundi, 13 novembre 1651. — Autres billets en gros caractères, imprimés comme les billets de semonce aux enterrements, portent que quiconque voudra obtenir quelque chose ès finances du Roi, il n'a qu'à s'adresser au sieur chevalier de La Vieuville et au sieur de Bordeaux, intendants, suivant le tarif du prix des expéditions qu'ils ont dressé (1). »

Une mazarinade, datée de 1651, intitulée : *Avis aux Cours souveraines*, est une critique dirigée contre La Vieuville. L'auteur voudrait que les financiers, en entrant en charge, remissent au roi un inventaire de leurs biens, signé et certifié.

Une autre mazarinade, sous le nom de : *Avis aux Parisiens*, qui fut affichée sur les murs de Paris, proposait de raser purement et simplement l'hôtel de La Vieuville avec ceux d'Elbeuf, d'Hocquincourt, de La Ferté-Senneterre, d'Aumont, de Le Tellier, de Servient, de Lyonne, de Chevreuse, d'Harcourt, d'Ampus, de la princesse Palatine, de Guénégaud, etc. (2).

Le cardinal, pourtant, afin d'arriver à son but, c'est-à-dire à faire rétablir La Vieuville

(1) *Le Journal des guerres civiles de Dubuisson Aubenay* publié par M. Gustave Sage, t. II, p. 129 et 130.

(2) *Bibliographie des Mazarinades*, par C. Moreau, 1850, t. I, p. 152, 154.

aux Finances, avait eu à lutter contre toute une partie de la Cour. Mlle de Montpensier assure que *Monsieur* en fut si furieux qu'il ne voulait plus remettre les pieds au Conseil. Il resta même quelques jours sans aller chez la Reine et il fallut que le roi l'y reconduisît. La Grande Mademoiselle avoue son bonheur de voir son père se mutiner ainsi contre la Cour; elle espérait que cela le rendrait plus considérable, mais, ajoute-t-elle mélancoliquement : « ce ravissement duroit peu, car il étoit aussitôt radouci (1). »

Dans une lettre écrite au marquis de Noirmoutier et datée du 22 septembre 1651, le cardinal dit :

« M. de La Vieuville vous pourra dire ce que j'ay faict pour le servir, et les obstacles qu'il a fallu surmonter pour cela, ceux que Mme d'Aiguillon et Chavigny, liez avec M. de Maisons et Longueil y apportoient, n'estoient pas les moindres (2). »

Au duc de Mercœur, le 25 septembre de la même année, il écrit ces mots :

« Je ne doute poinct qu'après l'establissement de M. de La Vieuville, le Président de Maisons et Longueil ne fassent le diable... »

Et il insinue, toujours au même, qu'il serait heureux de rencontrer quelqu'un qui voulût bien faire passer aux deux récalcitrants l'avis charitable qu'ils aient à se tenir tranquilles « et à mettre de l'eau dans leur vin » sous peine d'être abandonnés par la reine-mère et par le roi, ce qui les perdrait sans ressources.

La même missive se terminait par une espérance donnée au duc de Mercœur qui indiquait, de la part de Mazarin, le peu de connaissance qu'il avait du caractère du nouveau surintendant :

« Je croy qu'au moins mon dict sieur de La Vieuville vous fera payer vos pensions pour vous ayder à supporter la despense que vous estes obligé de faire, pour laquelle j'ay mandé à M. Colbert de vous offrir tout ce que j'ay, estant très-marry qu'à présent ce ne soit pas grand chose (3). »

(1) *Mémoires de Mademoiselle de Montpensier*, par A. Chéruel, 1858, t. I, p. 317.

(2) *Documents inédits sur l'Histoire de France.* Lettres du cardinal de Mazarin, publiées par A. Chéruel. T. IV, p. 437.

(3) *Documents inédits sur l'Histoire de France.* Lettres du cardinal de Mazarin, publiées par A. Chéruel, t. IV, p. 446.

Mme de Motteville a reproduit un document curieux qui semble montrer les dessous de la nomination de La Vieuville à sa seconde surintendance et qui, daté de 1651, a pour titre :

« Articles accordés entre Messieurs le cardinal de Mazarin, le garde des Sceaux de Chasteauneuf, le coadjuteur de Paris, et Madame la duchesse de Chevreuse. »

On y lit le paragraphe suivant : « que M. le marquis de La Vieuville sera surintendant des Finances, moyennant quatre cent mille livres qu'il donnera audit sieur cardinal, et cinquante tant de mille livres au sieur Bartet qui a négocié pour lui à Cologne; et ce pour l'aider à payer la charge de secrétaire du Cabinet qu'il a eu permission d'acheter (1)... »

Le nouveau ministre avait eu encore une auxiliaire très influente pour sa rentrée aux Finances, dans la personne de la princesse Palatine, Anne de Gonzague, revenue auprès de la reine après avoir été du parti des princes, et adversaire acharnée de Mme de Longueville, qui tenait pour M. de Maisons (2).

Il y avait, pourtant, un autre mobile que celui d'être désagréable à son ennemie, qui la poussait à soutenir le père. C'était, au dire des méchantes langues d'alors, l'amour qu'elle avait pour le fils :

« Elle se mêla, dit Montglat dans les mémoires de sa dix-septième compagne, si avant dans les intrigues du temps, qu'elle ménagea les finances pour La Vieuville qui les avoit eues vingt-sept ans durant. Elle portoit ses intérêts à cause du chevalier de La Vieuville, son fils, qui possédoit alors ses bonnes grâces, et avoit tout pouvoir sur elle. »

(1) *Mémoires de Mme de Motteville*, édition Charpentier, t. III, p. 424.

(2) Il s'agit ici de la fille de Charles de Gonzague, duc de Nevers, et de Catherine de Lorraine. Elle était la sœur cadette de Marie-Louise de Gonzague, reine de Pologne. Anne naquit en 1616 et mourut à Paris en 1684. Elle fut la maîtresse de Henri de Guise, archevêque de Reims, et épousa, en 1645, le prince Edouard de Bavière, d'où son titre de princesse Palatine. Sa vie fut toute de galanterie; puis elle servit la régente Anne d'Autriche pendant la Fronde et fut surintendante de sa maison pendant quelques années. Elle devint veuve en 1663 et prépara le mariage de sa nièce, Charlotte, Elisabeth de Bavière, dite aussi la *Princesse Palatine* ou *la Palatine*, avec Philippe, duc d'Orléans, frère de Louis XIV. Cette dernière, née à Heidelberg, le 27 mai 1652, morte le 8 décembre 1722, fut la mère du Régent.

Et Mme de Motteville, un peu plus mauvaise langue que Montglat, insinue même qu'outre l'amour du beau chevalier, il y avait aussi, pour la faire marcher, l'amour d'un gain facile à réaliser : « ... elle prétendoit, écrit-elle, devenir riche par leur moyen... » (1).

Mademoiselle de Montpensier, naturellement, devait abonder aussi dans le sens de Mme de Motteville et voir, à ce propos, l'amour et l'argent marcher de compagnie : « Je n'étois point fâchée, dit-elle, de voir M. de La Vieuville surintendant, parce que c'étoit une marque de l'autorité de la Palatine. Ce qui me faisoit croire qu'elle en pouvoit donner d'autres. M. de La Vieuville lui avoit donné beaucoup d'argent, et de plus, le chevalier, son fils, étoit son galant, de sorte que l'on peut dire que deux passions l'avoient fait surintendant (2) ».

Le galant dont il est ici question, ne devait pas l'être bien longtemps, hélas ! puisqu'il mourut le 12 juin 1652, à l'âge de 25 ans, des blessures reçues au siège d'Etampes, dans les rangs de l'armée royaliste. Il fut enterré aux Minimes de la place Royale.

« Le chevalier de La Vieuville, dit Mademoiselle de Montpensier, y fut blessé et porté à Melun où étoit la Cour, et y mourut de sa blessure ; il fut fort regretté et particulièrement des Dames. »

Il s'agissait du quatrième fils du marquis de La Vieuville et de Marie Bouhier, Henry de La Vieuville, chevalier de Malte, abbé de Savigny sur la démission de Charles, son frère aîné, prieur commandataire du prieuré séculier du grand Beaulieu-lez-Chartres, colonel d'un régiment de cavalerie, puis maréchal de camp des armées du roi, conseiller d'Eat du Conseil privé et des Finances, par lettres du 2 novembre 1651.

Encore qu'ils soient apocryphes, nous ne voulons pas négliger d'indiquer, ne serait-ce qu'à titre de curiosité, que les Mémoires de la Palatine Anne de Gonzague, rédigés par Sénac de Meillan, mentionnent nettement son intervention, dans le sens indiqué plus haut par Mme de Motteville. Elle raconte donc, ou plutôt Sénac de Meillan lui fait raconter une entrevue qu'elle eut avec le futur cardinal de Retz à cette occasion :

« Le coadjuteur me demanda un soir un entretien avec un grand mystère. Je me rendis en carrosse de louage dans un appartement d'un couvent, où il arriva dans l'ajustement le plus ridicule pour un Archevêque. Son chapeau étoit couvert de plumes, il avoit un juste-au-corps vert et or, une petite oie incarnat..... Nous eûmes un entretien fort long sur l'état des affaires, et nous convînmes de nous unir pour deux objets importans à tous deux : le chapeau pour lui, et la sur-intendance pour M. de la Vieuville (1).... »

On sait que cette combinaison réussit de point en point et que le coadjuteur eut le chapeau et le marquis les clefs du coffre-fort,

Peut-être était-ce l'exécution des clauses de ce marché que Paul de Gondi, quinze jours après la nomination, allait un soir, encore travesti, réclamer, au dire de Dubuisson-Aubenay, au nouveau surintendant :

« Samedi 30 septembre. Le coadjuteur de Paris, à onze heures, travesti, s'en va dans un cabaret obscur, au quartier St Honoré, trouver Ondedei, agent du cardinal Mazarin ; lequel aussi travesti, il mène chez le garde des Sceaux et puis chez le surintendant ; et demeurent trois ou quatre heures en telles conférences (2). »

Ce même coadjuteur a raconté comment La Vieuville, précédemment à sa nomination, s'était trouvé mêlé au mouvement de la Fronde — il avait été arrêté par ordre de la Reine, en 1649, avec Chasteauneuf, Chavigny, Soulas et d'autres — et quelle part active, malgré son âge, il avait prise aux revendications des nobles qui profitaient du désarroi général pour se plaindre qu'ils étaient sacrifiés. Il tint donc chez lui, en son hôtel, une réunion des mécontents.

« Le vieux bonhomme de La Vieuvillle, dit de Retz, le marquis de Sourdis, le comte de Fiesque, Béthune et Montrésor se mirent dans la tête de faire une assemblée de noblesse pour le rétablissement de leurs privilèges. »

(1) *Mémoires de Mme de Motteville*, Ed. Charpentier, t. III, p. 337.

(2) *Mémoires de Mademoiselle de Montpensier*, publiés par A. Cheruel, 1858, t. Ier, p. 317.

(1) *Mémoires d'Anne de Gonzague, princesse Palatine*, à Londres 1786 (publiés par Sénac de Meillan), p. 192.

(2) *Journal des Guerres civiles de Dubuisson-Aubenay*, publié par M. Gustave Saige. t. II, p. 120.

M. de Gondi s'y opposa, nous dit-il, de toutes ses forces, estimant qu'il était suffisant d'avoir Monsieur, le Parlement et l'Hôtel de Ville, ce qui constituait le gros de l'Etat : « tout ce qui n'étoit pas assemblée légitime le déparoit ». Mais il n'y eut pas moyen d'échapper à cette réunion. Elle se tint le 4 février 1651, dans l'hôtel de La Vieuville, et « donna une grande terreur au Palais-Royal » que l'on renforça de troupes. Monsieur voulut les dissiper, mais leurs chefs, d'Epernon et de Schomberg, refusèrent de lui obéir, étant à la Reine (1).

Dubuisson-Aubenay nous donne également ce renseignement. Il dit qu'en mars 1651, le marquis de La Vieuville était l'un des deux présidents de la haute noblesse ; qu'elle s'était réunie chez lui en février 1651. L'autre président fut le marquis de Sourdis. Cette assemblée demanda la réunion des Etats-généraux ; ses lieux de réunion étaient habituellement en la salle des Cordeliers du Grand-Couvent (2).

Ce fut vers cette époque que La Vieuville manqua de passer un quart d'heure fort désagréable du fait de frondeurs mécontents. Une populace nombreuse était attroupée devant le logis du premier président et y faisait une démonstration du genre de celles que Paris était alors accoutumé de voir quotidiennement. La Vieuville était chez le personnage, cause de tout ce vacarme, et voulut en sortir pour se mettre à l'abri de ce qui pouvait survenir. Ce fut une bien mauvaise inspiration car la colère du peuple se retourna contre lui et les frondeurs faillirent le mettre en pièces.

« Le marquis de La Vieuville, dit Madame de Motteville, en voulant sortir de chez le premier président, pour lors garde des sceaux, ces filoux l'attaquèrent, lui chantèrent mille injures, le voulurent tirer de son carrosse, et lui firent du moins une grande peur (3). »

Dubuisson-Aubenay place cet incident au 6 décembre 1651. Il dit que la foule guettait La Vieuville pour lui faire un mauvais parti au moment où il monterait dans son carrosse, mais le cocher, bien stylé, enleva vigoureusement ses chevaux et la voiture s'échappa :

« Ils jetèrent coups d'épée, d'estoc et de taille, que les portières et le manteau de Garsalan, commis ès finances qui y étoit, recut. Ils menacèrent que l'on les verroit samedi (1). »

(1) *Mémoires du cardinal de Retz*. Collection Petitot, 2e série, t. 45, p. 230.

(2) *Journal des guerres civiles de Dubuisson-Aubenay*, publié par M. Gustave Saige, t. II, p. 28.

(3) *Mémoires de Madame de Motteville*, édition Charpentier, t. III, p. 457.

On retrouve chez La Vieuville, pendant sa deuxième surintendance des finances, les mêmes procédés de parcimonie et de lésinerie que ceux employés lors de sa première. Etait-ce une qualité ? était-ce un défaut ? Tous ceux que ces procédés gênaient proclament que c'était un défaut pouvant engendrer les pires calamités. Nous n'avons pas l'avis des autres.

Il nous faut citer, parmi les premiers, Mazarin lui-même qui, pourtant, avait été le principal artisan de sa nomination.

En janvier 1652, il veut suspendre le paiement des rentes de l'Hôtel de Ville pendant les troubles de la Fronde et il ne faut rien moins que l'intervention du Cardinal pour éviter ce coup d'Etat financier et municipal.

Mazarin, d'ailleurs, ne manque pas d'être bientôt édifié sur la manière de faire du surintendant et il s'en plaint amèrement à son fidèle confident, l'abbé Ondedei, dans leur langue maternelle :

« .... Non siu ha dato alcun avviso di quello gli è succeso con il surintendente ; mà quando la cosa sià come voi mi scrivete, questo a gran torto di usarne nella maniera che fa doppo esser mene tante volte doluto a lui et Bordeaux (M. Bordeaux) poiche havendomi trattato come voi sapete doppo haverini promesso mari e monte (2).... »

Il est rebelle à toute idée de progrès et s'oppose à toutes les innovations susceptibles d'apporter un peu de commodité dans les rouages du gouvernement :

« Je trouve seulement à redire, écrit Maza-

(1) *Journal des guerres civiles de Dubuisson-Aubenay*, publié par M. Gustave Saige, t. II, p. 137.

(2) Lettre de Mazarin à l'abbé Ondedei, datée de Sedan, le 4 septembre 1652. *Documents inédits sur l'histoire de France*. Lettres du cardinal de Mazarin, publiées par M. A. Chéruel, t. V, p. 203.

Traduction faite par le service de la préfecture de la Seine, cabinet du Préfet : « ... On ne m'a donné aucun avis au sujet de ce qui est arrivé au surintendant ; mais si la chose est telle que vous me l'écrivez, il a grand tort d'en user de la manière qui depuis m'a donné tant de fois l'occasion de me plaindre de lui et de Bordeaux (M. Bordeaux), car ils m'ont traité de la manière que vous savez, après m'avoir promis mers et montagnes. »

rin à Le Tellier, le 19 septembre 1652, qu'il n'y ait pas une bonne imprimerie auprès du Roy ; si M. le Surintendant ne veut pas fournir ce qu'il faut pour cela, qui va à fort peu de chose, je vous prie de dire au sieur Colbert qu'il le fasse de mon argent (1) ».

Lors du siège de Barcelone, le cardinal est furieux des atermoiements que La Vieuville met à fournir l'argent nécessaire. Il en écrit à M. Le Tellier, de Bouillon, le 21 septembre 1652 :

« Pressez toutes choses pour cela, et faictes en sorte que la Reyne parle à M. le Surintendant pour ce qui est de l'argent, en tels termes qu'il cognoisse que Sa Majesté ne peut estre satisfaicte de luy, s'il n'y pourvoit à l'instant. »

Et plus loin :

« C'est pourquoy il faut que la Reyne ait la bonté de presser aussy sur ce point M. le Surintendant de parler aux officiers des gardes et de ne laisser aucune diligence en arrière pour mettre l'armée en estat d'estre supérieure à celle des ennemis (2). »

Le 2 octobre 1652, il écrit encore de Bouillon à Michel Le Tellier de « presser M. le Surintendant comme pour la chose du monde qui est le plus à cœur à Sa Majesté et la plus importante à l'Estat, de donner toute les assistances qu'il pourra, tant pour l'armement et la subsistance des vaisseaux de Provence que pour celle de l'armée de terre, que M. du Plessis-Bellière à ordre de conduire en Catalogne (3) ».

Ce sont presque des supplications qu'il faut employer pour le faire agir. A propos du ravitaillement des troupes en Espagne, Mazarin fut contraint de prier Le Tellier de démontrer à La Vieuville la nécessité absolue qu'il y avait pour lui d'être plus généreux pour l'armée : « Je vous prie de faire voir ce que dessus à M. le Surintendant; car ayant beaucoup d'affection pour le bien de l'Estat, il se portera sans doute à faire tous ses efforts pour rendre au Roy un service si important en ce rencontre (1) ».

Aussi, est-ce avec amertume et sans l'ombre d'un espoir, que le cardinal constate l'insubordination que la parcimonie du ministre des Finances, après tant de promesses, provoque dans l'armée :

« Si, de tant de millions en l'air que M. le Surintendant nous a asseuré qu'il avoit préparez pour la Catalogne, on y eust pu envoyer seulement une petite parcelle effective pour donner lieu à M. de Saint-André-Montbrun de faire subsister sa cavalerie, nous n'aurions eu aucune mutinerie à craindre (2). »

L'infortuné Mazarin, d'ailleurs, semble avoir pris son parti de ne plus compter sur la caisse du marquis, ce qui pourrait bien être un indice qu'il sait pertinemment et tout aussi bien que le caissier, que ladite caisse est à peu près vide. Il va donc maintenant s'adresser à Colbert pour y suppléer.

Il écrit à Le Tellier, de Bouillon, le 7 octobre 1652 :

« ..... Ce seroit un grand bien si l'on pouvoit, par le mesme courrier, envoyer deux ou trois mille pistoles à M. de Saint-André-Montbrun pour donner à sa cavalerie. Si M. le Surintendant ne le veut pas donner, je croy que le sieur Colbert aura de quoy y suppléer et il le fera si vous le luy dictes de ma part... (3). »

A Châlons, lors des combats qui se livrèrent dans ces régions vers la fin de 1652, le Surintendant met si peu de diligence à envoyer les fonds qui lui sont demandés par Mazarin, que ce dernier est obligé de payer, à l'aide de ses propres ressources, des travaux indispensables. Il en avise M. Le Tellier, le 9 décembre 1652, de Fains, et le requiert de faire donner l'ordre formel à M. de La Vieuville d'avoir à faire parvenir immédiatement les subsides dont il a grand besoin (4).

Trois mois après sa seconde nomination au

(1) *Documents inédits sur l'histoire de France.* Lettres du cardinal de Mazarin, publiées par M. A. Chéruel, t. V, p. 260.

(2) *Documents inédits sur l'histoire de France.* Lettres du cardinal de Mazarin, publiées par A. Chéruel, t. V, p. 270.

(3) *Documents inédits sur l'histoire de France.* Lettres du cardinal de Mazarin, *loc. cit.*, t. V, p. 319.

(1) *Documents inédits sur l'histoire de France.* Lettres du cardinal de Mazarin, *loc. cit.*, t. V, p. 322.

(2) *Documents inédits sur l'histoire de France.* Lettres du cardinal de Mazarin, *loc. cit.*, t. V, p. 350.

(3) *Documents inédits sur l'histoire de France.* Lettres du cardinal de Mazarin, *loc. cit.*, t. V, p. 352.

(4) *Documents inédits sur l'histoire de France.* Lettres du cardinal de Mazarin, *loc. cit.*, t. V, p. 502.

poste de surintendant des Finances et neuf ans après son retour d'exil, le marquis de La Vieuville était créé duc et pair de France.

Les lettres patentes lui conférant ces titres sont du mois de décembre 1651.

Louis XIV y considère qu'il est de la grandeur des rois d'élever aux principaux honneurs ceux qui s'en trouvent dignes par les bonnes qualités de leur naissance et par leur propre vertu. On y trouve également une appréciation du jeune monarque sur la nature humaine, qui aurait encore cours aujourd'hui.

Il dit, en effet, « qu'il n'y a point de récompense qui soit plus chère aux hommes que celles qui leur donnent rang au-dessus des autres ». Il y rappelle aussi, ce qui est peut être un peu exagéré, combien son honoré père avait aimé le sieur de La Vieuville et « l'avoit honoré des témoignages de son souvenir et de sa bienvelllance dans les derniers jours de sa vie ».

Parlant du passé du marquis, les lettres patentes disent encore : « Ayant esté obligé de se retirer de nostre royaume pour des causes dont après estre pleinement esclaircy, nous lui avons donné très volontiers nos lettres d'innocence. »

Le souvenir des grands services rendus par les ancêtres y est aussi évoqué et l'on espère que les enfants du marquis seront dignes de leurs ayeux.

L'aîné est déjà mestre de camp du régiment de Picardie et lieutenant général aux baillages de Reims et de Rethel; le second est chevalier de l'ordre de Saint-Jean de Jérusalem, mestre de camp d'un régiment de cavalerie française, et tous deux maréchaux de camp des armées du roi.

Le brevet, daté du mois de décembre 1651, portait le titre suivant : « Lettres d'érection de la baronnie de Nogent-Lartauld-sur-Marne et terres y jointes en duché et pairie de France sous le nom et appellation de duché de La Vieuville, en faveur de Charles, marquis de La Vieuville, surintendant des Finances » (1).

On y trouve les motifs ci-après :

« Considérant que les baronnies de Nogent-Lartauld sur Marne et de Saint-Martin d'Abloys, en Champagne, sont assez riches et assez considérables pour soutenir le nom, titre, honneur et dignité de duché et pairie de France, nous les réunissons dès maintenant en un seul corps sous le nom de duché de La Vieuville, pour en jouir, le dit marquis, lui et ses descendants mâles, nés et à naître en loyal mariage, perpétuellement et à toujours. »

En ce qui concerne la transmission du titre de duc et pair, les lettres-patentes disaient exactement :

« Voulons et nous plaist que le dit cas advenant du deceds du dit sieur marquis de La Vieuville père, avant la présentation et enregistrement d'icelles en nostre dite cour du Parlement, ou même le deceds advenant de son dit fils aîné, celui de ses descendans masles qui lui succedera, jouisse de l'effet et du contenu en icelles, tout ainsi que si elles étoient conceues en son nom, les ayant relevez et dispensez, relevons et dispensons, par ces dites présentes, d'obtenir de nouvelles lettres, ni de plus ample et plus expresse déclaration de notre volonté, que celle portée par ces présentes. »

Le duché créé pour le marquis de La Vieuville était bien un duché héréditaire, transmissible « à ses descendans mâles, nés et à naître en loyal mariage, perpétuellement et à toujours », puisque c'était un duché-pairie. Mais il avait besoin, pour recevoir son entier effet, c'est-à-dire pour devenir héréditaire, d'être enregistré par la Cour du Parlement.

Au même mois de décembre de la même année, un second brevet intervint dont la teneur suit :

« Aujourd'huy 26 du mois de décembre 1651, le roy étant à Poitiers, mettant en considération les grands, recommandables, anciens et fidels services rendus à Sa Majesté et à cet Etat par le sieur Charles marquis de La Vieuville, conseiller de Sa Majesté en ses conseils, chevalier de ses ordres, surintendant de ses finances, en plusieurs charges, dignitez, emplois, occasions notables et importantes, et que par le mérite de sa personne et de ses services, ainsi que par celuy de sa naissance illustre, il peut très-dignement posséder les principaux honneurs du royaume et même ceux qui peuvent faire connoître à la postérité la satisfaction que Sa Majesté reçoit de la prudente, soigneuse et fidelle conduite qu'il employe à l'administration de finances dont dépend la manutention de l'etat et le soulagement des peuples. Sa Majesté voulant gratifier ledit sieur marquis de La Vieuville et le traiter favorable-

(1) *Le Père Anselme*, t. V, p. 867.

ment, a créé et érigé en sa faveur la baronie de Nogent-Lartault-sur-Marne et ses dépendances, avec union d'icelle et de la baronie de S.-Martin-d'Ablois et ses dépendances, situées en la province de Champagne et mouvantes de Sa Majesté à cause de sa tour du Louvre, et à son seul et plein hommage en titre et dignité de duché et pairie de France, et lui a accordé la mutation de nom et appellation du duché de La Vieuville, pour en jouir par lui, ses descendans mâles nez et à naître en loyal mariage, audit titre de duché de La Vieuville et Pairie de France, pleinement, paisiblement et perpetuellement, aux honneurs, autoritez, privilèges, prééminences, franchises et libertez et droits dont jouissent les autres ducs et Pairs de France. Veut en outre, sa Majesté, pour d'autant plus favoriser le dit sieur marquis de La Vieuville, les siens et le sieur Charles, aussi marquis de La Vieuville, son fils aîné, mestre de camp du régiment de Picardie, maréchal de ses camps et armées, en considération des services qu'il lui a rendus et lui rend journellement esdites charges, que si deceds du dit sieur marquis père arrivoit avant que les lettres patentes pour la dite érection et pour le contenu cy-dessus, fussent présentées et enregistrées où besoin sera, son dit fils aîné après lui, le premier des descendans mâles du dit sieur marquis, s'il venoit aussi à décéder avant le dit enregistrement, jouira de l'effet du contenu au présent brevet et esdites lettres, ainsi que si elles étoient conçues et enregistrés sous le nom du dit sieur marquis de La Vieuville père, sans qu'il soit besoin de nouvelles lettres; m'ayant Sa Majesté commandé d'en expédier toutes celles qui seront sur ce nécessaires, en vertu du présent brevet, lequel pour témoignage de sa volonté elle a signé de sa main et fait contresigner par moi son Conseiller et Secrétaire d'Etat et de ses commandemens et finances. — Signé, *Louis.* Et plus bas, *Le Tellier* (1). »

Ces deux lettres patentes n'ayant jamais été enregistrées en cour de Parlement, le duché ainsi créé ne fut pas autre chose qu'un duché à brevet, c'est-à-dire qu'il n'était ni héréditaire ni transmissible, sauf au seul fils aîné du marquis, Charles II, de La Vieuville. ainsi que le spécifiaient les textes, interprétés du moins de cette façon par la chancellerie. Il est certain qu'à la lecture, même attentive, les clauses de transmission du duché paraissent peu claires.

Si peu claires, même, que dans la famille du fils du deuxième duc de La Vieuville, Charles II, on pensa toujours que le titre de duc n'aurait pas dû s'éteindre avec lui, mais aurait dû être reporté sur ce dit fils, René-François de La Vieuville. C'est ainsi que Dangeau écrit, en parlant de la femme de ce René-François, qui était Anne-Lucie de La Mothe-Houdancourt, fille d'honneur de la Reine, et fille d'Anthoine de La Mothe, marquis d'Houdaucourt et de Catherine de Beaujeu, qu'elle prétendait que son mari devait être duc et qu'il était nommé dans les lettres du duché de La Vieuville. Le roi, ajoutait-elle, avait donné ordre qu'on examinât ces lettres et qu'on lui en rendît compte (1).

Nous reproduisons ici les interprétations données à ce sujet par le Père Anselme et par les auteurs du *Dictionnaire de Moreri,* plus au courant que nous des questions de cette nature.

Voici l'explication du Père Anselme :

« La baronnie de Nogent l'Artaut et autres terres y jointes, furent érigées en duché-pairie, sous le nom de duché de La Vieuville, pour *Charles* de La Vieuville I, du nom, grand fauconnier de France, chevalier des ordres du Roy et surintendant des finances, par lettres du mois de décembre 1650 (2), lesquelles ne furent point enregistrées. Il y eut un nouveau brevet expédié le 26 décembre de l'année suivante 1651 pour la même érection du duché de La Vieuville, avec une clause qu'au cas que le marquis de La Vieuville vînt à mourir avant l'enregistrement des lettres portant cette érection, son fils ainé jouiroit de leur effet sans avoir besoin d'autres lettres. »

L'interprétation ci-après de Moreri est la même que celle du Père Anselme, ce qui prouve que, pour ces deux généalogistes, il n'y avait pas de doute à ce sujet :

« Il obtint [La Vieuville] par brevet du Roi donné à Poitiers le 26 décembre 1651, l'érection de ses terres et baronies de Nogent-l'Artaut-sur-Marne et de S. Martin d'Ablois et leurs dépendances, situées en la province de Champagne, en titre et dignité de duché et pairie

(1) *Histoire généalogique et chronologique de la maison royale de France, des Pairs, grands officiers, etc.,* par le P. Anselme, 1730, t. V, p. 870.

(1) *Journal du marquis de Dangeau,* t. II, p. 336 et 337.

(2) C'est 1651.

de France, sous l'appellation de duché de La Vieuville, avec cette clause que son décès arrivant avant l'enregistrement des lettres patentes de cette érection, son fils aîné et après lui le premier de ses descendants mâles, s'il venoit aussi à décéder avant cet enregistrement, jouiroit de l'effet du contenu de ce brevet, en conformité duquel il y eut des lettres patentes données à Paris au même mois de décembre 1651 ; mais elles n'ont pas été enregistrées (1). »

Nous reproduisons ci-dessous un extrait de l'article de la *Grande-Encyclopédie* consacré aux *ducs et duchés*, par M. Maurice Prou, professeur de diplomatique à l'Ecole nationale des chartes, et indiquant les trois catégories de ducs créées par la Monarchie :

« Au moment de la chute de l'ancien régime, on distinguait en France trois espèces de ducs : 1° les ducs et pairs ; 2° les ducs héréditaires ; 3° les ducs à brevet. Les ducs et pairs avaient séance au Parlement. Les ducs héréditaires étaient ceux qui possédaient des duchés non pairies ; leur dignité était transmissible, comme celle des ducs et pairs, à leurs enfants et descendants mâles. Les ducs à brevet n'avaient d'autre prérogative que de porter le titre de duc et de jouir des honneurs attachés à cette qualité dans les maisons royales. Ce titre s'éteignait à la mort de celui qui l'avait obtenu. Les lettres qui donnaient à ces ducs leur titre n'étaient pas enregistrées au Parlement. »

Il nous semble bien, après avoir lu cet extrait, que le duché de La Vieuville était d'une nature différente des trois espèces signalées.

C'était bien, en effet, un duché transmissible que le roi avait voulu créer mais, prévoyant le non enregistrement, il avait voulu, également, par une disposition spéciale, que le premier descendant mâle ou les autres descendants mâles, suivant qu'on interprétera les textes confus dans un sens ou dans l'autre, soient aussi héritiers du titre.

Ce duché, que la faveur royale accordait ainsi au marquis de La Vieuville, ne manqua pas d'exciter son ambition au point de lui inspirer le désir de passer, dans les questions de préséance, avant d'autres ducs plus anciens que lui. Il va se prévaloir, en effet, de sa fonction de surintendant, pour réclamer le pas sur le duc de Noirmoutiers, Louis de La Trémouille, qui, lui, à ses lettres de duc depuis trois ans alors que La Vieuville ne les détient que depuis trois mois. Sans trop de vergogne et sans grande pudeur, le nouveau duc fait appel à la princesse Palatine qui lui a déjà donné un fort coup d'épaule pour l'obtention dudit duché. Anne de Gonzague, nous l'avons dit, avait été, dans l'ordre privé, du dernier bien avec le chevalier de La Vieuville, le fils. Elle était aussi, dans l'ordre politique, fort bien avec Mazarin. Le cardinal fut donc sollicité pour cette question de préséance, fort importante alors, puisqu'elle mettait toute la Cour en mouvement ; mais il semble bien qu'il tint plutôt pour Noirmoutiers, malgré son désir d'être agréable à La Vieuville. Dans une lettre écrite à Colbert, de Bouillon, le 7 octobre 1652, il dit, en effet, que la préséance d'un duc ne peut se prétendre qu'une fois les lettres enregistrées par le Parlement et non parce que la femme d'un duc nouvellement créé aura obtenu la grâce d'avoir son tabouret au cercle de la Reine. On sait que les duchesses avaient droit à un tabouret à la Cour. La Vieuville voulait donc, en somme, établir sa priorité sur Noirmoutiers non seulement en raison de ses fonctions de surintendant, mais probablement aussi, cela ressort de la lettre de Mazarin, parce que Mme de La Vieuville, Marie Bouhier de Beaumarchais, avait été *assise* avant Mme de La Trémouille, Renée-Julie Aubery, fille de Jean Aubery, conseiller d'Etat (1).

Avec le manuscrit de la bibliothèque Mazarine, dont nous avons parlé plus haut, se trouve une fort belle gravure de Grégoire Huret (2), sorte de frontispice, représentant

(1) *Dictionnaire historique de Moreri.* 1759, t. X, p. 602.

(1) *Documents inédits sur l'Histoire de France.* Lettres du cardinal de Mazarin, publiées par A. Chéruel, t. V, p. 360.

(2) Notre collègue J.-C. Wiggishoff, si averti et si documenté sur les graveurs français, veut bien, et je l'en remercie, me faire passer une note sur Grégoire Huret. J'y trouve que ce dessinateur et graveur, né à Lyon en 1610, mourut à Paris en 1670. Il travailla pour les éditeurs de sa ville natale et fut l'auteur de plusieurs figures de l'entrée de Louis XIII et d'Anne d'Autriche à Lyon, en 1623. Après 1628, il vint à Paris où il continua à graver des titres de livres, des thèses, presque toujours de sa composition et quelquefois d'après Philippe de Champaigne et les frères Bobrun. En 1665, il soutint une vive polémique contre Denis de Sallo, le rédacteur du *Jour des sçavans*, qui avait critiqué un de ses ouvrages théoriques sur la gravure. Les graveurs Gilles Rousselet et Jean Couvay ont gravé diverses pièces d'après lui. Il pro-

les armoiries du duc de La Vieuville, lors de sa seconde surintendance. Dans son écusson, surmonté de la couronne ducale fraîchement conquise, charles I, de La Vieuville, s'est bien gardé de faire entrer les *fusées* de Vincent Bouhier, le vulgaire traitant qui lui a donné sa fille et ses écus. Il ne veut porter à côté des annelets des La Vieuville de Flandre, que les hermines de la maison d'O et les feuilles de houx des Cosker de Bretagne.

La planche est d'ailleurs symbolique et montre, aux deux côtés de l'écu, deux puissants et majestueux coffres-forts, parsemés de fleurs de lys et fermant par des serrures d'aspect rassurant. Deux hommes sauvages, nus, barbus et chevelus, supportent, selon l'usage héraldique, l'écusson entouré des colliers de Saint-Michel et du Saint-Esprit. Leurs reins sont ceints de feuilles de houx et la main qu'ils ont de libre est armée d'une redoutable massue. Dans des cartouches, des serpents et des chiens symbolisent la prudence et la fidélité du surintendant des Finances, tandis que des devises latines et grecques proclament ses vertus, son honneur sans tache, sa lumineuse intelligence.

On trouvera dans nos pièces justificatives ce curieux manuscrit expliquant les armoiries et faisant un ingénieux rapprochement entre les précieuses qualités thérapeutiques reconnues aux feuilles du houx par la médecine romaine et grecque, et les vertus morales que le rédacteur du document reconnaît au duc de La Vieuville.

On y verra également que cet arbuste rend la vie aux corps atrophiés en purifiant le sang, en refaisant les nerfs, en rendant l'embonpoint, comme le surintendant a ramené l'abondance où était la disette et guérit les maux et désordres des finances. Sans doute, sa feuille a des épines et se défend rudement, mais elle ne pique que celui qui l'empoigne trop brutalement et « autrement qu'il ne faut », restant, pour les autres, douce à la main, agréable aux yeux.

Celui-là, probablement, qui écrivit ce compliment dithyrambique, à l'inverse des hommes de lettres qui rédigèrent les libelles, touchait sa pension, obtenait des audiences et ne faisait pas antichambre (1).

duisit aussi quelques planches d'armoiries ou ex-libris dont celle aux armes de La Vieuville.

Il fut l'auteur, entre autres particularités, d'une Vierge gravée en une seule taille, probablement pour imiter ou faire pendant au Christ de Cl. Mellan, gravé avec une seule taille partant du bout du nez.

(1) *Bibliothèque Mazarine*, manuscrit Dubuisson, n° 4390.

CHAPITRE VIII

MORT DU DUC DE LA VIEUVILLE. — LES ENFANTS ISSUS DE SON MARIAGE AVEC MARIE BOUHIER. — CHARLES, SECOND DUC DE LA VIEUVILLE, GOUVERNEUR DU DUC DE CHARTRES. — SA MORT. — SES ENFANTS ET LA BRANCHE DES COMTES DE VIENNE. — RENÉ-FRANÇOIS DE LA VIEUVILLE, HÉRITIER DE CHARLES II. — SES TROIS MARIAGES ET SES ENFANTS.

Le duc Charles de La Vieuville mourut le 2 janvier 1653. Mazarin apprit la nouvelle de sa mort au camp de Balhan ou de Balahan, petit village ardennais situé près de Rethel. Il répondit à Le Tellier, qui lui avait annoncé ce décès : « La reception de vostre despèche du 2 courant m'a appris la mort de M. de La Vieuville, de laquelle j'ay esté fort fasché, tant par l'affection que j'avois pour luy que parce que cet accident, dans la conjoncture présente, peut estre préjudiciable aux affaires du roi (1). »

La muse historique, de Loret, du 4 janvier 1653, enregistre gaiement ce décès :

Le surintendant des Finances
Ne signera plus d'ordonnances;
Il a terminé son destin
Et décédé jeusdy matin.
Je pense que Messieurs les Suisses,
Dont il payait mal les services,
Quand ils apprirent son trespas,
Ne se désespérèrent pas.

Il fut enterré aux Minimes de la place Royale, dans la chapelle familiale où se trouvait le célèbre tombeau dont nous parlerons plus loin et dans lequel viendront reposer, les uns après les autres, presque tous les membres de sa lignée. Sa femme, Marie Bouhier, mourut le 7 juin 1663, et fut également inhumée dans cette chapelle.

Les archives de l'Assistance publique possédaient un document qui nous eût été fort probablement très utile pour le travail que nous avons entrepris, le testament de Marie Bouhier, veuve de Charles de La Vieuville; mais les incendies désastreux de 1871 l'ont malheureusement ravi à notre curiosité. Peut-être

(1) *Documents inédits sur l'histoire de France*, Lettres du cardinal de Mazarin, publiées par A. Chéruel, t. V, p. 523.

le retrouverait-on dans quelque étude de notaire, mais où (1)?

Les enfants issus de ce mariage étaient les suivants, d'après la liste dressée par le père Anselme :

1. Vincent de La Vieuville, tué le 12 septembre 1643 au combat de Newbury, au service du roi d'Angleterre contre les Parlementaires. Son corps fut ramené à Paris et inhumé, le 24 novembre 1643, aux Minimes de la place Royale.

2. Charles II du nom, duc de La Vieuville, dont nous parlerons plus loin.

3. Charles-François de La Vieuville, mort six jours après sa naissance, enterré aux Minimes de la place Royale.

4. Henry de La Vieuville, chevalier de Malte, abbé de Savigny sur la démission de Charles II, son frère aîné, prieur commandataire du prieuré séculier du Grand-Beaulieu-lez-Chartres, colonel d'un régiment de cavalerie, puis maréchal de camp des armées du roi, conseiller d'Etat ès conseils privé et des finances par lettres du 2 novembre 1651. Il mourut, le 12 juin 1652, des blessures qu'il avait reçues au siège d'Etampes pour le service du roi, et fut enterré aux Minimes de la place Royale.

5. Charles-François de La Vieuville, prieur du Grand-Beaulieu-lez-Chartres, abbé de Savigny en 1665, de Saint-Martial de Limoges et de Saint-Laumer de Blois, conseiller d'Etat ordinaire, sacré évêque de Rennes le 4 avril 1660, mourut à Paris en janvier 1675. Son corps fut déposé dans la chapelle de la communion de l'église Saint-Paul. Cet évêque de Rennes fut un commensal de Mme de Sévigné, surtout quand elle était aux Roches :

« Aujourd'hui, écrit-elle à sa fille le 30 août 1671, j'attends M. de Rennes et trois autres évêques à dîner ; je leur donnerai une pièce de bœuf salé. »

C'est de lui qu'elle racontait à sa fille qu'il avait l'habitude quelque peu Rabelaisienne de marquer les feuillets de son bréviaire avec des tranches de jambon (2).

6. Françoise de Paule de La Vieuville, morte à Oudenarde-en-Flandre, le 30 octobre 1635.

7. Louise de La Vieuville, religieuse carmélite, morte dans le couvent de la rue Chapon, à Paris.

8. Lucrèce-Françoise de La Vieuville, mariée le 29 avril 1655 à Ambroise-François duc de Bournonville, pair de France, chevalier d'honneur de la Reine, gouverneur de Paris, en 1655. Elle mourut le 22 janvier 1678. Ce Bournonville est celui qui avait failli épouser la veuve de Claude Le Ragois, seigneur de Bretonvilliers, propriétaire et constructeur du fameux hôtel de ce nom, à la pointe orientale de l'Ile-Saint-Louis, « le bastiment du monde le mieux situé », dit Tallemant des Réaux. La veuve de Le Ragois n'a pas échappé à la plume mordante de Tallemant qui a écrit, en parlant de son mari :

« Il avoit une belle femme et qui a esté longtemps belle : elle l'a bien fait cocu aussy ; elle le battoit mesme quelquefois et ne faisoit que criailler, elle qui n'avoit rien eu en mariage. » Elle mourut subitement, ce qui permit à Bournonville d'épouser Lucrèce-Françoise de La Vieuville (1).

9. Marie de La Vieuville, dite *la jeune*, sœur jumelle de Lucrèce-Françoise, morte à Bruxelles.

10. Marie de La Vieuville, morte en bas âge et enterrée aux Minimes de la place Royale.

11. Dorothée de La Vieuville, morte jeune et enterrée aux Minimes de la place Royale.

12. Marie de La Vieuville, abbesse de Notre-Dame de Meaux.

13. Henriette de La Vieuville, religieuse à la Ferté-Milon.

Les treize enfants de Charles Ier de La Vieuville, sont loin d'avoir eu une existence aussi mouvementée et d'avoir occupé des situations aussi considérables que celle de leur père. Ce que nous aurons à dire sur eux sera donc beaucoup plus court que ce que nous avons trouvé concernant le surintendant.

Vincent de La Vieuville, nous l'avons dit,

(1) *Archives hospitalières, Hôtel-Dieu*, t. II, p. 233, n° 6814.

(2) *Lettres de Mme de Sévigné*. Édition des grands écrivains français, t. II, p. 340 et t. IX, p. 182.

(1) *Historiettes de Tallemant des Réaux*, t. IV, p. 511.

fut tué au combat de Newbury, en Angleterre, laissant comme l'aîné de famille et héritier du titre de duc, son frère Charles II. Voici à peu près la notice que lui consacre le Père Anselme : Charles II, du nom, duc de La Vieuville, pair de France après la mort de son père, chevalier des ordres du Roi, lieutenant général au gouvernement de Champagne, mestre de camp du régiment de Picardie par commission du 8 mars 1645, sur la démission du marquis de Nangis ; servit en cette qualité aux sièges de Bourbourg, de Béthune, de Dunkerque en 1646, blessé à la bataille de Lens en 1648 ; maréchal de camp par brevet du 16 janvier 1649, conseiller d'Etat au Conseil privé par lettre du 29 avril 1645, conseiller d'Etat ordinaire du Conseil privé et de celui des Finances, par lettres du 2 novembre 1651 ; lieutenant général des armées du Roi, par lettres du 10 juillet 1652 ; gouverneur et lieutenant général du haut et bas Poitou, du Loudunois et du Chatelraudois, et gouverneur particulier des villes et château de Fontenay-le-Comte, sur la démission du duc de Roannois par provisions du 12 septembre 1664 ; chevalier d'honneur de la Reine sur la démission du marquis de Gordes, par lettres de provisions du 13 janvier 1670 (1). Fut choisi par le Roi, le 28 février 1686, pour être gouverneur de la personne de Philippe, duc de Chartres, petit fils de France, et reçu chevalier des ordres du Roi, le 31 décembre 1688. Mourut à Paris, le 2 février 1689, âgé de 73 ans, enterré aux Minimes de la place Royale.

Charles II apprit le métier de la guerre auprès du maréchal de Gassion et y apporta toutes les idées de luxe et de fêtes en grand honneur à la Cour, ce qui lui valut un jour cette apostrophe du vieux soldat : « Mordioux, Monsieur le marquis, à quoy toutes ces friandises ? Il ne faut que bon pain, bon vin et bon fourrage (2). »

De nature remuante et légère, il trouve le moyen de se faire arrêter, en 1647, et emprisonner à la citadelle d'Amiens en compagnie du comte d'Estrée, du marquis de Vassé et d'autres capitaines du régiment des gardes.

(1) M. de Boislisle indique qu'il avait obtenu un brevet d'assurance de deux cent mille livres sur cette charge de chevalier d'honneur. Note de M. de Boislisle dans les Mémoires de Saint-Simon. Edition des Grands Ecrivains français, t. XVIII, p. 410.

(2) *Historiettes de Tallemant des Réaux*. Edition Monmerqué et Paulin, Paris, t. IV, p. 184.

Mazarin, qui rapporte ce fait au duc d'Orléans, dans une lettre du 21 mai, ajoute, sans donner le motif de cette arrestation :

« Je trouve très-justes toutes les rigueures qu'on peut exercer en ce rencontre (1). »

Par contrat du 25 septembre 1649, il épousa Françoise-Marie de Vienne, comtesse de Châteauvieux, fille unique et héritière de René de Vienne, comte de Chateauvieux, et de Marie de La Guesle.

La grande fortune des deux époux leur permettait ce luxe tapageur qui sévissait alors et que Louis XIII essaya plusieurs fois de réprimer. Dubuisson-Aubenay rapporte, dans les journées des Dimanche et Lundi 24 et 25 Avril 1650, que l'un des plus riches carrosses parmi ceux qui circulèrent, ces jours-là au Cours la Reine en étalant d'insolentes richesses, était celui de Françoise-Marie de Vienne, épouse de Charles II :

« La jeune marquise de La Vieuville en un carrosse, aussi très beau, et tout environné ou garni d'armoiries, les portières ballant à terre à grandes crépines, et couvertes toutes de broderies de soie blanches et jaunes, ainsi que le dedans du carrosse et les couvertures des chevaux : en sorte que cela paroit comme broderie d'or et d'argent. Beaucoup de gens se scandalisaient des dits carrosses avec de l'or pour ce qu'ils ont été depuis quelques années défendus par déclaration du Roi et ceux-ci sont les premiers qui paroissent tels (2). »

La vie leur fut sans doute agréable, et l'on menait grand train à l'hôtel de la rue Saint-Paul, si l'on en croit Mme de Sévigné. En 1672, le deuxième Duc de La Vieuville, âgé alors de 60 ans, ne possèdait plus la maison de la famille puisqu'il l'avait cédée à son frère l'Evêque de Rennes, mais il est probable qu'il y habitait encore. Or, dans une lettre écrite à sa fille, le 30 mars de cette dernière année, la grande épistolière, à propos des pertes que cette dernière fait au jeu, lui conseille de prendre garde d'être la dupe de joueurs peu scrupuleux. Elle lui dit, entre autres choses fort sensées :

« Soyez persuadée qu'un continuel mal-

(1) *Documents inédits sur l'histoire de France*. Lettres du cardinal de Mazarin, publiées par M. A. Chéruel, t. II, p. 434.

(2) *Journal des guerres civiles de Dubuisson-Aubenay*, publié par M. Gustave Saige. t. I, p. 249.

heur et un continuel bonheur n'est pas une chose naturelle. Il n'y a pas longtemps qu'on m'avoua le fredon de l'hôtel de La Vieuville : vous souvient-il de cette volerie? (1) »

Le fredon, dit une note, était un jeu dont la combinaison consistait en 3 cartes semblables, 3 rois, 3 dames, 3 valets ou 3 autres cartes.

Le Lundi 22 Avril 1686, dit Dangeau, « M. de La Vieuville a été déclaré gouverneur de M. le Duc de Chartres; il y a déjà quelques jours que nous savions qu'il étoit nommé; il aura 24,000 francs d'appointements, comme avoient M. de Navailles et M. d'Estrades (2). »

Saint-Simon prétend que le Duc ne fut choisi pour être gouverneur du fils de Monsieur après le maréchal d'Estrades, que parce qu'il était titré et jouissait d'une grande situation à la Cour :

« M. de La Vieuville, duc à brevet, le fut après, qui mourut en février 1689, un mois après avoir été fait chevalier de l'ordre, il n'avoit rien de ce qu'il falloit pour cet emploi, mais ce fut une perte pour Monsieur, qui ne trouva plus de gens titrés qui en voulussent (3). »

Il n'est que juste d'ajouter que le véritable gouverneur du jeune prince était Saint-Laurent, homme de grand mérite et de talent, les autres ne l'ayant été qu'*ad honores*.

Ce fut à la promotion du 31 décembre 1688, et pour le jour de l'An, qu'il avait été fait chevalier de l'ordre du Saint-Esprit. Celui qui marchait immédiatement après lui, également promu, n'était autre que le marquis de Dangeau, auquel nous avons si souvent recours (4).

Dans la liste des chevaliers de l'ordre du Saint-Esprit, promotion faite dans la chapelle du château de Versailles, le 31 décembre 1688, le père Anselme a reproduit, suivant son habitude, les écussons des récipiendaires.

Celui de Charles II, de La Vieuville, s'est dépouillé des feuilles de houx des Cosker de Bretagne, que portait l'écu de son père Charles Ier, lors de la même cérémonie, le 31 décembre 1619. Il n'a conservé que les armoiries des La Vieuville, meublant entièrement la surface de l'écusson : *Fascé d'or et d'azur de huit pièces, la première fasce d'azur chargée de trois annelets de gueules, qui est de La Vieuville d'Artois* (1).

Il mourait juste un mois après cette promotion, et Dangeau enregistre ainsi son décès :

« Mardi 1er février 1689, à Versailles, M. de La Vieuville est mort ce matin, à Paris, âgé de 77 ans. Il était duc et pair, mais point passé au Parlement. Il étoit gouverneur de Poitou et gouverneur particulier de Fontenay-le-Comte. Son fils, par son mariage, a eu ces deux charges là, et, le père avoit un brevet pour y commander sa vie durant, nonobstant sa démission ; il avoit été chevalier d'honneur de la feue reine, et à la mort du maréchal d'Estrades, le roi le fit gouverneur de M. le duc de Chartres, et lui donnoit pour cela 24,000 francs d'appointemens ; voici le troisième gouverneur mort à M. de Chartres : M. de Navailles, M, d'Estrades, et lui. Outre cela, il avoit été fait chevalier de l'ordre à la dernière promotion. »

L'annonce de cette mort, pourtant, était prématurée, puisque le lendemain, le même Dangeau écrit la note rectificative suivante :

« Mardi 2 février 1689, M. de La Vieuville n'est mort que ce matin, on l'avoit cru mort hier (2). »

Pour le public, ce décès fut annoncé dans la *Gazette* du 5 février 1689, n° 5 :

« Mre Charles duc de La Vieuville, chevalier des ordres du roy, gouverneur de Monsieur le duc de Chartres, gouverneur de Poitou, cy-devant chevalier d'honneur de la reyne, mourut le 2 de ce mois, âgé de soixante et treize ans. »

La bonne vieille *Gazette*, qui existe toujours et qui nous apprend aujourd'hui les nominations ou les décès des ministres de la troisième République, avait alors son siège : « A Paris, du Bureau d'adresse, aux Galleries du Louvre, devant la rue Saint-Thomas. »

L'épouse de Charles II de La Vieuville,

(1) *Lettres de Mme de Sévigné*, édition des grands écrivains français, t. II, p. 546.

(2) *Journal du marquis de Dangeau*, t. I, p. 326.

(3) *Mémoires de Saint-Simon*. Edition Hachette, 1873, t. XI, p. 173.

(4) *Mémoires du marquis de Dangeau*, t. II, p. 223 et 285.

(1) *Le Père Anselme*, t. IX, p. 226.

(2) *Mémoires du marquis de Dangeau*, t. II, p. 320 et 322.

Françoise-Marie de Vienne, comtesse de Châteauvieux, était décédée à Paris le 7 juillet 1669 et avait été aussi inhumée aux Minimes de la place Royale.

Elle lui avait donné neuf enfants, savoir :

1. René-François, marquis de La Vieuville, dont nous parlerons plus loin.

2. Charles-Emmanuel de La Vieuville, né le 25 juillet 1656, seigneur de Chelleaux, comte de Vienne et de Confolant, marquis de Saint-Chamond, baron de Villate-d'Arzillières, premier baron de Champagne, chef de la branche des comtes de Vienne et marquis de Saint-Chamond, mestre de camp du régiment du Roi cavalerie, mort à Paris le 17 janvier 1720 à 64 ans et enterré aux Minimes de la place Royale. Il prit pour femme, à Vienne, en Dauphiné, le 30 novembre 1684, Marie-Anne Mitte de Chevrières de Saint-Chamond, fille et héritière de Henry Mitte de Chevrières, marquis de Saint-Chamond et de Charlotte-Suzanne de Gramont. Marie-Anne mourut dans l'hôtel de Soissons, à Paris, le 22 novembre 1714, âgée de 51 ans et fut enterrée aux Minimes de la place Royale. Ils eurent pour fils unique : Charles-Louis-Joseph de La Vieuville, marquis de Saint-Chamond, colonel des dragons de Fontboisard le 11 janvier 1705, réformé après la paix d'Utrecht en 1714, chevalier de Saint-Louis, brigadier des armées du Roi le 1er février 1719, mourut à Paris le 4 mai 1744, âgé de 58 ans.

Il avait épousé, le 2 juillet 1724, Geneviève Gruyn, née le 9 juin 1703, morte le 8 mai 1748, seconde fille de Pierre Gruyn, conseiller du Roy et de Catherine-Nicole-Benoise. Ils eurent quatre enfants, savoir :

A. Catherine-Charlotte-Louise de La Vieuville de Saint-Chamond, née le 15 avril 1725, qui épousa le 12 décembre 1747 Marc-Antoine, marquis de Custine, mort le 5 novembre 1757.

B. Charles-Louis-Auguste de La Vieuville, marquis de Saint-Chamond, comte de Vienne et de Confolant, né le 11 septembre 1726, premier baron du Lyonnais, colonel d'un régiment d'infanterie de son nom depuis 1749 jusqu'en 1761.

C. Charles-Nicolas-Toussaint de La Vieuville de Saint-Chamond, comte de Miolans, né le 1er novembre 1730, mort le 25 août 1732.

D. Geneviève de La Vieuville de Saint-Chamond, née le 15 décembre 1732, qui épousa, en février 1751, le marquis de Murinais.

Nous devons dire que Saint-Simon, en parlant du comte de Vienne, Charles-Emmanuel de La Vieuville, voulut bien reconnaître qu'il était un fort honnête homme, ayant de la grâce, de l'esprit et du monde. Tout au contraire de son frère aîné, le marquis de La Vieuville, époux de la dame d'atours de la duchesse de Berry (1).

Il se trompe pourtant sur deux points quand il dit qu'il mourut jeune, sans enfant, en 1720, et qu'il portait le nom de sa femme. La vérité est qu'il mourut à 64 ans, laissant un fils unique. Quant au prétendu nom de sa femme : de Vienne, c'était celui de sa mère, Françoise-Marie de Vienne, comtesse de Châteauvieux ; et cela est si vrai qu'il le portait avant son mariage. Dangeau écrit, en effet, le samedi 11 novembre 1684 : « On dit que M. le comte de Vienne, second fils de M. de La Vieuville, épouserait Mlle de Saint-Chamond, grande héritière (2). »

Le troisième enfant de Charles II de La Vieuville fut :

3. François-Marie de La Vieuville, abbé de Savigny le 3 février 1676, mort à Paris le 3 avril 1689, âgé de 32 ans, enterré aux Minimes de la place Royale. Dangeau n'enregistre cette mort qu'à la date du 4 avril 1690 :

« Mardi 4 avril 1690, à Versailles, l'abbé de La Vieuville est mort ce matin à Paris, il avoit l'abbaye de Savigny en Normandie, qui vaut plus de 20,000 livres de rentes (3) ».

4. Jean-Evangéliste de La Vieuville, Bailly et Grand-Croix de l'ordre de Saint-Jean de Jérusalem, commandeur des Commanderies du Temple, de la Rochelle et d'Estrépigny, nommé le 4 juillet 1712 ambassadeur de son ordre auprès du Roi. Mort à Paris, le 26 octobre 1714 et enterré aux Minimes de la place Royale.

Dangeau nous donne quelques renseignements sur ce personnage : « Samedi 27 août 1712, Le Bailli de La Vieuville est nommé ambassadeur de Malte ; cela n'est pas encore

(1) *Mémoires de Saint-Simon,* édition Hachette, 1873, t. 16, p. 443.

(2) *Journal du marquis de Dangeau,* t. I, p. 69.

(3) *Journal du marquis de Dangeau,* t. III, p. 93.

public, mais cela sera déclaré demain. Ils ont 2,000 écus par an de l'ordre pour cette ambassade, et cela leur donne beaucoup de considérations, et à Malte et en France même. »

Et plus loin : « Samedi 3 décembre 1712. Le Bailli de La Vieuville, ambassadeur de Malte, fit son entrée à Paris; le Bailly de Noailles ne l'avoit jamais faite, et il étoit de l'intérêt du grand-maître que cette entrée se fît, pour conserver les honneurs que le Roi fait à son ambassadeur. »

Dangeau nous raconte encore l'entrée de Jean-Evangéliste à Versailles, avec des détails plus curieux à être reproduits qu'analysés : « Mardi 6 décembre 1712, à Versailles. Le Bailli de La Vieuville fit son entrée ici, où il fut reçu avec les hommages qu'on rend aux ambassadeurs de Malte; ce fut le maréchal de Bezon qui alla le prendre dans les carrosses du Roi, comme il avoit fait dimanche à son entrée à Paris. L'ambassadeur étoit accompagné de tous les commandeurs et chevaliers de Malte qui sont à Paris; tous les profès, tant d'église que d'épée, avoient des manteaux courts et avoient une petite croix de toile blanche cousue sur leurs justaucorps, et une plus grande de même étoffe sur leur manteaux, et ces deux croix du côté gauche. Les chevaliers grand'croix avoient sur leurs vestes une fort grande croix qui tenoit tout le devant de la veste. »

Voici, enfin, comment le même auteur signale sa mort : « Vendredi 26 octobre 1714, Le Bailli de La Vieuville, ambassadeur de Malte, mourut le soir à Paris; il avoit été taillé jeudi matin, et n'a vécu que trente heures après sa taille (1). »

La taille était ce que l'on appelle aujourd'hui l'opération de la pierre.

Saint-Simon, une fois n'est pas coutume, ne fut pas trop désobligeant à l'égard du Bailly, et il faut lui en savoir gré. Il dit qu'ayant succédé au feu Bailli de Noailles à l'ambassade de Malte, « il y fit tout fort noblement. »

Il le couvre même de fleurs en annonçant sa mort et assure qu'il fut universellement regretté : « C'étoit un des hommes que j'aie vu des plus aimables, et un fort honnête homme, noble et magnifique autant qu'il le put dans son emploi, sans faire tort à personne (1) ».

(1) *Le Journal du marquis de Dangeau*, t. XIV, p. 214, 276; t. XV, p. 269.

Suite des enfants de Charles II :

5. Barbe-Françoise de La Vieuville, abbesse de Notre-Dame de Meaux sur la démission de sa tante, elle s'en démit après plusieurs années pour embrasser la grande réforme de l'ordre de Saint-Benoît, dans l'abbaye de Gif, où elle mourut simple religieuse, le 17 mai 1721.

6. Marie-Henriette-Thérèse de La Vieuville, née le 6 septembre 1654 et morte religieuse dans l'abbaye de Notre-Dame de Meaux.

7. Charlotte-Françoise de La Vieuville, née le 15 août 1655, fit profession dans l'abbaye de Notre-Dame de Meaux, d'où elle est sortie pour embrasser l'étroite réforme de l'ordre de Saint-Bernard dans l'abbaye des Clairets.

8. N... de La Vieuville, décédée le 7 mai 1667, âgée de 9 mois, enterrée aux Minimes de la place Royale.

9. Gillonne-Catherine-Césarine de La Vieuville, morte le 9 mai 1668, âgée de 2 ans 5 mois 13 jours, et enterrée aux Minimes de la place Royale.

Il nous faut maintenant revenir à René-François, marquis de La Vieuville, fils aîné de Charles II, duc de La Vieuville et de Françoise-Marie de Vienne.

René-François, qui n'eut pas l'honneur de se voir attribuer le titre de duc de La Vieuville que possédait son père, et qui redevînt marquis, au grand regret de sa première femme, ainsi que nous l'avons dit plus haut, naquit le 18 février 1652. Il fut colonel du régiment de Navarre sur la démission de M. d'Albret, par commission du 17 février 1677; chevalier d'honneur de la Reine sur la démission de son père, le 13 janvier 1676; gouverneur et lieutenant général des provinces du haut et bas Poitou, Loudunois et Chatelraudois et gouverneur particulier des ville et château de Fontenay-le-Comte, par la démission de son père du 29 avril 1677. En mars 1717 il céda ce dernier gouvernement au prince de Conti moyennant une somme de 100,000 livres et la jouissance, sa vie durant, des revenus de cette charge.

Quand le prince de Conti acheta de La Vieu-

(1) *Mémoires de Saint-Simon*, édition Hachette, 1873, t. IX, p. 368 et t. X, p. 321.

ville « le médiocre gouvernement de Poitou » dont il vient d'être question, Saint-Simon assure que ce fut le roi qui le paya, à la demande du duc d'Orléans, après quoi, le même duc d'Orléans en fit mettre les appointements sur le pied des grands gouvernements (1).

De nombreux pourparlers avaient, d'ailleurs, été engagés, depuis un cetain temps, à propos de ce gouvernement de Poitou.

Déjà, le 15 février 1716, Dangeau indique que le marquis a la permission de vendre, mais qu'il prétend en avoir plus de 500,000 francs. Nous voyons, le 20 février, que le comte de Roucy a quelque envie d'en faire l'acquisition, avec l'assentiment de M. le duc d'Orléans, mais que le titulaire parle toujours des 500,000 livres qu'il en veut tirer, alors que le comte n'en peut offrir que 350,000 ou tout au plus 400,000 (2).

Le 6 juin 1716, Dangeau nous dit encore que le comte d'Evreux en offre 400,000 francs et 10,000 francs de pot-de-vin, et qu'il laisse à La Vieuville le petit gouvernement de Fontenay-le-Comte.

Le 21 mars 1717, on trouve la note suivante :

« Dimanche 21 mars 1717. On songe fort pour M. le Prince de Conty à lui faire avoir le gouvernement de Poitou qu'a M. de La Vieuville, à qui on fait des propositions sur cela qui lui seront avantageuses et on croit que l'affaire s'accomodera; M. le Duc d'Orléans y apporte toutes les facilités qu'on peut désirer. »

Le 22 mars 1717, le marché est enfin conclu et Dangeau l'enregistre avec des renseignements intéressants sur la famille de La Vieuville qui ont leur place tout indiquée ici :

« Lundi 22 mars 1717. Le marché de M. le prince de Conty avec M. de La Vieuville pour le gouvernement de Poitou fut entièrement terminé le soir; ce prince lui donne 110,000 fr. argent comptant et le laisse jouir de tous les appointements du gouvernement, qui sont de 34,000 francs et on lui donne des assurances par des brevets du roi, qu'en cas que M. le prince de Conty vint à mourir avant lui le gouvernement lui seroit rendu. Outre cela, il a un petit gouvernement en Poitou qui vaut encore 500 écus de rentes, qui s'appelle Fontenay-le-Comte, que M. de La Vieuville avoit aussi et qu'on donne au chevalier de La Vieuville, son second fils de son second mariage, dont il est fort content. Il ne l'est pas de son aîné, qui est celui qui vient de vendre son régiment à M. le Grand prieur contre l'avis de son père, qui avoit obtenu de Monseigneur le duc de Berry ce régiment-là quand, après la mort de M. de Vendôme, il lui fut donné (1). »

Ce fut à l'occasion de ce marché que l'incident suivant se produisit : au moment où le prince de Conti allait verser le montant des 110,000 francs convenus, une fille du deuxième mariage de René-François de La Vieuville, la célèbre Mme de Parabère, dont nous parlerons plus loin, y mit opposition sous prétexte que son père ne lui avait pas payé complètement sa dot. Le prince de Conty dut intervenir entre le père et la fille et cette intervention ne fut pas sans lui coûter 10,000 francs de plus que le marché. Dangeau a raconté ainsi l'incident :

« Vendredi 30 mai 1717. Le marché de M. le prince de Conty avec M. de La Vieuville pour le gouvernement de Poitou n'avoit pas eu son entier effet parce que Mme de Parabère, fille de M. de La Vieuville, avoit fait arrêt sur les 110,000 francs qu'on donne à son père pour être payée de sa dot. M. le prince de Conty, qui a voulu faire finir cette affaire, a négocié un accommodement entre le père et la fille, à qui l'on donnera 15,000 francs d'argent comptant et de bonnes assurances pour 10 ou 12 autres 1,000 francs. Il en coûte à M. le prince de Conty 10,000 francs qu'il a sacrifiés pour faire finir l'affaire (2). »

Il nous faut enregistrer ici une inexactitude de Buvat, qui prétend que ce gouvernement ne fut donné au prince de Conty qu'à la mort de La Vieuville, en 1719. On vient de voir qu'il avait été acquis en 1717 :

« Le 10 juin 1719. — Le Roi donne à M. le prince de Conti le gouvernement de la province de Poitou, qui valoit trente mille livres, vacant par la mort du marquis de La Vieuville (3). »

(1) *Mémoires de Saint-Simon*. Edition Hachette, 1873, t. XIII, p. 292.

(2) *Journal du Marquis de Dangeau*, t. XVI, p. 322 et 324.

(1) *Journal du marquis de Dangeau*, t. XVI, p. 394; t. XVII, p. 46 et 47.

(2) *Journal du marquis de Dangeau*, t. XVII, p. 75.

(3) *Le Journal de la régence*, par Jean Buvat, t. I, p. 399.

René-François avait contracté trois mariages, le premier, le 12 janvier 1676, avec Anne-Lucie de La Mothe-Houdancourt, morte le 22 février 1689; le second, le 30 juin 1689, avec Marie-Louise de La Chaussée d'Eu, morte à 46 ans, le 10 septembre 1715; le troisième, le 20 avril 1716, avec Marie-Thérèse de Fronlay, née en 1660 et morte le 19 juin 1740.

Il mourut le 9 juin 1719 et fut inhumé aux Minimes de la place Royale. Dangeau a soigneusement noté les progrès de sa maladie pendant les trois ou quatre derniers jours de son existence :

« Mercredi 31 mai 1719, M. de La Vieuville qui a vendu son gouvernement de Poitou à M. le prince de Conty, mais qui en a conservé les appointements, est à l'extrémité. Il a été marié trois fois et a des enfants des deux premiers mariages; il n'en a point eu de sa dernière femme. »

« Vendredi 2 juin 1719, le marquis de La Vieuville a reçu tous ses sacrements. »

« Dimanche 4 juin 1719, on n'espère plus pouvoir sauver le marquis de La Vieuville, car la gangrène commence à paroître. »

« Samedi 10 juin 1719, M. de La Vieuville mourut hier à Paris. Les enfants de ses deux premiers mariages ont prié sa veuve de demeurer dans sa maison, et lui ont dit qu'ils la regarderoient toujours comme leur véritable mère; elle y est demeurée, mais ces enfants de ces deux premiers lits pourront bien avoir des affaires entre eux sur la succession (1). »

Saint-Simon ne manqua pas, bien entendu, de lui décocher un dernier trait, en guise d'oraison funèbre :

« La Vieuville mourut à Paris; il étoit veuf de la dame d'atour de Mme la duchesse de Berry et avoit été chevalier d'honneur de la reine, mais le plus pauvre et obscur homme du monde. »

Il avait déjà dit, en parlant de lui, à l'occasion de sa seconde femme, Mlle de la Chaussée d'Eu :

« Son mari étoit une manière de pécore lourde et ennuyeuse à l'excès, qui ne voyoit personne à la cour et à qui personne ne parloit. »

(1) *Journal du marquis de Dangeau*, t. XVIII, p. 56, 57 et 60.

Et il ajoutait :

« Son père étoit aussi un fort pauvre homme (1). »

Le 12 janvier 1676, René-François épousait à Saint-Germain-en-Laye Anne-Lucie de La Mothe-Houdancourt, fille d'honneur de la reine, et fille d'Anthoine de La Mothe, marquis d'Houdancourt — frère aîné du maréchal — et de Catherine de Beaujeu, qui décéda le 22 février 1689 et fut enterrée aux Minimes de la Place-Royale.

Ce fut à propos de ce mariage que Mme de Sévigné écrivit à Mme de Grignan, sa fille, le 29 décembre 1675 :

« Que dites-vous du mariage de La Mothe? La beauté, la jeunesse, la conduite font-elles quelque chose pour bien établir les demoiselles? Ah! Providence! il faut en revenir là (2). »

C'est que la jeune mariée, qui n'était plus de la première jeunesse, avait une réputation plutôt entamée par la médisance. Et les arcades de la place Royale avaient maintes fois répercuté l'écho des rires provoqués par quelque histoire amoureuse, dont elle avait été l'héroïne.

Mlle de Scudéry écrit à Bussy ce qu'elle pense de l'émotion ressentie par l'épousée au moment où elle convolait en justes noces :

« Les larmes de Mlle de La Mothe en se mettant au lit firent rire tout le monde. La voilà pourtant mieux établie que toutes celles qui ont le plus de soin de leur conduite. »

Et Bussy de répondre à l'aimable auteur de *Clélie* :

« Les larmes de la La Mothe le jour de ses noces sont effectivement fort ridicules; car c'est une vieille fille qui épouse un jeune garçon, riche et avec des établissements et des honneurs, que vraisemblablement elle ne devoit pas épouser; et d'ailleurs il y a grande apparence que ses larmes ne venoient pas de la peine qu'ont la plupart des filles qui n'ont pas été nourries à la Cour, de se trouver pour la première fois à la discrétion d'un homme (3). »

(1) *Mémoires de Saint-Simon*, édition Hachette, 1873, t. XVI, p. 266; t. VIII, p. 22.

(2) *Lettres de Mme de Sévigné*, édition des grands écrivains français, t. IV, p. 305.

(3) *Correspondance de Bussy*, t. III, p. 127 et suiv.

Madame de La Vieuville, néanmoins, est une très grande dame, à Versailles. Dans une cérémonie qui eut lieu en septembre 1684, nous apprend Dangeau, elle vint dans le 2e carrosse après celui du roi; elle s'y trouve avec Mmes de Seignelay et de Saint-Géran. Le lundi 3 septembre 1685, lors d'un voyage de la Cour à Chambord, elle est dans les carrosses de Madame la Dauphine, avec Mmes de Chevreuse, de Beauvilliers, de Grammont, de Saint-Géran, de Croissy et d'Harcourt.

En février 1689, elle fut atteinte de la petite vérole au château de Versailles et évacuée d'office sur l'hôtel que la famille possédait dans cette ville :

« Jeudi 17 février 1689, à Versailles, Madame de La Vieuville qui étoit malade dans le chateau, a eu ce matin ordre de se faire transporter, parce qu'on a soupçonné que c'étoit la petite vérole; et effectivement elle a paru le soir. »

Elle mourut à Versailles le 22 février 1689, dans son pavillon, nous dit Dangeau. Il nous apprend qu'elle avait conservé les entrées dans le Louvre parce que son mari était chevalier d'honneur de la reine, en survivance du duc de La Vieuville son père. Elle avait été, à ce qu'il assure, fort au gré du roi qui avait pour elle beaucoup de considération (1).

Ce fut elle, ainsi que nous l'avons dit plus haut, qui prétendait que son mari avait droit au titre de duc de La Vieuville.

Madame de Sevigné écrivit à sa fille que la pauvre La Mothe avait été atteinte du *pourpre de la petite vérole*. Elle lui dit encore : « Mme de La Vieuville est morte de toute sorte de venin, tout étonnée, sans doute, de se trouver si tôt auprès de son beau-père, aux Minimes (2). »

Son beau-père était, on le sait, Charles II, duc de La Vieuville, décédé vingt jours auparavant. Ces deux décès amenèrent même quelques perturbations dans les logements que le roi accordait, au château de Versailles, aux personnages qui gravitaient autour de lui en raison de fonctions quelconques. Les appartements du duc et du marquis de La Vieuville furent donnés à Dangeau et celui de Dangeau à M. de Lauzun. Le marquis de La Vieuville, en raison de son veuvage, fut relégué dans un local de moindre importance :

« Mercredi 23 février 1689, jour des Cendres, à Versailles, le Roi nous donna l'appartement du duc et du marquis de La Vieuville et donna le nôtre à M. de Lauzun qui étoit logé au grand commun. S. M. fait donner un petit logement au marquis de La Vieuville. Il nous le donna même avant que nous le lui demandassions (1). »

Du mariage de René-François de La Vieuville et de Anne-Lucie de La Mothe-Houdancourt naquirent quatre enfants, savoir :

1. Louis, marquis de La Vieuville, dont nous allons parler ;

2. Charles-Emmanuel de La Vieuville, né le 1er novembre 1679. Le 1er août 1710, au dire de Dangeau, alors qu'il est chanoine de Tournay, le Roi lui donne l'abbaye de Cellefroin; il est pourvu d'une charge d'aumônier du Roi, le 28 mai 1716 et nommé le 11 janvier 1721 à l'abbaye de Notre-Dame de l'Absie en vieille Gastine, au diocèse de La Rochelle. Il mourut le 8 octobre 1730, âgé de 51 ans ;

3. Marie-Thérèse de La Vieuville, morte à Paris, le 22 mai 1684, âgée de 2 ans 7 mois, et inhumée aux Minimes de la Place-Royale ;

4. Marie-Anne-Thérèse de La Vieuville, née le 6 février 1683, mariée à Paris le 14 juillet 1709 à Jean-Hector de Fay, marquis de La Tour-Maubourg, colonel du régiment de Ponthieu, maréchal de France, fils de Jacques de Fay, comte de La Tour-Maubourg et d'Eléonor Palatine de Dio de Montperroux. Elle mourut dans le château de la Garde en Forez, près Montbrison, enceinte de six mois, le 19 septembre 1714 et y fut enterrée.

Dangeau nous apprend que Louis XIV daigna signer au contrat de mariage de ces deux époux : « Vendredi 12 juillet 1709, à Versailles, le Roy signa le matin le contrat de mariage du marquis de Maubourg avec Mlle de La Vieuville, fille du marquis de La Vieuville, de son premier mariage (2). »

Revenons à Louis, marquis de La Vieuville, fils aîné de René-François et de Anne-Lucie de La Mothe-Houdancourt.

---

(1) *Journal du marquis de Dangeau*, t. I, p. 55, 217; t. II, p. 332, 336 et 337.

(2) *Lettres de Mme de Sévigné*, édition des grands écrivains français, t. VIII, p. 484.

(1) *Journal du marquis de Dangeau*, t. II, p. 337.

(2) *Journal du marquis de Dangeau*. t. XII, p. 467.

Il naquit le 28 août 1677, fut élevé comme enfant d'honneur auprès des enfants de France et particulièrement de Louis de France, duc de Bourgogne, et tenu sur les fonts de baptême, dans le château de Versailles, le 20 août 1685, par le roi Louis XIV et par la Dauphine Marie-Anne-Christine-Victoire de Bavière : « Lundi 20 août 1685, à Versailles, le Roi et Madame la Dauphine, après la messe, tinrent sur les fonts un enfant de la marquise de La Vieuville, qui est déjà assez grand (1). » Capitaine d'une compagnie d'infanterie du Roi, il fit plusieurs campagnes en Allemagne et en Flandre et mourut à Saint-Germain-en-Laye le 18 juillet 1732, à l'âge de 55 ans.

Il épousa, le 16 mars 1720, Marie-Pélagie Toustain-Daix, fille de Nicolas Toustain-Daix, seigneur de Carency, et de Renée de Maillot. Marie-Pélagie mourut à Nogent-l'Artaud-sur-Marne le 9 décembre 1721, âgée de 45 ans, et son corps ramené à Paris le 13 du même mois pour être inhumé aux Minimes de la place Royale.

Cette première union de Louis de La Vieuville ne lui donna pas d'enfants.

Il se maria en secondes noces, le 20 avril 1722, avec Marie-Madeleine Fouquet, née à Issoudun le 12 octobre 1686, fille de Louis Fouquet, marquis de Bellisle et de Catherine-Agnès de Lévis. La cérémonie fut célébrée dans la chapelle du château de Berny, près Paris, par M. de la Vergne de Tressans, évêque de Nantes, premier aumônier du duc d'Orléans, régent de France. Marie-Madeleine mourut le 13 novembre 1749.

De cette seconde union naquirent :

N. de La Vieuville fils.

N. de La Vieuville, né le 27 octobre 1725.

Saint-Simon prétend que Marie-Madeleine Fouquet était fille de M. de Belle-Isle et de Mlle de Charlus. Belle-Isle n'était autre que le troisième fils du surintendant Fouquet et de sa deuxième femme, fille de Pierre de Castille qui descendait du fameux président Jeannin.

Le mari de cette petite fille de Fouquet n'échappa pas à la plume acerbe du noble Duc, qui écrivit de lui :

« Ce La Vieuville étoit un néant obscur, qui bientôt la laissa veuve avec deux fils (2). »

(1) *Journal du marquis de Dangeau*, t. I, p. 209.

(2) *Mémoires de Saint-Simon*. Édition Hachette, 1873, t. XII, p. 281.

Le duc de Luynes confirme bien sa mort, à la date du 13 novembre 1749, de la petite vérole, survenue à Bizy, mais il prétend que cette dame, sœur du maréchal de Belle-Isle, décéda sans laisser d'enfants, ce qui est certainement une erreur (1).

Le mariage, en secondes noces, de René-François, marquis de La Vieuville, avec Marie-Louise de la Chaussée d'Eu, fille de Jérome de la Chaussée d'Eu, comte d'Arest et de Françoise de Sarmoise ou Sermoise, fut célébré à Paris le 30 juin 1689. M. de Boislisle, dans une note de l'édition de Saint-Simon, prétend que Marie-Louise s'était mariée *par amour* avec le marquis de La Vieuville (2).

Notre gazetier habituel, le marquis de Dangeau, nous donnera quelques informations sur cette union.

Le jeudi 9 juin 1689, il annonce qu'il y a eu trois bans de publiés entre M. le marquis de La Vieuville et Mlle d'Arest, fille de condition de Picardie, alors, pourtant, que le futur déclare à Mme la maréchale de La Mothe et à tous ses amis qu'il ne sait pas pourquoi on fait courir le bruit qu'il est déjà marié. Il ajoute même que les bans ont été publiés sans sa participation et qu'il ne songe point du tout à se marier avec cette fille-là.

Il faut croire, néanmoins, qu'il voulut cacher cette union, puisque Dangeau ne l'enregistre que un mois environ après la célébration : « lundi 25 juillet 1689, à Versailles, M. le marquis de La Vieuville a déclaré son mariage avec Mlle d'Arest, fille de qualité de Picardie » (3).

Cette seconde marquise de La Vieuville figure en bonne place à la cour de Louis XIV, et son nom revient souvent sous la plume des écrivains qui nous ont documenté sur le grand siècle.

Le 5 janvier 1694, Mme de La Vieuville assiste au grand dîner donné à l'occasion du la venue du roi et de la reine d'Angleterre, et où toute la cour est représentée.

Pendant une chasse que le roi fait à Meudon, le 13 novembre 1697, Monseigneur alla le recevoir à l'entrée du parc, où se trouvaient

(1) *Mémoires du duc de Luynes*. Didot, 1735-1758, t. 2, p. 166.

(2) *Mémoires de Saint-Simon*. Édition des grands écrivains français, t. 16, p. 96, note 4.

(3) *Journal du marquis de Dangeau*, t. II, p. 409 et 435.

réunies Mmes d'Elbeuf, de Marsan, de Roquelaure, de La Vieuville, d'Epinoy, de Villequier, de Courtenveaux et Mlle de Melun.

Lors du grand bal donné à Versailles, le mercredi 11 décembre 1697, en l'honneur du roi et de la reine d'Angleterre et dont Dangeau ne vit jamais l'équivalent en splendeur, Mme de La Vieuville fut particulièrement remarquée alors, pourtant, que : « Toutes les dames étaient d'une magnificence extraordinaire ». Elle se fait encore admirer dans un bal masqué donné à Marly, le mercredi 18 février 1699, et auquel assiste le roi.

Dans un ordre d'idées moins folâtre, on la trouve pourvue d'une bonne abbaye, au commencement de l'année 1705 : « Samedi 11 avril 1705, à Versailles, l'après-dînée, le roi s'enferma avec le P. de La Chaise, et fit la distribution des bénéfices. Il donna l'Abbaye de Gomer-Fontaine à Madame de La Vieuville (1). »

Ce fut vers le mois de juin 1710 que l'on commença à parler à la Cour de la nomination de Mme la marquise de La Vieuville pour la place de dame d'atour de Mme la duchesse de Berry. Mme de Chiverny se mit aussi sur les rangs dès qu'elle apprit que Mme de Maintenon ne se souciait pas de cet emploi pour Mme de Caylus, sa nièce.

La chose fut décidée le 15 juin suivant par une double nomination, de Mme la duchesse de Saint-Simon, comme dame d'honneur de Mme la duchesse de Berry, et de Mme de La Vieuville comme dame d'atour.

Dès lors, comme d'ailleurs auparavant, on la retrouve de toutes les parties et de toutes les fêtes : Le jeudi 24 juillet 1710, le roi chassant à Marly, Mme la duchesse de Berry suit la chasse dans la calèche du roi, tandis que dans une autre calèche à quatre, sont Mmes de Saint-Simon, de La Vieuville, de Tonnerre et de Courcillon.

Le roi, on le sait, ne se désintéressait pas des moindres détails ressortissant aux fonctions occupées par les dames de sa cour. C'est ainsi qu'il décida, le 31 avril 1711, que lorsque Mme la duchesse de Berry ne pourrait pas être suivie par Mmes de Saint-Simon ou de La Vieuville, la corvée appartiendrait à Mme de Coëtenfao, femme de son chevalier d'honneur. Auparavant, et en pareil cas, la mission était confiée à l'une des dames de la duchesse de Bourgogne.

(1) *Journal du marquis de Dangeau*, t. IV, p. 432 ; t. VI, p. 226 et 243 ; t. VII, p. 28 ; t. X, p. 300.

On la trouve aussi, comme toutes les grandes dames hospitalisées au château de Versailles, fort occupée de la question des logements, toujours à l'affût d'un local plus grand, mieux placé, plus richement meublé. Dangeau conte que, le samedi 11 mars 1713, M. de Candau, gentilhomme de la manche du dauphin-Bourgogne étant mort, on donna son logement à Mme de La Vieuville afin d'agrandir le sien qu'elle trouvait trop petit.

Une fois en possession de ces appartements réunis en un seul, ladite marquise proposa de les échanger contre celui de M. d'Armenonville qu'elle trouvait plus commode, ce que ce dernier accepta « afin de lui être agréable » (1).

En 1714, le 28 mars, la duchesse de Berry est subitement prise de l'idée de ne plus laisser le soin de sa garde-robe à Madame de La Vieuville, sa dame d'atours. Elle ne veut plus qu'elle s'en mêle, imitant, en cela, l'exemple donné jadis par sa mère, la duchesse d'Orléans, qui avait, à la suite de semblable lubie, retiré la même fonction à Mme de Castries.

Seulement, la duchesse de Berry donnera à Mme de La Vieuville une somme de 20,000 fr. destinée à la rembourser de ce qu'elle avait dépensé de plus que les 40,000 francs mis à sa disposition pour ses habits. Ce qui veut peut-être dire que la dame d'atours faisait probablement sauter plus qu'il ne fallait l'anse du panier ducal. Elle touchera, pourtant, le premier quartier de cette année 1714, avec 2,000 écus d'augmentation sur ses appointements.

Si elle ne s'occupe plus des robes et costumes de sa maitresse, elle n'en reste pas moins attachée à sa personne et lui rend les plus grands services pendant la maladie du duc de Berry. C'est elle qui est chargée, en mai 1714, de rendre compte au roi des progrès de la maladie et des consultations des médecins, que la duchesse déclare toujours insuffisantes. On la retrouve de sa suite intime après la mort du duc et elle accompagne la veuve dans tous ses déplacements et dans ses voyages (2).

Saint-Simon ne fait pas un tableau très flatteur de Mme de La Vieuville, née de La Chaussée d'Eu d'Arest : « Son art étoit une application continuelle à plaire à tout le

(1) *Journal du marquis de Dangeau*, t. XIII, p. 182, 184, 243 et 370 ; t. XIV, p. 360.

(2) *Journal du marquis de Dangeau*, t. XV, p. 91 et 136.

monde, une flatterie sans mesure et un talent de s'insinuer auprès de tous ceux dont elle croyoit pouvoir tirer parti, mais c'étoit tout. »

Il ajoute qu'elle vint plusieurs fois en visite chez Mme de Saint-Simon et qu'elle y déploya les respects les plus infinis; mais, dit-il, « l'expérience nous montra bientôt qu'intérêt et bassesse, sans aucun esprit pour contre-pied, sont de mauvaise compagnie ».

Il serait difficile, on le voit, d'être plus inconvenant envers une femme de son monde, que ne l'est Saint-Simon en cette occasion.

Quand elle fut nommée dame d'atour de la duchesse de Berry, en même temps que sa femme était nommée dame d'honneur, il la montre presque repoussée par tout le monde :

« Elle vint dès le soir à Versailles. Le Roi ne la vit que le lendemain et en public, dans la galerie en allant à la messe. Elle ne fut reçue en particulier nulle part, et froidement partout, même de Monseigneur, quoique protégée et menée par Mad^me^ d'Espinoy. Mme de Maintenon fut encore plus farouche avec elle; elle interrompit ses remerciements, l'assura qu'elle ne lui en devoit aucun, ni à personne, et que c'étoit le roi tout seul qui l'avoit voulue (1). »

Ce fut à elle qu'arriva cette mésaventure bouffonne à propos de l'enlèvement de Mlle de Roquelaure par le prince de Léon.

Mlle de Roquelaure a 24 ans, elle est bossue et fort laide, mais doit, quand même, se marier avec ce gentilhomme qui compte à peine 28 printemps. Pendant les formalités matrimoniales, une question d'intérêt divise les familles et fait échouer le projet.

Fureur de l'amoureux qui jure de conquérir malgré tout sa future. Les demoiselles de Roquelaure étaient instruites au couvent des Filles de la Croix de la rue de Charonne, celui-là même dont les derniers bâtiments, encore occupés par des religieuses jusqu'à ces derniers jours, viennent d'être démolis à la suite de la loi sur les congrégations. Une seule personne, grande amie de leur mère, a accès auprès de ces jeunes filles et peut les faire sortir à sa fantaisie : c'est la marquise de La Vieuville, née de la Chaussée d'Eu.

Le prince de Léon connaît cette circonstance et va bientôt en abuser. Tout d'abord, il se rend au couvent, voit sa fiancée et la décide, après de longs pourparlers et, sans doute aussi, après de tendres protestations d'amour, à contracter avec lui un mariage secret que ses parents seront trop heureux de régulariser après. La chose est décidée et la pauvre petite bossue, qui a probablement un cœur comme la plus belle, accepte en tremblant la proposition du bouillant cavalier.

Le prince de Léon se procure alors un carrosse en tout point semblable à celui de la marquise, y fait peindre les feuilles de houx des cosker de Bretagne et les annelets des La Vieuville d'Artois, habille plusieurs laquais à la livrée de cette maison et fait partir le tout pour le couvent. Arrivé dans la rue de Charonne, devant le beau portail démoli il y a quelques jours et que nous avions heureusement fait reproduire dans les procès verbaux de la Commission, en 1900, le carrosse s'arrête et un impeccable intendant se présente, porteur d'une lettre de l'écriture de Madame de La Vieuville, dans laquelle celle-ci priait la supérieure de lui envoyer Mlle de Roquelaure.

Le tout se passe comme le metteur en scène l'a prévu. Mlle de Roquelaure monte dans le carrosse avec sa gouvernante du couvent et, au détour du premier chemin de maraîchers, car on était là en pays de culture et non loin de la Croix-Faubin, le prince saute auprès de sa fiancée et la voiture emporte les amoureux. La gouvernante pousse bien quelques petits cris, mais un mouchoir fourré dans sa bouche trop largement ouverte en a facilement raison.

Le char de cupidon, pour parler le langage du temps, s'arrêta dans le charmant village de Ménilmontant, devant la maison des Bruyères, appartenant au duc de Lorges, ami du prince, qui attendait son arrivée.

« Un prêtre interdit et vagabond », qui se trouvait là comme par hasard, célébra immédiatement le mariage devant deux témoins, le duc de Lorges et le comte de Rieux. Puis, dit Saint-Simon : « on mena ces beaux époux dans une belle chambre. Le lit et les toilettes y étoient préparés : on les deshabilla, on les coucha, on les laissa seuls deux ou trois heures; on leur donna ensuite un bon repas, après lequel ils mirent l'épousée dans le même carrosse qui l'avoit amenée, et sa gouvernante, qui se désesperoit. Elles rentrèrent au couvent. Mlle de Roquelaure s'en alla tout délibérément dire à la supérieure tout ce qu'il venoit de se passer, et, sans la moindre émotion des cris, qui, de la supérieure et de la gouvernante, gagnèrent bientôt toute la maison, s'en alla tranquillement dans sa chambre

(1) *Mémoires de Saint-Simon*. Hachette, 1873. t. VIII, p. 20 et 21.

écrire une belle lettre à sa mère pour lui rendre compte de son mariage, l'excuser et lui en demander pardon. »

Bien entendu, cette union un peu cavalière fut régularisée, mais l'infortunée marquise de La Vieuville eut toutes les peines du monde à persuader à l'irascible dame de Roquelaure mère, qu'elle n'était pour rien dans l'enlèvement de sa fille (1).

Au commencement de l'année 1715, Mme de La Vieuville rentra dans son hôtel à Paris, si malade, que son retour à la cour était considéré comme improbable. Le 20 mai de cette année, Dangeau fait connaître la contrariété que la duchesse de Berry éprouve de cet éloignement, étant déjà privée de Mme de Saint-Simon, également malade d'une grosse fièvre. Aussi demanda-t-elle au roi de lui donner d'autres suivantes.

La pauvre dame d'atour traîna pourtant sa pénible existence jusqu'au mois de septembre et mourut à l'âge de quarante-six ans, le mardi 10, au matin, dans son hôtel de Paris (2).

Elle décéda, dit Saint-Simon, d'un cancer au sein, qu'elle avait caché à tout le monde, ce qui, faute de soins, avança l'heure de sa mort. Sa seule femme de chambre connaissait sa situation et lui tenait lieu de médecin et d'infirmière : « Elle avoit gardé le secret avec un courage égal à la folie de s'en cacher et de se priver par là des secours (3). »

Marie-Louise de la Chaussée d'Eu, marquise de La Vieuville, fut inhumée aux Minimes de la Place-Royale, dans la chapelle de famille déjà si peuplée de morts ayant porté ce nom.

Du mariage de René-François, marquis de La Vieuville et de Marie-Louise de la Chaussée d'Eu, naquirent quatre enfants, savoir :

1. Une fille, née en 1690, morte le 20 avril 1692, enterrée aux Minimes de la Place-Royale ;

2. Jean-Baptiste-René, marquis de La Vieuville, comte d'Ablois, seigneur d'Arest, né le 15 septembre 1691 ; colonel d'infanterie en 1706 ; colonel-lieutenant du régiment du duc de Berry, le 15 août 1712, il devint colonel de ce régiment à la mort du duc, le 4 mai 1714, jusqu'au moment où il le vendit au chevalier de Vendôme, grand prieur de France, en 1717. Il devint marquis de La Vieuville et l'aîné de sa maison à la mort de son frère, Louis de La Vieuville, décédé le 18 juillet 1732 et fils du premier lit. Jean-Baptiste-René décéda le 29 novembre 1761. Il s'était marié le 26 août 1719 avec Anne-Charlotte de Creil, âgée de dix-neuf ans, fille de Henri-Robert de Creil, contrôleur de la maison du roi, et de Marie Douet ou Douay, sa femme. Ils eurent les huit enfants suivants :

Marie-Anne-Augustine de La Vieuville, née le 6 novembre 1721, mariée : 1° le 15 juin 1746 à Jacques-Auguste-Laurent-Ferdinand-Philippe-Marie del Pozzo, marquis de La Trousse, mort le 9 mars 1750 et 2° le 1er mars 1751 à François Bruno de la Barandière, comte de la Chaussée d'Eu ;

René-Louis-Joseph de La Vieuville, comte d'Ablois, né le 23 août 1724, mort le 12 mai 1727 ;

Louis-Jean de La Vieuville, comte d'Arest, né le 27 octobre 1725, mort le 29 avril 1726 ;

Anne-Geneviève de La Vieuville d'Arest, née le 30 septembre 1727, qui épousa son oncle, Charles-Louis-Marie, comte de La Vieuville, le 14 novembre 1747 ;

Louise-Marie-Françoise de La Vieuville de La Honville, née en septembre 1728, morte le 23 mars 1729 ;

Une quatrième fille, née le 6 août 1730, morte le 2 octobre suivant ;

Charles-Jean-Baptiste-Jules de La Vieuville, comte d'Ablois, né le 6 juin 1734, mort le 8 octobre de la même année ;

Gabrielle-Anne de La Vieuville, née le 19 juillet 1735, mariée le 4 novembre 1760 à à Jean-Baptiste-Paulin d'Aguesseau, seigneur de Fresne, comte de Campans, conseiller au Parlement de Paris, maître des requêtes et conseiller d'Etat prévôt-maître des cérémonies des ordres du roi, mort à Paris le 8 juillet 1784.

3. Le troisième enfant du mariage de René-François de La Vieuville avec Marie-Louise de la Chaussée d'Eu fut :

Marie-Madeleine de La Vieuville, née en 1693, mariée à Paris, le 8 juin 1711, avec César de Baudéan, marquis de Parabère, mestre de camp d'un régiment de cavalerie et brigadier des armées du roi, fils d'Alexandre de Baudéan, comte de Pardaillan et de Parabère, lieutenant général des armées du roi, et de Marie-Thérèse Mayault. Le mari de

(1) *Mémoires de Saint-Simon*, édition des grands écrivains français, t. XVI, p. 94.

(2) *Journal du marquis de Dangeau*, t. XV, p. 421 ; t. XVI, p. 171.

(3) *Mémoires de Saint-Simon*, Hachette, 1873, t. XII, p. 221.

Marie-Madeleine mourut à Paris le 13 février 1716 de la petite vérole et fut enterré aux Minimes de la Place-Royale. Sa veuve acquit en 1719 le marquisat du Blanc, autrement dit Rochefort en Berry, et le duché de Damville. Nous avons dit plus haut les démêlés de Mme de Parabère avec son père, à l'occasion de sa dot, qu'elle voulait retenir sur le paiement du gouvernement de Poitou. Dangeau rapporte ainsi l'annonce de son mariage :

« Mercredi 3 juin 1711, à Marly, le marquis de Parabère, brigadier de cavalerie qui sert en Espagne, épouse Mademoiselle de La Vieuville, à qui on donne 100,000 francs et dix années de nourriture et d'entretien, et on lui assure 25,000 écus après la mort du père et de la mère (1). »

Saint-Simon assure que, dès le lendemain de son mariage, Mme de Parabère commença à faire parler d'elle et plus encore depuis sa liaison avec le duc d'Orléans, « et après lui avec tant d'autres » (2).

La Palatine, mère du Régent, parle de plaisante façon des enfants naturels que son fils, le duc d'Orléans, eut avec Mme de Parabère :

« Ce jeudi 2 novembre 1719, six heures du soir. — Il en existe encore deux ou trois enfants naturels que je n'ai vus de ma vie. Leur mère est une dame de qualité. Son grand-père, le duc de La Vieuville, a été gouverneur de mon fils; précédemment il avait été chevalier d'honneur de la Reine. Elle est veuve depuis deux ans. Son mari s'appelait M. de Berabas... Je ne crois pas que mon fils puisse être sûr que ces enfants sont de lui. La mère est une évaporé qui boit jour et nuit comme un sonneur. Mon fils n'est pas jaloux du tout : un de ses gens loge chez elle, ils sont à pot et à rôt; un autre... a tant soit peu évincé celui-ci; cela l'amuse, il n'en fait que rire... (3). »

Il est certain qu'il s'agit ici de Marie-Madeleine de La Vieuville, marquise de Parabère. M. Ernest Jaeglé, qui a traduit et annoté les lettres de *Madame* (édition Quentin, 1880), fait, dans son index, suivre le nom de *M. de Berabas* d'un point d'interrogation, ce qui semble dire qu'il ne sait pas de qui il est question. Nous pensons qu'il ne peut y avoir de doute à ce sujet et que c'est bien de l'époux de la fille du marquis de La Vieuville, petite-fille du duc, que veut parler la Palatine. Seulement, sa prononciation allemande lui a fait écrire *Berabas* pour *Parabère*.

Saint-Simon a ainsi annoncé la mort de M. de Parabère : « Pour le personnage qu'il faisoit en ce monde, il eût mieux valu pour lui de le quitter plus tôt (1). »

4. Le quatrième enfant de René-François de La Vieuville et de Marie-Louise de la Chaussée d'Eu fut :

Charles-Louis-Marie de La Vieuville, né à Paris, le 20 août 1697, chevalier de l'ordre de Saint-Jean de Jérusalem en 1698, colonel d'infanterie par commission du 10 janvier 1713, gouverneur en survivance des ville et château de Fontenay-le-Comte par provision du 29 avril 1717, et guidon des gendarmes-dauphin par commission du 1er octobre 1719 : « Lundi 29 octobre 1719, il vaquoit, dit Dangeau, un guidon dans le corps de la gendarmerie, qu'on a donné au chevalier de La Vieuville, frère de de madame de Parabère (2). » Enseigne de la même compagnie en octobre 1731, chevalier de Saint-Louis en 1732, sous-lieutenant de la compagnie des gendarmes bourguignons en 1733. Il prit le titre de comte de La Vieuville en 1732 et se démit de sa sous-lieutenance de gendarmerie en 1734. Il épousa, ainsi que nous l'avons dit plus haut, le 14 novembre 1747, sa nièce, Anne-Geneviève de La Vieuville, fille de son frère Jean-Baptiste-René.

Le mariage, en troisièmes noces, de René-François, marquis de La Vieuville avec Madeleine — ou Marie — Thérèse de Fronlay ou Fronllai, veuve de Claude Le Tonnelier de Breteuil, seigneur d'Escouché, conseiller au Parlement de Paris, qu'elle avait épousé le 10 septembre 1686 et qui mourut le 17 avril 1698; fille de Charles, comte de Fronlay, chevalier des ordres du roi, et d'Angélique de Baudéan de Parabère, eut lieu le 20 avril 1716 à Paris. Madeleine ou Marie-Thérèse étant née en 1660, se mariait donc à l'âge de 56 ans avec René-François, qui en avait 64. Elle mourut le 19 juin 1740 sans donner d'enfants à son second mari.

(1) *Journal du marquis de Dangeau*, t. XIII, p. 418.

(2) *Mémoires de Saint-Simon*, Hachette, 1873, t. VIII, p. 441.

(3) *Correspondance de Madame, duchesse d'Orléans*, t. II, p. 291.

(1) *Mémoires de Saint-Simon*, Hachette, 1873, t. 12, p. 418.

(2) *Journal du marquis de Dangeau*, t. XVIII p. 136.

Dès le 13 avril 1716, Dangeau annonçait déjà ce mariage :

« Le bruit court que le marquis de La Vieuville veut se marier pour la troisième fois, et qu'il épousera Mme de Breteuil la Conseillère, et qui est de la maison de Fronlay. Il avait épousé en premières noces Mlle de La Mothe-Houdancourt, fille d'honneur de la Reine, dont il a des enfants; en secondes noces, Mlle d'Arest, dame d'atour de Mme la Duchesse de Berry, et qui vient de mourir. Il a eu de ce mariage Madme de Parabère et d'autres enfants. »

Plus loin, le même auteur dit encore :

« Jeudi 16 Avril 1716, M. de La Vieuville a déclaré son mariage à sa famille, et la noce se fera Lundi (1). »

Saint-Simon enregistre purement et simplement cette troisième union sans y ajouter aucun commentaire (2).

CHAPITRE IX

LE TOMBEAU DE LA FAMILLE DE LA VIEUVILLE AUX MINIMES DE LA PLACE ROYALE. — AUTRES PERSONNAGES DU NOM DE LA VIEUVILLE.

Nous n'avons pas manqué, chaque fois que la chose nous a été possible, d'indiquer l'inhumation, au couvent des Minimes de la Place-Royale, des nombreux personnages qui portèrent le nom de La Vieuville. C'est que, dans l'église de ce couvent, se trouvait la sépulture de la famille, installée au milieu des splendeurs artistiques d'une remarquable chapelle, sous la protection des deux grandes figures de marbre du premier Duc de La Vieuville et de sa femme, semblant veiller et prier pour leur descendance, dormant autour d'elles son dernier sommeil.

Ces deux figures à genoux, d'une exécution remarquable, dues au ciseau de Gilles Guérin, sont actuellement au Louvre, dans la salle des sculptures du XVIIe siècle où elles arrivèrent après la dispersion des œuvres du *Musée des monuments français*, organisé par Lenoir.

Un écrivain parisien très estimé, Le Maire, s'exprimait ainsi en 1685 sur la chapelle des La Vieuville et leur tombeau :

« La troisième chapelle qui est sous le titre de Saint François de Sales, appartient aux héritiers de feu Monsieur le Duc de La Vieville, qui pendant son vivant l'a beaucoup fait embellir. Le Tableau de l'Autel est d'un fort bon dessein. Les quatre vertus Cardinales qui sont posées aux quatre coins, ont été faites par Gilles Guérin; le reste de la chapelle est tout de jaspe et de marbre; l'on y voit un magnifique tombeau de marbre, sur lequel sont deux statuës de marbre blanc.

« La première représente un homme à genou, revestu d'un manteau ducal, avec le collier de l'ordre du Saint Esprit par dessus.

« La deuxième statuë est celle d'une Dame aussi à genou, revestuë d'une robbe de duchesse (1). »

Il en est aussi longuement question, dans le mémoire de Guillet de Saint-Georges, lu à l'Académie, le 7 juillet 1691, sur Gilles Guérin. On y lit que le mausolée en marbre blanc était commun aux deux époux. Des piédestaux de marbre, accompagnés de pilastres et de corniches, portaient les statues du duc et de la duchesse « chacune à genoux et grande comme le naturel ». Le duc était revêtu du grand manteau ducal orné du collier du Saint-Esprit; son épouse portait également une longue et ample robe de duchesse. Dans les piédestaux étaient leurs armes, supportées par des anges en bas-relief. Dans les quatre niches de l'autel se voyaient quatre figures en pierre de Tonnerre, représentant *la Justice*, *la Tempérance*, *la Prudence* et *la Force*, également de Gilles Guérin. Dans la voûte de la chapelle étaient aussi, du même sculpteur, les quatre évangélistes et plusieurs anges de diverses grandeurs portant, les uns, les instruments de la passion, d'autres, des couronnes ducales surmontées du manteau de cette dignité, d'autres encore, les armes des maisons alliées à la famille de La Vieuville. Le mausolée était situé dans la troisième des six chapelles sur la main gauche en entrant dans l'église, et sous l'un des deux vitraux qui l'éclairaient. Ladite chapelle avait été construite en octogone sur le dessin de d'Orbay, architecte du roi (2).

(1) *Journal du marquis de Dangeau*, t. XVI, p. 362 et 364.

(2) *Mémoires de Saint-Simon*, Hachette, 1873, t. XIII, p. 41.

(1) *Paris Ancien et Nouveau*, par Le Maire, 1685, t. II. p. 154.

(2) *Mémoires inédits sur la vie et les ouvrages des membres de l'Académie royale de peinture et de sculpture*. Paris, Dumoulin, 1854, t. 1, p. 266.

Le duc Charles de La Vieuville, Ier du nom, avait été l'un des premiers et des principaux bienfaiteurs des Minimes, tant par les dons qu'il leur fit que par l'aide qu'il leur apporta pour la construction de leur église, dont la première pierre fut posée le 18 septembre 1611 par l'évêque de Grenoble, au nom de la reine-mère, Marie de Médicis (1). Sa chapelle, qu'il embellit et enrichit de son vivant, était placée sous le vocable de Saint François de Sales. Sur son tombeau était gravée en lettres d'or l'épitaphe ci-dessous :

Cy gisent
Charles duc de La Vieville,
Ministre d'Etat,
Et Surintendant des Finances de France,
Sous les règnes des Rois Louis XIII,
Et Louis XIV.
Décédé l'11 de janvier.
Et Dame Marie Bouhier son épouse,
Décédée le 7 juin 1663 (2).

Disons, en passant, que d'Argenville attribue les quatre vertus ornant les angles de la chapelle à *des Jardins* (3).

Dans son *Guide des amateurs et des étrangers*, de 1787, Thiery ne manque pas non plus de donner d'intéressants renseignements sur cette chapelle. Elle était hors d'œuvre et octogone, et la troisième travée de l'église lui servait de vestibule. Des pilastres composites à cannelures dorées la décoraient. Les quatre vertus cardinales de Gilles Guérin étaient surmontées de bas-reliefs. Le mausolée du duc et de la duchesse se voyait dans l'embrasure de la croisée de droite, les figures étant tournées vers l'autel. Les bas-reliefs du socle se composaient de génies tenant leurs écussons. L'autel était décoré d'un tableau représentant saint François-de-Sales et de deux colonnes corinthiennes de marbre à bases et chapiteaux de bronze. Le plafond en calotte était orné de sculptures qui se détachaient sur un fond doré (4).

Quand survint la Révolution, une partie des œuvres d'art de la chapelle de La Vieuville vint échouer au musée de Lenoir. On lit, en effet, dans un « Etat des monuments et des statues qui sont entrés au dépôt des Petits-Augustins pendant les années 1791-1792 jusqu'au commencement du régime révolutionnaire » :

« *Des Minimes.* — Quatre bas-reliefs en marbre blanc représentant des *Enfants soutenant des armoiries* venant du tombeau du maréchal (*sic*) de La Vieuville. »

« *Du même lieu*, les statues en marbre, à genoux du Duc et de la Duchesse de La Vieuville (1). »

Au sujet de ce tombeau et de son auteur, ou plutôt de ses auteurs, car les bas-reliefs furent d'un autre artiste que Gilles Guérin, nous trouvons les renseignements ci-après dans un projet de catalogue du dépôt provisoire des Petits-Augustins, présenté par Alexandre Lenoir à la Commission temporaire des arts, le 19 thermidor an II (16 août 1794) :

« *Gilles Guérin*, né en 1606, mort en 1678, plus habile dans l'art de tailler le marbre que dans la composition, quoique avec du mérite. Des Minimes de Paris, deux statues de La Vieuville, homme et femme, en marbre blanc, de grandeur un peu plus forte que nature.

. . . .

« *François L'Espingola*, mort en 1705. Des Minimes de Paris, quatre bas-reliefs en marbre blanc, représentant des enfants portant des écussons (2). »

La mention du sculpteur L'Espingola, adjoint à Gilles Guérin, pour le travail du tombeau en question, a été également indiquée dans un autre document :

« Etat des monuments existants au Dépôt des Petits-Augustins, distraction faite de ceux qui doivent être rendus à l'église Royale de St Denis, aux églises de Paris, à S. A. R. Madame la Duchesse d'Orléans, au prince de Condé, et à quelques familles particulières.

. . . .

« 185. Statues en marbre blanc et à genoux

(1) *Histoire de Paris*, de Félibien, t. II, p. 1284.

(2) *Description de Paris*, par Piganiol de la Force, 1742, t. IV, p. 333.

(3) *Voyage pittoresque à Paris*, par d'Argenville, 1778, p. 247.

(4) *Guide des amateurs et des étrangers à Paris*, par Thiery, édition 1787, t. I, p. 684.

(1) *Inventaire des richesses d'art de France. Archives du musée des monuments français*, t. II, p. 35.

(2) *Inventaire des richesses d'art de France. Archives du musée des monuments français*, t. II, p. 186 à 189.

du Duc et de la Duchesse de La Vieuville, par Gilles Guérin et Lespingola, provenant du couvent des Minimes (1) ».

Alexandre Lenoir avait déjà indiqué les vestiges de ce tombeau des La Vieuville, dans sa *Description historique et chronologique des Monuments de sculpture réunis au Musée des monuments français* (à Paris, an V, p. 145).

Dans son édition de janvier 1806 (p. 209), on lit cette mention :

« N° 185. — Les statues en marbre blanc du Duc et de la Duchesse de La Vieuville, représentés à genoux, par Gilles Guérin. On voit dans le socle deux bas-reliefs représentant des enfants en pleurs, portant deux écussons ; par l'Espingola. La Vieuville, alors surintendant des Finances, employa tout son crédit pour faire monter Richelieu au suprême pouvoir ; celui-ci s'en servit dans la suite pour écraser son bienfaiteur. »

Ajoutons que, dans l'état du 11 avril 1818, des monuments réclamés par les fabriques des églises de Paris, comme provenant d'anciens édifices religieux qui existaient dans la circonscription de leurs paroisses respectives, nous voyons que l'église du Saint-Sacrement — sans doute Saint-Denis du Saint-Sacrement, de la rue de Turenne — réclama « les statues en marbre blanc et à genoux du Duc et de la Duchesse de la Vieuville, par Gilles Guérin et l'Espingola, provenant des Minimes ».

Une annotation, en regard, porte : *N° 185. Sans destination* (2).

L'église des Minimes fut démolie en 1798. Les ossements des membres de la famille de La Vieuville, comme ceux des autres personnages, grands et petits, qui y avaient été inhumés, furent dirigés, en tas, et par tombereaux, dans les catacombes de Paris après cette démolition.

« C'est là, dit M. Paul Fassy, que sont transportés, depuis 1785, les ossements extraits des églises supprimées et des anciens cimetières, et ceux découverts dans les grands travaux de la capitale (3). »

(1) *Inventaire des richesses d'art de France. Archives du musée des monuments français*, t. III, p. 178.

(2) *Inventaire des richesses d'art de la France. Archives du musée des monuments français*, t. III, p. 269.

(3) *Les Catacombes de Paris*, par Paul Fassy, 1862, in-16, p. 29.

Nous devons dire qu'au cours de nos recherches, nous avons encore rencontré un certain nombre de personnages portant le nom de La Vieuville, qu'il nous a été impossible de classer, faute de renseignements plus précis et de points de repère, dans les généalogies reproduites.

Tels sont deux Maîtres des requêtes et Secrétaires des Commandements de la duchesse de Bourgogne, en 1694 et années suivantes, dont nous avons trouvé la mention dans le *Journal de Dangeau* sans pouvoir les identifier :

« Vendredi 29 janvier 1694, à Versailles, M. de la Houssaye, à qui on vient de donner l'intendance de Soissons, étoit procureur général de la Commission qu'on a établie pour les affaires de Saint-Lazare ; on a mis en sa place M. de La Vieuville, le maître des requêtes. »

« Mardi 3 décembre 1697, à Versailles, M. de La Vieuville, le maître des requêtes, a acheté la charge de Secrétaire des Commandements de Madame la Duchesse de Bourgogne ; il en paye 250,000 francs et le Roi lui en donne la survivance pour son fils. »

« Dimanche 29 décembre 1697, à Versailles, MM. de La Vieuville, père et fils, Secrétaires des Commandements de Madame la Duchesse de Bourgogne, en survivance l'un de l'autre, prêtèrent leur serment entre les mains de cette princesse, et ce fut M. de Pontchartrain qui fit la lecture du serment, en qualité de Secrétaire d'Etat de la maison du Roi. On a trouvé à propos qu'il prêtât son serment avant les grands-officiers de la maison, afin qu'il put lire le serment quand nous le prêterons. »

« Samedi 21 août 1700, à Marly, M. de La Vieuville, Secrétaire des Commandements de Madame la Duchesse de Bourgogne, tomba en apoplexie à Meudon avant que le Roi en partit et venant de parler à S. M. ; aucun remède ne le pût soulager ; il mourut sur les sept heures. Quand il acheta cette charge, il l'acheta avec la survivance pour son fils ; ainsi elle n'est pas vacante (1). »

L'Almanach Royal de l'année 1700 indique également un Guillaume, sieur de La Vieux-

(1) *Journal du marquis de Dangeau*, t. IV, p. 443 ; t. VI, p. 237 et 256 ; t. VII, p. 359.

ville, maître des Requêtes, demeurant rue Sainte-Anne, près les Nouvelles-Converties.

Il est aussi question d'une marquise de La Vieuville, Elisabeth de Montgommery, née au milieu du XVIIe siècle, qui avait montré beaucoup d'enthousiasme pour la religion réformée. Elle avait épousé le marquis de La Vieuville, lui-même protestant militant dans le pays de Fougères, en Bretagne. Leur château, qui possédait un temple, était le rendez-vous des protestants de la région, et était situé sur la commune de Châtelier, arrondissement de Fougères (Ille-et-Vilaine). Elisabeth, restée veuve, finit par abjurer et adopta la religion catholique en 1699. Elle rendit compte de sa conversion dans un volume intitulé : *Motifs de la conversion de Madame la marquise de La Vieuville, en Bretagne, diocèse de Rennes*. Vol. in-12, Paris, Jean et Michel Guignard, 1700 (1) ».

Cette marquise de La Vieuville, Elisabeth de Montgommery, avait épousé un Jean de La Vieuville en 1677, elle décéda en 1732. Sa fille aînée et héritière principale, Elisabeth de La Vieuville, épousa Charles-Michel, seigneur de Cambernon, gouverneur de la ville de Coutances, le 30 mars 1702, et décéda en 1742.

Elisabeth de La Vieuville, femme de Charles-Michel de Cambernon, a également deux fils : François-Louis-Michel de Cambernon, né le 23 mai 1711, et Nicolas-Jacques-Elie-Michel de La Vieuville, écuyer, né le 24 juillet 1704, mousquetaire du roi en 1721 (2). »

Dans une liquidation et partage, passé devant M[e] Du Moulin, notaire, le 9 avril 1775, entre Mme la marquise de Thiboutot et M. le duc de Coigny, on voit que dame Marie-Anne-Roze de Montgommery, comtesse de Montgommery, veuve de Louis-François de Thiboutot, marquis de Thiboutot et de Manqueville, baron d'Ouville, etc., maréchal de camp, etc., est seule héritière de feu messire Nicolas-Jacques-Elie-Michel, chevalier, seigneur de La Vieuville et autres lieux, décédé en son château de Chanteloup, le 7 novembre 1764. La dite dame habite en son hôtel de la place Royale (3).

En 1738, un M. de La Vieuville commande les carabiniers du roi d'Espagne, corps d'une grande distinction par les hommes et par les chevaux (1).

La branche de ce nom sert, à cette époque, le roi d'Espagne puisque, le 18 septembre 1745, un duc de La Vieuville, à la tête d'une partie de l'armée espagnole, prend part au siège de Pavie et accomplit une action d'éclat en s'introduisant dans la Ville par un aqueduc, avec cent miquelets et autant de grenadiers et en faisant passer au fil de l'épée tout ce qu'il rencontre sur son chemin (2).

Peut-être était-ce le même qui occupait la charge de vice-roi de Sicile pour Charles IV d'Espagne, et qui fut remplacé, le 29 avril 1754, après sa mort, par M. de Cantillana (3)?

En août 1743, le roi donne le régiment vacant de M. de Fleury, tué au combat de Dettingen, à M. de La Vieuville, capitaine dans le régiment de Noailles et parent de M. le Maréchal de ce nom, en récompense des deux coups de sabre qu'il avait reçus à ce combat. Ce fut ce même personnage qui se maria, le 25 mai 1749, avec la fille de M. Choppin d'Arnouville, maître des requêtes, et dont la dot s'élevait à 350,000 livres. Il était alors propriétaire du régiment de cavalerie de son nom, qui avait appartenu au chevalier de Fleury, tué à Dettingen. Sa mère était née Mailly.

Vraisemblablement il n'est pas non plus d'origine française puisque le duc de Luynes, en parlant d'une erreur de préséance commise par lui envers la reine, à l'occasion de son mariage rappelé ci-dessus, dit, dans ses Mémoires « qu'il est peu au fait de ce pays-ci » (4).

Il y eut encore un chevalier de La Vieuville, né en Bretagne vers 1760, passant pour être de la famille du surintendant, et qui fut capitaine au régiment des gardes françaises. Il émigra en 1790 et vint à l'armée des princes en 1792. Il passa en Angleterre, puis revint en France, faire les guerres de Vendée au Tinténiac, en 1794. Puisaye le nomma commandant de la division royale de Dol. En 1795 il fut chargé de s'emparer de Saint-Malo à la tête de 1,200 chouans, afin de favoriser le débarquement de l'expédition de Quiberon, mais il échoua et sa troupe fut dispersée. C'est à ce moment qu'il revit Hoche qui avait été son sergent aux

(1) *Biographie universelle de Michaud*, t. 85 (supplément), p. 383.

(2) *Armorial général de d'Hozier*, T. I, p. 382.

(3) *Archives nationales*, T. 201/29-30.

(1) *Mémoires du duc de Luynes*, t. II, p. 166.

(2) *Mémoires du duc de Luynes*, t. VII, p. 80.

(3) *Mémoires du duc de Luynes*, t. XIII, p. 330.

(4) *Mémoires du duc de Luynes*, t. V, p. 132, et t. IX, p. 420.

gardes françaises. Il continua la guerre de partisans, sans grand succès et, en avril 1796, fut tué par une balle républicaine, les armes à la main, dans la forêt de Villequartier (1).

Voici encore un sieur de La Vieuville de Fréneuse, qui est Jean-Laurent Le Cerf, écuyer, garde des Sceaux du Parlement de Normandie, né à Rouen en 1674, mort le 10 novembre 1707. Sa famille est originaire de Pont-Audemer et remonte à Pierre Le Cerf, capitaine des Côtes sous Charles VII, ennobli par ce prince en 1449.

Jean-Laurent Le Cerf de La Vieuville fut surtout un savant. Il traduisit l'*Enéïde* de Virgile et la *Pharsale* de Lucain. Il s'occupa aussi beaucoup de musique et écrivit l'ouvrage intitulé : *La comparaison de la musique italienne et de la musique française*, dans lequel il soutint avec feu l'honneur de sa patrie; ce qui attira une réponse virulente de l'abbé Raguenet, dans un autre ouvrage ayant pour titre : *Défense du parallèle des Italiens et des Français en ce qui regarde la musique et les opéra* (2).

Nous terminerons en disant qu'il y eut aussi des La Vieuville, *de Brie*, portant :

D'azur au chevron d'or, acc. en chef de 2 étoiles d'argent et en pointe d'une fleur de lys de même.

Et aussi la seigneurie de La Vieuville, en Bretagne, paroisse de Châteauneuf, évêché de Saint-Malo, érigée en marquisat en 1746 en faveur du sieur Baude, dont les armes étaient :

D'argent à trois têtes de loup de sable.

Un Baude fut comte de La Vieuville et pair de France au commencement du XIXe siècle.

La Bretagne eut encore d'autres terres de ce nom ; nous trouvons, en effet, dans le *Nobiliaire et armorial de Bretagne*, de M. Potier de Courcy :

Guillaume, seigneur de La Vieuville et de La Chaise ;

Magon, seigneur de La Vieuville et de la Lande ;

(1) *Biographie universelle* de Michaud, t. XLVIII, p. 452.

(2) *Dictionnaire historique de Moreri*, t. III, p. 402.

Patard, seigneur de La Vieuville et de la Mellinière,

Et une seigneurie de La Vieuville, dans la paroisse de Chastellier.

Montmartre, enfin, compte une *rue de La Vieuville*, dont le parrain est J.-A. Micault de La Vieuville, lieutenant-colonel de cavalerie, qui vécut de 1755 à 1829, et qui fonda, en 1804, la maison de retraite, dite *Asile de la Providence*.

PIÈCE JUSTIFICATIVE N° 1

DOCUMENT ANNEXÉ AU CONTRAT DE LA VENTE DE L'HÔTEL DE LA VIEUVILLE, EN 1741, ET DONNANT LA NOMENCLATURE DES PROPRIÉTAIRES DEPUIS 1564, AINSI QUE LA CONSTITUTION DE L'HOTEL PAR BOUHIER DE BEAUMARCHAIS.

Etat des pièces et extraits remis par M. et Mme de La Vieuville à M. Chiquet :

Première maison.

Échange passé devant Delavigne et Trouvé notaires à Paris, le 10 juillet 1564, entre :

Jean de Baillon, conseiller du Roy, Trésorier de son épargne et Marguerite Godefroy, veuve en premières noces de M. Guillaume de Saffroy receveur des décimes du Roy et en dernières de Jean Lionne.

Par lequel la ditte Marguerite Godefroy a vendu au d. sieur de Baillon une grande maison en la censive du Roy et chargée d'un chapeau de roze, estimée 6[d] parisis de cens, scize à Paris rue S[t] Paul.

Vente passée devant Trouvé notaire à Paris, le 17 juin 1572.

Par Marie Dehaqueville, veuve du dit sieur Jean de Baillon, tant en son nom que comme tutrice et curatrice de leurs enfans mineurs, à Mre Guillaume De Marzillac, chevalier, seigneur de Ferrières, contrôleur general et intendant de ses finances, de la ditte maison (1).

(1) Marcillac ou Marsillac est aussi le nom d'une terre et seigneurie située dans l'Angoumois, qui passa au XVe siècle dans la maison de La Rochefoucauld, par le mariage de Marguerite de Craon avec Guy, VIIIe du nom, trisaïeul de François II, comte de La Rochefou-

Vente passée devant le s. Trouvé notaire le 24 may 1576 par M. Charles de Marzillac, Seigneur de Ferrières, Conseiller au Parlement a haute et puissante dame Fulvia Pica de La Mirande, dame Douairière veuve de haut et puissant seigneur Mre Charles De la Rochefoucault chevalier de l'ordre du Roy, de la septième part et portion en six vingt huit portions et demye fasant partie de cent cinquante six portions, le tout par indivis et qui sont la totalité de la d. maison.

Vente passée devant le d. Trouvé le 24 may 1576 sur quittance Poart, procureur de Dame de Boislevêque, veuve du d. sieur Guillaume de Marzillac tant en son nom que comme curatrice de Vallence et Louis de Marzillac, leurs enfans mineurs, a la d. dame De la Rochefoucault, de 27 portions et demie qui appartenoient à la d. dame et de 27 d^{o} qui appartenoient aus d. mineurs et des six vingt huit portions et demi restant des 156 portions le tout par indivis et qui font la totalité de la d. maison.

Échange passé devant le d. Trouvé, notaire, le 29 may 1576 Entre René Hennequin et le d. Guillaume Poart, tuteur et curateur de Louis-Jean, Michel et Pierre de Marzillac enfans mineurs, du d. s. Guillaume de Marzillac et de sa première femme.

Et la d. dame de Rendant De la Rochefoucault, parce que les d. tuteur et curateur ont eu matière de la d. Dame Delarochefoucault, Les quatre septièmes portions aus d. mineurs appartenant de leur propre en six vingt huit portions et demye faisant partie des 156 portions, le tout en indivis et qui sont la totalité de la d. maison.

Vente passée devant le Normand et Hénault, notaires à Paris, le 3 février 1596.

Par Robert Mocet, procureur de la d. dame de Rendant Dela Rochefoucault à Vincent Bouhier sieur de Beaumarchais, conseiller et Secrétaire des finances du Roy, de la d. maison rue Saint-Paul.

Decret et adjudication de la d. maison aud. s. de Beaumarchais, 10 juillet 1596, fait au Châtelet.

Ordre des oppositions formées au d. decret le 17 Aoust 1596 fait par Me Mocet une liasse de six quittances données au receveur des consignations sur les deniers déposés pour le prix de la d. maison.

cault, qui, le premier, se trouve qualifié prince de Marcillac. (La Chenaye-Desbois, *Dictionnaire de la noblesse*, t. III, p. 187.)

Seconde maison.

Vente passée devant Totteron et le Jart, notaires à Paris, le 26 janvier 1591.

Par Catherine Dupuis, femme séparée quant aux biens de Philippe de Cressé, aud. s. de Beaumarchais, d'une maison et jardin seize en cette Ville ditte rue Saint-Paul ou soulloit estre l'image Ste Catherine, la dite maison en la censive de l'Archevêché et chargée envers luy de 3^{d} parisis de cens.

Et le dit jardin en la censive du Roy et chargé envers son domaine de 15^{d} parisis aussy de cens.

Decret de la d. maison 11 X^{re} 1602 fait au Châtelet.

Troisième maison.

Vente passée devant le d. Trouvé, notaire, 10 février 1597, par Pierre Legoix, avocat, tant en son nom que comme procureur de Julien Legoix son frère et autres aud. sieur de Beaumarchais d'une maison et grand chantier derrière, assis à Paris, rue des Barrès, près le port Saint-Paul, en la censive de l'Archevêché à cause du prieuré de Sait-Eloy, chargés envers luy des écus qu'ils peuvent devoir.

Quittance par les vendeurs à l'acquéreur d'une somme qu'ils ont promis luy rendre si l'adjudication ne luy étoit point faitte, passée devant les mêmes notaires led. jour.

Decret et adjudication de la d. maison au proffit du d. sieur de Beaumarchais 26 9bre 1597 au Châtelet de Paris.

Quatrième maison.

Échange passé devant Claude Trouvé et Jean Trouvé, notaires à Paris, le 3 janvier 1573.

Entre le d. Sr Guillaume de Marzillac.

Et Marie Destace, veuve de Jean Odoart, Conseiller au Parlement, Nicolas Dulyon, Seigneur Delanotte, Jeanne Destace, sa femme.

Parce que les d. Ve Odoart et Dulyon et sa femme ont vendu au d. S. de Marzillac une maison assize à Paris rue des Barrés près les Célestins autrement près le trou punais.

Titre nominal par la d. dame de Boislevesque veuve Marzillac tant en son nom que comme tutrice de ses deux enfans, de 6^{d} de cens envers le Roy pour la d. maison qui leur étoit échue par partage passé avec les d. sieurs Hennequin et Poart le 21 février 1582.

Bail de la d. maison 14 octobre 1600.

Vente par Jean Roncheret procureur de la d. dame de Marzillac, tant en son nom que comme tutrice de ses d. deux enfans mineurs, au d. S[r] de Beaumarchais de la d. maison et ses appartenances rue des Barrés en la censive du Roy et chargée de 6[d] de cens, le 10 mars 1602 passé devant Brounet notaire.

Ratiffication de la d. dame 16 mars 1602.

Cinquième maison.

Sentence d'adjudication rendue à la Cour des Aydes sur le curateur aux biens confisqués de Jacques Bonnel payeur de la gendarmerie, d'une maison scize rue des Lyons au proffit de dame Marie Bouhier femme séparée de biens d'avec Mre Charles Marquis de La Vieuville, le 18 Aoust 1630.

Quittance du revenu de l'autorité pour les droits de lods et ventes du 14 septembre 1639.

Permission donnée au S. de Beaumarchais au mois de mars 1603 d'en clore dans son jardin l'enclave qui estoit dans la rue des Lyons suivant l'alignement fait par le S. Fontaine en teste de la dite possession et tant du partage des biens de Mre de Beaumarchais et de ceux abandonnés par le d. de Beaumarchais du 18 janvier 1627.

Expédition d'un acte passé devant Fussé et Duchesne notaires à Paris le 29 avril 1645 Entre Mre Charles Premier Duc de La Vieuville et la d. dame son épouse et Antoinette Alleaume femme de M. Jean Delagrange, Conseiller en la Connétablie de Bordeaux, étant aux droits de Marie Cadaire veuve de feu Guillaume Alleaume ses père et mère propriétaires d'une maison scize proche celle des d. seigneur et D[e] au sujet des vues qui étoient dans les murs de la d. maison des d. Delagrange et Alleaume tant ancien que nouveaux regardant sur la grande et la petite cour de la maison appartenaient auxd. Seigneur et dame de La Vieuville p. lequel acte les parties se sont désistés du procès. qui étoit entreux au sujet de la d. Alleaume es nom s'est departye de tous les droits de veues prétendues par elle tant anciens que nouveaux sur les d. deux cours et a promis de faire boucher à ses dépens toutes les d. veues estans es d. deux murs, aboutissant sur les d. deux cours ainsy qu'il est dit tout au long au d. acte.

Extrait du contrat de mariage de M. le second Duc de La Vieuville passé devant Duchesne et Marreau notaires à Paris le 25 septembre 1649 et de l'acte ensuite du 29 du d. mois par lesquels les d. Hotels et maisons luy ont esté donnés.

Coppie d'une donation faite par M. de La Vieuville Evesque de Rennes a M. René François De La Vieuville son neveu d'une somme de 400,000 livres passée devant Gohier et Bretin notaires royaux a Rennes le 7 may 1667.

Extrait de l'Echange passée entre le d. Seigneur Second Duc de La Vieuville et M. l'Evesque de Rennes devant Me Desnots notaire le 10 septembre 1668 par lequel les d. biens ont été abandonnés au d. Seigneur Evêque.

Coppie collationnée d'une autre passée devant le d. Desnots notaire le 19 septembre 1668 par laquelle Le dit Seigneur Evêque a assigné entr'autres choses le dit Hotel de La Vieuville et maisons y jointes pour payement de partie de la dite donation.

Trois quittances pour le rachapt des boues et lanternes, les 2 premières du 13 septembre 1704 signé Menu et la troisième Rolland du 20 may 1708 montant ensemble a 1512 livres dont le dernier est signé Depaul.

Copie collationnée du jugement de M[rs] les Commissaires du Conseil du 10 février 1733 qui ordonne que la substitution faite par le d. Seigneur Evêque de Rennes est ouverte et finie en la personne de Mre René-Jean-Baptiste, Marquis de La Vieuville.

La grosse d'un bail du grand hôtel fait devant M. Jourdain, notaire, le 16 février 1728 par deffunt Mre Louis marquis de La Vieuville à M. Delmy trésorier général de la chambre des Comptes pour neuf années qui ont commencées à la St-Jean. Lors prochain ensuite de laquelle grosse et une prorogation faitte par René-Jean-Baptiste de La Vieuville au d. s. Delmy pour neuf années.

L'expédition de celuy du petit Hotel fait devant Harquenvilliers notaire le 17 décembre 1733 par le d. segneur René-Jean-Baptiste de La Vieuville et M[de] son épouse a D[e] Jeanne Bidare, veuve Pierre Dutartre et a M. Cosme-françois Dutartre son fils avocat en Parlement pour 9 années qui ont commencées a Pasques 1737.

L'expédition d'une prorogation passée devant Duval notaire le 9 janvier dernier par le Seigneur de La Vieuville au d. M. Dutartre fils du dit petit hotel pour 9 années qui commenceront a Pasques 1746.

Et l'expédition de celuy d'une maison joignante par le d. Seigneur de La Vieuville a Marie Michelle Arrera, veuve de Louis Pascal Belletoise Md de Vin pour neuf années qui ont commencé à Noël 1738, passé devant Silvestre, notaire, Le 12 février 1737.

Une grosse et un extrait d'anciens baux de la d. maison.

Signé et paraphé et annexé au contrat de vente passé devant les notaires soussignés le dix huit may mil sept cent quarante un.

Signé : Le marquis de La Vieuville,
De Creil marquise de La Vieuville,
Chiquet,
Jourdain,
Toupet.

(Étude de M. Blanchet notaire 11 rue de Beaujolais.)

PIÈCE JUSTIFICATIVE N° 2.

CONTRAT DE MARIAGE DE CHARLES, MARQUIS DE LA VIEUVILLE ET DE MARIE BOUHIER, DEMOISELLE DE BEAUMARCHAIS, DU 28 DÉCEMBRE 1610. (*Archives nationales.* Registre Y, 151, folios XI recto à XV recto.)

A tous ceulx qui ces présentes lettres verront Jacques d'Aumont, chevallier, baron de Chappes, seigneur de Dung le Palteau et corps conseiller du Roy, gentilhomme ordinaire de sa chambre et garde de la prevosté de Paris. Salut. Scavoir faisons que par devant Estienne Collaron et Thomas Groyn, notaires et gardenottes du roy nostre dit sieur en son chastelet de Paris soubzsignez, furent presens hault et puissant seigneur messire Robert de La Vieuville, seigneur de Chaillenet, Royaulcourt, Pavant, Vérigny, baron de Rugles, chevallier des ordres du Roy, conseiller en ses conseils d'Estat et privé, capitaine de cinquante hommes d'armes de ses ordonnances tant en som nom que comme soy faisant fort de dame Catherine Do son épouse, par laquelle il promet faire ratiffier et avoir agreable valablement et par effect le contenu en ces présentes d'huy en ung mois prochainement venant pour faire laquelle ratiffication il l'a des maintenant authorisée Et encore pour et au nom et stipulant en ceste partie pour hault et puissant seigneur, messire Charles marquis de la Vieuville, grand faulconnier de France, lieutenant général pour le roy en Champaigne, gouverneur de la ville et citadelle de Mezières, fils unique et héritier universel des dits seigneur et dame de la Vieuville a ce présent de son bon gré, vouloir et consentement d'une part. Mre Vincent Bouhier, chevallier, seigneur de Beaumarchais et de Charron baron du Plessis aux Tournelles, conseiller du roy en ses dits conseils d'Estat et privé, intendant de l'ordre du St Esprit et Tresorier de l'Espargne et dame Marie Hotman, son épouse de luy suffisamment authorisée pour l'effect que dessus tant en leurs noms qu'aussy pour au nom et stipulant en ceste partie pour damoiselle Marye Bouhier leur fille à ce presente et de son consentement, d'autre part, lesquelles parties en la presence par l'advis et conseil de leurs parens et amys cy après nommez. Scavoir de la part des dits seigneur et dame de la Vieuville, messire Charles Darcourt, chevallier comte de Croisy, oncle maternel à cause de dame Jacqueline Do, son espouse, Mre Claude de Joyeuse, chevallier, comte de Grandpré gouverneur et lieutenant pour le Roy à Mouzon; messire Robet de Joyeuse, aussy chevallier seigneur et baron de Verpert alliez du dit seigneur futur espoux. Messire Robert de Joyeuse, chevallier seigneur et baron de St Jehan nepveu; Messire Claude de Courseilles, chevallier, seigneur et baron de St Remy, cousin germain, Messire René Potier, aussy chevallier comte de Tresmes, gouverneur et lieutenant particulier pour le roy en Champaigne, Messire Esmes de Rochechouart, chevallier, sieur de Mortemar et messire Jehan Deschamps, chevallier, seigneur de Marsilly, conseiller et maitre d'hostel ordinaire du roy, tous amis du dit seigneur futur espoux et de la part des dits seigneur et dame de Beaumarchais de dame Lucresse Grangier, vesve de messire François Hotman, vivant chevalier, seigneur de Montmelian, Plailly et Mortefontaine conseiller du roy en ses conseils d'Estat et privé et ambassadeur pour Sa Majesté es ligues de Suisses et Grisons, ayeule maternelle de la dite damoiselle Marye Bouhier; Haulte et puissante dame Charlotte de Beaulne, vesve de hault et puissant seigneur messire François de La Trimouille vivant marquis de Noirmoustier, baron de Chasteauneuf, seigneur de la Roche Droay, alliée. Hault et puissant seigneur, messire Loys de La Trimouille, chevallier de l'ordre du roy, marquis du dit Noirmoustier, beau frère de la dicte future espouze, à cause de dame Lucresse Bouhier son espouze ; Révérend père en Dieu Messire François Hotman, abbé de St Mard et de Nostre Dame de Voulez

Cherbourg, conseiller du roy en sa court de Parlement; Timoléon Hotman, escuier, sieur de Fontenay, conseiller secrétaire du roy et finances et tresorier général de France à Paris, dame Loyse Hotman, vesve de messire Catherin d'Aumalle, vivant chevallier seigneur de Vaucel, gentilhomme ordinaire de la chambre du roy; Paul Hotman, escuier, seigneur de Montmeliand, tous oncles et tantes propres de la dite future espouze; Damoiselle Catherine Hotman, vesve de noble homme François de Fortia, vivant sieur de la Grange, conseiller du roy et trésorier es parties casuelles, grande tante paternelle, messire Léon Bardot, chevallier sieur du Chastelier, des Illes de Bouyn et Rye, gentilhomme ordinaire de la Chambre du Roy, cousin germain, paternel, Me Thimoléon Grangier, seigneur de Liverdis, conseiller du roy en sa court de parlement et président des requestes d'icelles Vaspasien Grangier, escuier, sieur du Monceau et de Chaliffer, gentilhomme ordinaire de la chambre du roy; Noble homme Jehan Goulas sieur de la Motte, conseiller du roy et tresorier général de l'ordinaire des guerres, Monsr M. Maximilien Grangier, sieur de Soubz Carrières, conseiller du roy et maistre des requestes ordinaire de son hostel, tous grands oncles maternels. Hault et puissant seigneur, messire Charles Duplessis sieur de Lyancourt, conte de Beaumont sur Oise, chevallier des ordres du roy conseiller en ses conseils d'Estat et privé, premier escuier de France; messire Anthoine de Lomenye, chevallier conseiller du roy en ses dits conseils, secrétaire d'Estat et des commandemens de Sa Majesté et Messire Ysaye Brochart, chevallier, sieur de la Clielle conseiller et maitre d'hostel ordinaire du roy, tous amis inthimes des dicts seigneur et dame de Beaumarchais, ont recongnu et confessé avoir fait, firent et font entre elles les donnations, promesses, accords, douaires et conventions matrimoniales qui ensuivent pour raison du futur mariage qui au plaisir de Dieu sera faict entre le dit seigneur Charles marquis de La Vieuville et la dicte damoiselle Marye Bouhier lesquels promectent volontairement se prendre l'un l'autre en nom et loy de maryage et icelluy solenpniser en face de nostre mère Ste église le plustost que commodement faire se pourra et que sera advisé et délibéré entre eulx leurs parens et amis sy Dieu et nostre mère Sainte Eglise sy consentent et accordent aux biens et droits que à chacun des dits futurs espoux pourront competer et appartenir, qu'ils promettent respectivement apporter l'un avec l'autre dans la veuille de leurs espousailles. En faveur duquel futur mariage les dits messire Robert de La Vieuville, tant pour luy que pour la dicte dame Catherine Do, son espouse, a approuvé et approuve par ces présentes les renonciations que dames Henriette de la Vieuville et Diane de Poisieux fille de leur premier mariage ont faites à leurs succession, chacunes par leurs contratz de mariages passés scavoir celluy de la dite dame Henriette de La Vieuville par devant Mard, notaire royal demeurant à Monduct, baillage de Vermandois, le quinzième jour de may mil cinq cent quatre vingtz quatorze, la dite renonciation confirmée par sentence arbitralle du unzième apvril mil six cens sept prononcée aux parties par acte volontairement passé entre elles pour l'entretenement du contenu en icelles les jours unzième et dix septiesme du dit mois d'apvril ratiffiée et approuvée par la dite dame Henriette de la Vieuville par acte passé le xxie dudit mois d'apvril, le tout par devant Cottereau et Pargue, notaires au dit Chastelet de Paris et celluy de la dite Diane de Poisieux passé par devant Deduict, tabellion juré en la chastellenie de Trasé le vingt quatriesme juillet mil cinq cens quatre vingtz quatorze, depuis lequel a esté passé transaction entre les dits seigneur et dame de la Vieuville, messire René Duplessis et la dite de Poisieux son espouse portant ratiffication et confirmation de ladite renonciation en datte du reçue par coppie de tous lesquels contracts, sentences et actes deuement collationnez aux originaulx, le dit seigneur de la Vieuville a présentement fournis et délivrés audit seigneur de Beaumarchais pour la plus grande seuretté et justiffication de ce que dessus promectant en outre, ledit seigneur de la Vieuville tant pour luy que pour la dicte dame son espouse de ne rappeller les dessus nommez leurs enfans à leurs successions pour quelques causes et occasions que ce soit ou puisse estre, plus icelluy seigneur de la Vieuville es dits noms a par ces présentes fait donnation irrévocable entre vifs audit seigneur marquis de la Vieuville son filz ce acceptant tant de la somme de vingt mil livres de rente qu'il a assigné et affecté sur le marquisat de la Vieuville les terres et seigneuries de Syi, les grandes et petites Armoises, Olche, Ante, Antouche, Sennemuid, Omicourt, Gevaudan, Villemontois, Lignec, Nomois et Manicourt, touttes dependantes du dit marquisat que a dit estre affermés à quatorze mil livres de rente.

Item la baronnie, terres et seigneurie d'Arzillières, Livron, Chapillon, Glands, Courdemanches, Laudicourt, Blaise, Montelz, Champaubert, St Remy, St Loupriain, la Vieuville appartenances et deppendances de la dite baronnie qu'il a aussy dit estre affermées à six mil livres tournoiz par an, revenant le tout ensemble à vingtz mil livres tournoiz de ferme, la dite donnation aux conditions et charges comme il sera dit cy après, pour jouir par les dits seigneur et damoiselle futurs espoux des dits marquisat et baronnie, circonstances et deppendandes d'iceulx tant en usufruit qu'en propriété du jour de la bénédiction nuptialle.

Item le dit seigneur de la Vieuville es dit nom donne en faveur du dit mariage par donnation entre vifs au dit seigneur marquis son fils ce acceptant comme dessus tous et chacuns les aultres immeubles, terres et seigneuries propres et acquests présens et advenir en quelques lieux qu'ils puissent estre scituez et assis et qui se trouveront appartenir au dit seigneur et dame de la Vieuville à la reserve toutesfois de l'usufruit d'iceulx à eulx et au survivant d'eulx deux esquelles donnations neantmoins le dit seigneur de la Vieuville es dits noms n'entend comprendre les terres de Pavant et de Verigny leur appartenances et deppendances pour en jouir par eulx tant en usufruit qu'en propriété.

Et les dits seigneur et dame de Beaumarchais père et mère de la dicte damoiselle future espouse ont promis et promectent en faveur et contemplation du dit futur mariage bailler comptant aux dits futurs espoux en advancement d'hoirye et sur leur succession advenir le jour avant la bénédiction nuptialle de leurs espousailles la somme de sept vingtz mil livres, de laquelle ils ont ameubly au dit seigneur futur espoux la somme de cinquante mil livres et le surplus de la dite somme de sept vingtz mil livres demeurera propre à la dicte damoiselle future espouse.

Oultre laquelle somme de sept vingtz mil livres les dits seigneur et dame de Beaumarchais promectent paier aus dit seigneur et damoiselle futurs espoux en faveur de leur dicte fille la somme de soixante mil livres trois mois après le deceds de l'un d'eulx et laquelle somme demeurera propre à la dite damoiselle future espouse.

Comme aussy demeureront propres aus dits seigneur et damoiselle futurs espoux respectivement et chacun en son regard les deniers comptans promesses, cedulles, obligations, rentes constituées et autres biens immeubles qu'ils ont à present et qui leur escherront cy après pendant leur mariage par succession, donnation ou autrement.

Seront, les dits futurs espoux commungs en tous biens meubles, acquests et conquestz immeubles en quelques lieux qu'ils puissent estre scituez suivant la coustume de la prevosté et vicomté de Paris, derogeans les dites parties, par ces présentes à toutes aultres choses à ce contraires sans que les choses stipulées propres par le présent contract entre en la dicte communauté.

Ledit seigneur futur espoux a doué et doue à la dite damoiselle future espouse de la somme de cinq mil livres tournoiz de rente de douaire prefix, en cas qu'il y ayt enfans de leur mariage et de la somme de sept mil livres aussy de rente ny ayans enfans ou du douaire coustumier au choix et option de la dite damoiselle future espouse au dit cas qu'il n'y ayt enfans a Icelluy douaire prefix avoir et prendre sy tost qu'il aura lieu sur les vingt mil livres tournoiz de rente donnez et qui se donneront au dit seigneur futur espoux, qu'ilz seront et demeureront à tousjours chargés, obligés et ypotecquez pour fournir et faire valloir le dit douaire lequel aura cours du jour du deceds du dit seigneur futur espoux, pour en jouir par la dite damoiselle future espouse sur la dite baronnie d'Arzillières ses dites appartenances et deppendances que le dit seigneur futur espoux speciallement a affectées, ypotecquées et assignées au paiement et continuation du dit douaire et jusques à la concurance de la juste valleur, et pour le surplus sur les dites terres affectées aux dites vingt mil livres de rente voulant et consentant que la dite damoiselle future espouse se puisse mectre en jouissance tant du revenu de la dite baronnie qu'aultre pour parfournir le dit douaire sans qu'elle soit tenue d'en faire aucune demande en jugement ny ailleurs et aussy sans que la générale obligation deroge à la specialle, ny la specialle à la généralle, ce qui aura pareillement lieu pour le regard du douaire coustumier en cas qu'il soit opté par la dicte damoiselle future espouse, comme dessus.

Advenant qu'il y ayt enfant dudit futur mariage durant la vye des dits seigneur et dame de La Vieuville à la dite damoiselle future espouse aura pour sa demeure le chasteau du dit Arzillières, mais ou il ny aura enfans du dit futur mariage après le deceds dés dits seigneur et dame de La Vieuville, pourra choisir sa demeure au chasteau de Syi et prendre l'assignat de son douaire sur le dit marquisat de La Vieuville et terres en deppendans sy bon lui semble sans que pour raison de la dite demeure il luy soit diminué aucune chose du revenu annuel de son dit douaire.

Le survivant des dits futurs espoux aura et prendra par preciput et advantaige sur les biens de leur communaulté, assavoir, le dit seigneur futur espoux : ses habits, armes, chevaulx et équipages ordinaires et convenable à son usaige et qualité ; et la dite damoiselle future espouse : ses habits, bagues, et joyaulx le tout jusques à la somme de vingt mil livres suivant la prisée de l'inventaire et sans crue en la dite somme de vingt mil livres au choix et option du dit survivant.

Le dit seigneur de la Vieuville es dits noms a certiffié et plevy le dit seigneur marquis son fils franc et deschargé de toutes debtes et neantmoins en cas qu'il s'en trouvast crées avant la consommation du dit mariage seront payées sur les propres du dit seigneur futur espoux. Si aucunes rentes de la dite damoiselle future espouse sont racheptées ou aucuns de ses héritaiges vendus pendant le dit futur mariage le dit seigneur futur espoux en fera remploy en autres heritaiges ou rentes qui seront sensées propres pour la dite damoiselle future espouse et dont il demeurera garand et responsable et le dit remploy n'estant faict les deniers qui seront provenus des dits rachapts ou ventes se reprendront sur la communaulté et si elle ne suffict, sur les propres du dit seigneur futur espoux. Et quand es rentes ou heritaiges du dit seigneur futur espoux qui seront racheptés ou allienez constant le dit mariage seront reprins sur la dite communaulté s'ilz ne sont remploiés avant la dissolution d'icelle.

Le dit seigneur futur espoux oultre l'obligation de tous et chacuns ses biens présens et advenir a affecté et speciallement ypotecqué aux remplois et autres des conventions qui se trouveront deues à la dicte damoiselle future espouse le surplus du dit marquisat de la Vieuville, l'assignat du dit douaire préalablement prins sy la dite damoiselle future espouse l'y prend comme il estoit cy-dessus et dont elle et les siens seront saisis et vestus du jours de la dissolution du dit futur mariage pour jouir par leurs mains du revenu d'icelluy jusques à la concurance de l'interrest à raison du denier vingt des dits remplois et autres sommes qui seront deues en consequance des presentes conventions, lequel interrest commencera à courir du jour de la dissolution du dit mariage sans autre interpellation ny demande en jugement, et ne pourront, la dite damoiselle future espouse ou les siens estre deposséddés de la jouissance des dites terres jusques a l'entier et parfaict paiement des dits remplois et debtes que les héritiers du dit seigneur futur espoux seront tenus faire dans deux ans après la dite dissolution au cas qu'il n'y ayt enfans du dit mariage, car au dict cas les dicts enfans ne pourront estre contrainctz au dict remboursement que sept ans après la dicte dissolution pendant lesquelz la dicte damoiselle future espouse se contentera de la jouissance du dict interrest à la dicte raison du denier vingt sy mieux n'ayment les dicts enfans les dicts sept ans espirez paier l'interrest à la raison de l'ordonnance jusques à l'actuel remboursement declairans les dicts seigneur et dame de Beaumarchais qu'ilz veullent et entendent, comme leur intention à tousjours esté que le présent article ayt lieu pour les enfans du dict seigneur marquis de Noirmoustier et de la dame marquise de Noirmoustier sa femme, leur fille aisnée ores qu'il ne soit à plain spéciffié en leur contract de mariage.

Aussy est accordé que les dits seigneur et dame de la Vieuville, père et mère du dict seigneur futur espoux jouiront leur vye durant de la mesme grace et privilège que les dits enfans les dits sept ans espirez pour le regard du remboursement des dits remplois.

Les dits seigneur et dame de Beaumarchais père et mère de la dicte damoiselle future espouse ont ratiffié et ratiffient par ces presentes la donnation entre vifs et irrévocable par eulx faicte a dame Lucresse Bouhier, marquise de Noirmoustier leur fille aisnée et à la dicte Damoiselle future espouse leur seconde fille et à aultres leurs enfants commungs qui pourront naistre de leur mariage de tous et chacuns les engagemens et rentes qu'ils ont sur le Roy et leurs terres et héritaiges presens et advenir quelconques en quelque lieux qu'ilz puissent estre assis pour estre tous les dicts biens partaigés entre leurs dicts enfans nais ou à naistre selon les coutumes des lieux leur sortir nature de propre à la charge toutesfois et non autrement de l'usufruict des dicts biens donnés que les dicts seigneur et dame de Beaumarchais se sont réservé durant leur vye et au survivant d'eulx deux declairant qu'ils se constituent en jouir à tiltre de precaire, voulant qu'après leur deceds le dict usufruit soit uny et consolidé à la propriété.

Et pour le regard de tous les aultres biens non comprins en la dicte donnation appartenans aus dicts seigneur et dame de Beaumarchais de quelque nature et qualité qu'ils soient, leur demeureront pour en jouir par eulx ou le survivant d'eulx deux comme de leur propre chose sans que leurs dicts enfans ou ayans causes leur en puissent demander aucun partaige ny qu'inventaire en soit faict.

Et encores que les dicts seigneur et dame de Beaumarchais, père et mère de la dicte damoiselle future espouse se soient réservés l'usufruit des dict engaigement et rentes sur le roy, terres et heritaiges cy-dessus donnés, neantmoings desirans gratiffier la dicte damoiselle future espouse comme ilz ont faict leur fille aisnée, ont promis et promectent que le survivant d'eulx deux remectera à la dicte damoiselle future espouse la plaine et entière propriété et jouissance d'une terre de semblable revenu que la baronnie, terre et seigneurie du Plessis aux Tournelles ses appartenances et deppendances ou la juste valleur et estimation de la dicte terre à raison du denier trente ou la somme de six vingt mil livres au choix et option du survivant des dicts seigneur et dame de Beaumarchais. Et au cas que ladicte damoiselle future espouse decedde sans enfans et sans avoir vallablement disposé des dictes choses cy-dessus à elles données et qui luy doibvent tenir lieu de propre, au dict cas tous les dicts propres demeureront et appartiendront à la dicte dame marquise de Noirmoustier sa sœur et aultres enfans commungs qui pourront naistre des dicts seigneur et dame de Beaumarchais et de chacun d'eulx leur vye durant. Comme au cas semblable il est accordé que les biens et choses données à la dicte dame marquise retourneront à la dicte damoiselle future espouse sa sœur et aultres enfans commungs à naistre des dicts seigneur et dame de Beaumarchais.

Et sy les dictes deux filles et aultres enfans predeceddoient iceulx sans enfans, en ce cas la plaine propriété des dictes choses données et stipullées propres tant par le dict premier contract de la dicte dame marquise de Noirmoustier que par le présent reviendra et appartiendra ausdits seigneur et dame de Beaumarchais pour en disposer à leur volonté sans que les héritiers collatéraux y puissent rien prétendre.

Est aussy accordé au cas que le dict seigneur futur espoux predecedde les dicts sieur et dame ses père et mère sans enfans et sans avoir vallablement disposé des choses à luy données, les donnations à luy faictes par le dit contract de mariage retourneront en plaine propriété aus dits seigneur et dame de La Vieuville après toutesfois que les conventions matrimonialles accordées par ces présentes à la dicte damoiselle future espouse seront entièrement accomplies et sans que les héritiers collateraux du dict futur espoux y puissent rien prétendre. Mais retourneront les dictes terres données aus dicts seigneur et dame de La Vieuville ou au survivant d'eulx deux.

Advenant le decedz des dits seigneur et dame de Beaumarchais, les dicts futurs espoux raporteront ou moings prendront au partaige de leurs biens tout ce qu'ilz auront reçeu ou receveront en advancement d'hoirye ou autrement.

Et en cas de dissolution d'icelluy futur mariage par le decedz du dict seigneur futur espoux, la dicte damoiselle future espouse pourra accepter ou renoncer à leur communaulté, et y renonceant reprendra la dicte somme de sept vingtz mil livres son douaire, preciput et donnations cy-dessus à elle faictes, ensemble tout ce qui luy sera escheu par succession, donnations ou aultrement, mesmes la dicte somme de soixante mil livres sy elle se trouve avoir esté reçeue par le dict seigneur futur espoux et sans qu'elle soit tenue d'aucunes debtes ores qu'elle s'y feust obligée, ains en sera acquictée et deschargée par les héritiers du dict seigneur futur espoux.

Advenant le prodecedz de la dicte damoiselle future espouse, ses heritiers en ligne directe; assavoir les père et mère ou les enfans d'icelle future espouse pourront accepter ou renoncer à la dicte communaulté, et y renonceant reprendront tous les propres d'icelle future espouse stipulé au present contrat, fors et excepté la somme de cinquante mil livres tournoiz ameublis cy-dessus et sans que les héritiers collateraulx puissent rien prétendre aus dicts propres au prejudice des dits seigneur et dame de Beaumarchais père et mère et pour requérir l'insinnuation des présentes pour plus grande validité de l'effect et exécution d'icelle tant au dict Chastelet de Paris qu'en toutes aultres jurisdiciions et partout ailleurs ou besoing sera les parties esdits noms ont constitué et estably leur procureur général special et irrévocable le porteur des dictes presentes auquel ils en donnent tout pouvoir et d'en requerir actes. Car ainsy le tout a esté convenu et accordé entre les dictes parties es dicts noms lesquelles promisrent et jurèrent respectivement par leurs foy et serment pour ce par elles baillés mis et jurés corporellement es mains des dicts notaires comme Esnotres souveraines pour le roy nostre dit seigneur. Ces presentes et tout le contenu en icelles avoir pour bien agréables tenir ferme et stable à tousjours sans jamais y contrevenir en quelque sorte et manière que ce soit à paine de rendre, bailler et paier par l'une d'elles à l'autre sans aucun plaid ny procès tous coustz, fray, mises, pertes, despens, dommaiges et interrests que faicts, mis donnés, euz, souffertz, soustenuz et encouruz seroient par deffaut de l'entretenement et entier accomplissement de tout le contenu en ces dictes presentes et en ce pourchassant et requerant soubz l'obligation et ypotecque de tous et chacun les biens meubles et immeubles présens et advenir qu'icelles parties chacunes en droict soy et l'une envers l'autre le dict seigneur de la Vieuville es dicts noms en soubzmirent et soubsmectent pour ce du tout au pouvoir, justice, jurisdiction et contraincte de la dicte prevosté de Paris et de toutes aultres justices et jurisdictions où les dicts biens seront sceus, trouvez, scituez et assis et renonceront en ce faisant icelles parties à toutes choses generallement quelconques à ces présentes contraires leur effect, teneur et esécution, mesmes ou droict disant général renonciation non valloir. En tesmoing de ce, nous à la rellation desdits notaires avons faict mectre le scel de la dicte Prevosté de Paris à ces dictes presentes que faictes et passées furent doubles ceste pour le dict seigneur de la Vieuville en la maison des dicts seigneur et dame de Beaumarchais, à Paris, rue et paroisse St Paul après midy le vingt-huictiesme jour de decembre mil six cens dix. Et ont les dictes parties et comparans signé la minutte des presentes avec les dicts notaires soubsignez demeurée par devers et en la possession du dict Groÿn l'un d'iceulx. Signé : Colleron et Groÿn, et plus bas a coté mis l'insinuation ainsy qu'il s'en suit.

L'an mil six cens unze le samedy vingt sixiesme mars, le present contract de mariage portant donnation a esté apporté au greffe du dit Chastelet de Paris icelluy insinnué accepté et eu pour agreable aux charges clauses et conditions y apposées et selon que contenu est par icelluy par Me Claude Husson procureur au dit Chastelet porteur du dict contract et procureur de hault et puissant seigneur, messire Robert de la Vieuville seigneur de Chaillenet, Royaulcourt, Pavant, Verigny, baron de Rugles, chevallier des ordres du roy, conseiller en ses conseils d'estat et privé, capitaine de cinquante hommes d'armes de ses ordonnances, tant en son nom que comme soy faisant fort de dame Catherine Do, son espouse ; et de messire Vincent Bouhier, chevallier seigneur de Beaumarchais, et de Charron, baron de Plessis aux Tournelles, conseiller du roy en ses dits conseils d'Estat et privé, intendant de l'ordre du St Esprit et trésorier de l'espargne et de dame Marie Hotman son épouse, donnateurs. Et de hault et puissant seigneur messire Charles de la Vieuville, grand faulconnier de France, lieutenant général pour le roy en Champaigne, gouverneur de la ville et citadelle de Mézières, et de dame Mary Bouhier son espouse, donnataires. Et encores le dit Husson procureur des autres seigneurs et dames donnateurs et donnataires desnommés au présent contract lequel a coté enregistré au present registre LXVIe volume des insinuations du dit Chastelet suivant l'ordonnance s'y requerant le dit Husson qui de ce a requis estre à lui octroyé et baillé ces présentes pour servir et valloir aux dicts seigneurs et dames donnateurs et donnataires en temps et lieu ce que de raison.

PIÈCE JUSTIFICATIVE N° 3

MANUSCRIT CONSERVÉ A LA « BIBLIOTHÈQUE MAZARINE », RELATIF AUX NOM, ARMES ET DEVISES DU DUC DE LA VIEUVILLE. (*Manuscrit Dubuisson*, n° 4390.)

Discours
du nom, des armes et des devises,
de Monseigneur le Surintendant.

La maison de La Vieuville est illustre dans les Pays-Bas dès avant, l'an 1200, qu'un de ce nom espousa en France une femme de qualité, héritière de la maison et nom de Cozker, qui signifie en Basse-Bretagne, où elle avoit ses biens, autant que Vieille Ville en français. Les descendans de ce mariage eurent et retindrent le double nom de Viéville et portèrent les armes de toutes les deux maisons chargeants l'escu burrellé des Vieville des Pays-Bas, des houx de la Vieville de Bretagne.

Le Houx est un arbre que les romains ont appellé Cratægnon et ...... les grecs seulement Cratægnon ...... Athenée, Theophraste, Pline et autres célèbres auteurs font faire des miracles à la médecine en se servant de cet arbre qui porte la fécondité, qui endort les plaies et ...... incurables et remet les corps ...... et atrophiés en refaisant nerfs, purifiant le sang et redonnant l'embonpoint, tout ainsy cette propriété convenant parfaitement a ung grand Surintendant qui rappelle l'abondance ou estoit la disette, guérit les maux et désordres des finances et rend à l'Estat ses nerfs, son sang et son premier embonpoinct.

Cet arbre de houx ne perd jamais sa beauté ni sa vigueur et ne flétrit point par l'hiver et par le mauvais temps, d'ou vient qu'en l'ancienne poësie il y a mention et éloge de luy en ces quatre vers :

Feuille de houx tousiours verdoye
Quand toute autre feuille des bois
Triste pallit, elle est en joie :
Et pique du haineur les dois.

Elle est véritablement piquante et armée de poinctes en ses bords, mais en tout le reste elle est d'une douceur égale et unie et a certain poli fort agréable aux yeux et aux dois maisme qui la touchent, elle ne pique que ceux qui l'empoignent et serrent rudement et qui la prennent autrement qu'il ne fault.

Ces feuilles qui sont d'un poli luisant et d'une grace admirable et éternelle couvrent donc fort bien le distique du prince des poëtes lyriques qui est ainsy :

Virtus repulsas niscia Sordidas
intaminatis fulget Honoribus

Ayant, outre ses rares vertus et propriétés, forte deffence et invincible, un lustre incomparable et immortel, sans tasches et sans aucune flestrissures, la dernière moitié du distique portant un sens parfaict demeure pour devise a l'escu des feuilles de houx et au feston qui est mis en dessus et signifie ce que nous avons dit a scavoir que le houx, c'est-à-dire celuy qui le porte en ses armes, est et paroist avec honneur qui est sans tache, sans tare, et sans reproche.

Les deux supports ou tenants ont chacun leur nom et leur devise, celuy qui est au costé droict de l'escu se nomme prudence, dessus sa teste ...... comme il y est marqué la cartouche de houx qui est sur luy contient dans son rond sa devise dont le corps est un serpent, symbole de la prudence.

Au portour de la cartouche il y a pour âme de la devise :

Nullum numen abest

qui est un demi vers de Juvenal en la satyre ou il dit que nulle perfection et vertu divine ne manque a celuy qui a la prudence. Or que Monseigneur le Surintendant ne l'ait parfaictement, personne n'en doute. Celuy des supports qui est à gauche a nom fidélité et a pour cela au dessus de sa teste une cartouche d'un chien symbole de la fidélité qui se ..... et se défend par les poinctes du houx qui résiste aux mal intentionnés. Le mot grec ......, qui est entre la cartouche et la teste du support signifie le nom de cet autre second support et la légende latine escripte dans le plat contour de la cartouche en ces mots :

Illa Fretus agit

Est le commencement d'un vers du prince des poëtes héroïques, servant d'âme à la devise dont le chien fait le corps, et dit que Monseigneur le surintendant agit par cette fidélité qui est en luy à l'esgal de la prudence et par elle fait toutes choses en toute assurance et fermeté de conscience et de courage.

Le graveur a représenté les armes ....., les supports, devises, et accompagnemens cy-dessus portées sur des armoires ou coffres parsemés de fleurs de lys et qui sont coffres du Roy et les marques ou enseignes de la surintendance des finances, un habile homme qui honore extremement son service y a fait adjouster sur le milieu de ces coffres une inscription relative aux devises des armes qu'elle explique et dit en ces mots :

Ambo in unum magna Praestant.

Que cette devise, ou les choses que cette devise signifient, estant assemblées en un mesme subject comme elles sont en Monseigneur le Surintendant, font et opèrent des merveilles.

(*Fin*).

PIÈCE JUSTIFICATIVE N° 4

MANUSCRIT PROVENANT DU CABINET DE ROBERT DE COTTE, RELATIF AUX BIENS ET SUCCESSIONS DE LA FAMILLE DE LA VIEUVILLE. CE DOCUMENT N'EST PAS DATÉ, MAIS UNE PHRASE PLACÉE AVANT LA NOMENCLATURE : « CHARGES DE LA SUBSTITUTION », PERMET DE FAIRE REMONTER SA RÉDACTION AUX ANNÉES 1719 OU 1720. (*Bibliothèque nationale*, manuscrits français, n° 7801, p. 204 à 210.)

Mémoire.

L'hôtel de La Vieuville, cy devant l'hôtel de Randan, fut acquis en 1594 par Vincent Bouhier, Trésorier de l'Epargne, lequel acquit encore depuis plusieurs petites maisons et emplacemens joignans.

En 1610, Marie Bouhier, fille du dit sieur

Vincent Bouhier, épousa Charles premier, Duc de La Vieuville, Surintendant des finances, c'est du chef de cette Dame que cet hostel est passé dans la maison de La Vieuville ainsy que plusieurs autres grands biens.

La dite Dame Marie Bouhier, Duchesse de La Vieuville, a encore acquit un emplacement joignant le dit hostel qui a servy a le former tel qu'il est aujourd'huy.

En 1649, Le dit Charles premier, et Marie Bouhier, marièrent Charles second, Duc de La Vieuville, leur fils aisné, à Françoise de Chateauvieux de Vienne, et luy donnèrent entre autres choses en dot le d. hostel de La Vieuville.

En 1663 est arrivé le deceds de la d. Dame Marie Bouhier pour lors veuve du d. Charles premier Duc de La Vieuville.

Charles-François de La Vieuville, Evêque de Rennes, second fils de la d. Dame Marie Bouhier, se tint à la donnation par elle faite à son proffit de 700,000 livres.

Le premier Septembre 1668 a esté fait le partage des biens de la d. dame et dans le lot du d. sieur Evêque de Rennes est échu plusieurs grandes terres scituées en Poitou, et autres effets.

Le dix septembre 1668 a esté passé contract d'échange entre les d. sieurs Charles second Duc de La Vieuville, et l'Evêque de Rennes, son frère, par lequel le d. sieur Evêque cedde au d. sieur Duc plusieurs grandes terres scizes en Poitou, et en contr'échange le d. sieur Duc cedde au d. sieur Evêque le d. hostel de La Vieuville scis ruë Saint Paul, les petites terres de Londricourt, Champeaubert, Saint Remy en Boisemont et les bois de Han en dépendant. Toutes les d. terres et bois estimés par le d. partage de 1668 à la somme de 45,000 livres.

Le dix-neuf Septembre 1668, le d. sieur Evêque de Rennes fit deux contracts de donnation.

L'un de 400,000 livres avec substitution en faveur de René François, marquis de La Vieuville, son neveux, fils aisné du d. Charles second, et l'autre de 100,000 livres sans substitution, aux fins d'estre, la d. somme, employée à marier ou mettre en Religion trois de ses nièces sœurs du d. René François, avec stipulation qu'au cas que les d. trois nièces fissent profession il seroit pris pour chacune sur la d. somme de 100,000 livres celle de 12,500 livres et que le surplus seroit reversible sans substitution moitié au d. René François et l'autre moitié à Charles Emmanuel de La Vieuville comte de Vienne, son neveux, aussy fils du d. Charles second.

Par la même donnation, le d. sieur Evêque donne pour et en payement des dites deux donnations de 400,000 livres et 100,000 livres, d'autre le d. hostel de La Vieuville à Paris, la terre et Seigneurie de Verigny scize au pays chartrain, les d. terres de Landricourt, Champeaubert, Saint Bemy en Boisemont et le bois de Han en dépendant avec 10,000 livres de rentes sur les tailles au principal de 45,000 livres. Et par cette donnation, la faculté est acquise aux substituez de garder toutes les d. terres en payant la d. somme de 100,000 livres pour la dote des d. trois filles. Et le d. sieur Evêque réserve et fait don au d. sieur Charles second, son frère, de l'usufruit des biens de la d. donation sa viё durant.

Peu de temps après il est avenu que les dites trois demoiselles de La Vieuville ont fait profession de quoy il n'a du estre pris sur la d. donation de 100,000 livres que 12,500 livres pour chacune faisant ensemble 37,500 livres et le surplus est demeuré reversible au proffit des d. sieurs marquis de La Vieuville et comte de Vienne ce qui fait pour chacun 31,250 livres.

Pendant la jouissance que le d. Charles Second, Duc de La Vieuville, a euё de tous les d. biens, il a vendu les d. parties de rentes sur les tailles du prix desquelles il en a payé la dote de ses trois filles. Il a aussy vendu la petite terre de Saint-Remy en Boisemont sur quoy il a payé une petite dette du d. sieur évêque de Rennes antérieure à la d. substitution. Il a aussi pendant son usufruit donné au d. sieur comte de Vienne, les autres petites terres de Landricourt, Champeaubert et les bois de Han pour le remplir des 31,250 livres qui luy revenoient de la d. reversion.

Il reste encore dû aujourd'huy, au d. feu sieur marquis ou à sa succession, sa portion de reversion de 31,250 livres à prendre sur les effets qui existent aujourd'huy de la d. donnation.

A l'égard de la donnation portant substitution de 400,000 livres, il reste encore aujourd'huy pour tenir lieu de cette somme, le d. hostel de La Vieuville ruë Saint-Paul, et la terre de Verigny et dépendances scize au pays chartrain affermée en 1719, 9,000 livres par an.

Le dit feu sieur Marquis de La Vieuville, prémier institué grevé par le d. sieur Evêque a jouÿ de la dite substitution jusqu'au 9e juin 1719 qu'il est décédé.

Louis, marquis de La Vieuville, son fils aisné, appelé à cette substitutiou en a demandé l'ouverture à son proffit et jouit actuellement des d. hostel de La Vieuville et terre de Verigny, après son deceds cette substitution doit passer à titre libre à son fils ou à son frère puisné.

Charges de la substitution :

Toutes les dettes suivantes ont esté créées par le d. sieur Evêque de Rennes, donnateur antérieurement à la d. donnation, lesquelles par conséquent ont un hypothèque sur les d. deux immeubles.

Aux dames religieuses du Saint Sacrement, rue Cassette, ou leurs représentans trois cens livres de rentes au principal de six mil livres constituées par le d. sieur Evêque de Rennes par contract du 28 septembre 1653, cy .... 6.000 l.

Au sieur Le Roy de la Potterïe six cens quarante deux livres dix-sept sols deux deniers de rente au principal de quatorze mil cinq cens livres, constituées le 24 mars 1654, cy 14.500

Aux héritiers du feu sieur duc d'Aumont, ou leurs représentans, quatre cens vingt quatre livres de rente au principal de huit mil quatre cens quatre vingt huit livres, constituées le 4 février 1660, cy 8.488

A dame Françoise Genon, veuve de Monsieur de Beaussan ou ses représentans mil livres de rente au principal de vingt mil livres constituées le 4 février 1660, cy. 20.000

A la date de Bourdaux, ou ses représentans, douze cens livres de rente au principal de vingt quatre mil livres constituées le 24 février 1660, cy 24.000

Au sieur Président Croizet trois cens livres de rente au principal de six mil livres constituées le 10 avril 1664, cy 6.000

A M. Jean Joisel, prestre, ou ayans cause, neuf cens livres de rente au principal de dix huit mil livres constituées le 21 juillet 1664, cy 18.000

Total des principaux de rente (*à reporter*) .... 96.988 l.
quatre-vingt-seize mil neuf cent quatre-vingt-huit livres.

Report..... 96.988 l.

Autres créances qui sont antérieures aud. fideicommis :

En 1665, led. sieur Evêque de Rennes prit possession de l'Abbaye de Savigny que le Roy lui avoit donnée de laquelle il a jouy jusqu'à sa mort, arrivée en 1676.

Son successeur à lad. Abbaye fit faire un procès-verbal de l'état des lieux et des réparations à faire dans les bastimens de cette Abbaye, ce qui fut fait contradictoirement avec les représentans dud. feu sieur Evêque de Rennes et par le rapport des experts il se trouva que toutes lesd. réparations à faire montèrent à la somme de 32,228 l.

Sur quoy il est justiffié qu'il fut payé à compte de cette somme sur le prix provenant de la vente des effets mobiliers dud. sieur Evêque celle de 20,000 l., partant, il ne resteroit de dub qu'environ 12,000 l. Laquelle somme a un hypothèque de l'année 1665 qui est celle de la prise de possession de lad. Abbaye. Cette somme a été payée par la succession du feu sieur marquis de La Vieuville premier institué et luy est dû, cy 12.000

Plus il est aussy dû à lad. succession du d. sieur Marquis de La Vieuville la portion de reversion de 31,250 l. sur laquelle il faudra préalablement déduire la portion des charges de la d. substitution que cette somme doit supporter par proportion et ce qui en reviendra avec les 12,000 l. de l'article cy dessus sera dub à la d. succession. Mais au lieu de lui en faire le payement effectif, cette somme sera employée à payer pour environ 40,000 l. que la dite succession est jugée débitrice pour réparations faites ou à faire aus d. hostel de La Vieuville et terre de Verigny, lesquelles sont usufruitières, et survenuës pendant la jouissance du d. feu sieur marquis de La Vieuville, premier institué grevé.

A reporter..... 108.988 l.

Report.....	108.988 l.
Plus pour les rapports et procès-verbaux faits en vertu des jugemens des Commissaires députez par arrest du Conseil pour juger en dernier ressort les affaires de la maison de La Vieuville, des réparations faites ou à faire, aus d. hostel et terre de Verigny. Les experts ont estimez qu'il y avoit de grosses réparations dont le fond de la substitution est chargé pour quinze mil livres en sorte que faisant le payement de cette somme c'est un privilège sur le d. fidéicommis, cy.......	15.000
Plus il y est dub au sieur Maure, procureur du feu sieur Evêque de Rennes, dix-neuf cent cinquante-une livres, cy.................	1.951
Au sieur Soudan ou ayant cause cinq mil livres, cy.......	5.000
Total..........	130.939 l.

On ne scait si ces deux dernières petites dettes ont un hypothèque antérieur à la d. donnation, c'est ce que l'on examinera en temps et lieu.

Le sieur Marquis de La Vieuville d'aujourd'huy est dans le dessein de vendre led. hostel de La Vieuville pour libérer le reste de la substitution.

A l'égard de l'authorization dont il a besoin pour y parvenir, c'est son affaire.

Les deniers qui en proviendront seront employez premièrement à acquitter toutes les dettes et charges cy dessus avec subrogation au proffit de l'acquéreur.

Le surplus du prix de la vente seroit employé avec la stipulation que ce seroit pour tenir lieu de fond à la d. substitution dans les emplois cy après :

Il est a observer que dans la maison de La Vieuville il n'y a point de dettes du fait du d. Charles premier Duc de La Vieuville et de la d. dame Marie Bouhier son épouse ny de leurs ayeules.

Tous les biens libres de cette maison ont passé sur la teste du dit Charles second Duc de La Vieuville et à l'exception d'environ 50,000 livres.

Toutes les dettes qui existent aujourd'huy sont du fait du d. sieur Charles second et de la d. dame Françoise de Chateauvieux son épouse, pendant leur communauté ou du fait personnel du d. Charles second depuis le deceds de son épouse arrivé en 1669, après lequel les enfans d'elle et du d. Charles second renoncèrent à la communauté qui estoit entr'eux et se tinrent aux conventions du contract de mariage de leur mère.

Et par cette renonciation il s'est formé des dettes de deux différents hypothèques sur tous les biens du d. Charles second.

Sçavoir :

Toutes celles faites en commun par luy et son épouse dont l'hypothèque remonte au mois de février 1649, date de leur contract de mariage qui est aujourd'huy le plus ancien hypothèque que l'on connoisse dans cette maison.

Et le second hypothèque sont les dettes personnelles du d. sieur Duc faittes après le deceds de la d. dame sa femme, cet hypothèque est par conséquent postérieur à celuy de 1649.

Quoy que la masse des biens de la succession du d. sieur Charles second soit composée de plus 1,600,000 livres en fonds de terres, il est certain qu'il y a encore pour plus de dettes à répartir entre les cohéritiers, n'y ayant pas pour soixante mil escus de créances étrangères; mais l'hypothèque primitif de 1649 en absorbe plus de moitié.

Ce principe posé.

Charles second maria, en 1676, le d. René-François, marquis de La Vieuville, son fils aisné, à Lucie de La Motte Houdancourt, laquelle luy apporta en dote 300,000 livres en argent, et on stipula dans leur contract de mariage que cette somme seroit employée à acquitter les plus anciennes dettes de la maison avec subrogation, et que cependant tous les biens donnez, ou eschus au d. marquis de La Vieuville lors du d. mariage seroient affectez à la seureté de la d. dette.

Il en a esté effectivement employé pour près de 200,000 livres à acquitter des dettes du d. Charles second du d. premier hypothèque, le surplus n'ayant pas un employ si favorable revient à la charge du d. feu s. marquis de La Vieuville.

En sorte que cette dote se trouve aujourd'huy la plus ancienne créance des successions tant du d. Charles second que du feu sieur marquis de La Vieuville son fils, et cette dernière pour le tout au deffaut de l'autre ce qui l'a rend la plus seure que l'on puisse désirer, d'autant que c'est la première créance du d. feu sieur marquis de La Vieuville dont la succession est bonne et qui n'a presque pas contracté de dettes.

C'est donc dans le paiement de cette dotte qui est passée dans des mains étrangères que l'on entendroit placer le surplus du prix du dit hostel de La Vieuville avec la d. déclaration que c'est pour tenir lieu de fond à la dite substitution.

Masse des biens de la succession du d. Charles second :

Les terres de Nogent, Pavant, Sanchery et dependances scituées en Champagne,

La terre de Saint Martin d'Ablois aussy scise en Champagne,

Le Bois de Brugny, dans la même province,

Les terres de Beaumarchais, La Garanjoin, Laperay, La Gorronnière, et dépendances, scizes en Poitou,

La terre de Marmande dans la même province,

La terre de La Motte Achart susd. province,

L'hostel de La Vieuville à Versailles,

La terre de Larzillières près Vitry,

La petite maison de Bercy.

Masse des biens de la succession du feu sieur marquis de La Vieuville :

La terre de la Chaumongrot en Auvergne,

Les droits seigneuriaux de Leides et de Chariol Athiers dans la même province,

Les Parisis de Rioms,

La terre de Vauvillars en Franche-Comté,

La terre des Levrault susd. province,

L'hostel de Chateauvieux à Paris,

L'hostel de La Vieuville à St-Germain-en-Laye,

L'hostel de La Vieuville à Fontainebleau,

Les reprises sur la succession du d. Charles second son père montantes à plus de 800,000 livres.

PIÈCE JUSTIFICATIVE N° 5

DESCRIPTION DE LA PARTIE DE L'HÔTEL DE LA VIEUVILLE SITUÉE SUR LA COUR DE LA RUE SAINT-PAUL N° 4, EXTRAITE DU PROCÈS-VERBAL DE LA COMMISSION DU VIEUX PARIS, DU 13 AVRIL 1899 ET DU BULLETIN DE LA SOCIÉTÉ HISTORIQUE DU IVe ARRONDISSEMENT « LA CITÉ », DE JANVIER-AVRIL 1902.

. . . .

L'aile nord-sud est un vaste bâtiment en briques avec chaînes de pierre mesurant environ 25 mètres de longueur sur 15 mètres de hauteur, sous le toit. Il est composé d'un rez-de-chaussée et d'un premier étage. Dans le toit se dressent deux mansardes également en briques, établies, selon nous, bien postérieurement à la construction de l'hôtel et qui semblent dater du XVIIe siècle; elles sont, en effet, d'un dessin semblable à celles, très nombreuses encore, construites à cette époque. L'une de ces deux mansardes, celle du sud, a coupé complètement l'entablement ou corniche, à la mode du siècle que nous citons, tandis que l'autre est restée au-dessus. Le premier étage de ce bâtiment est absolument intact, il est percé de trois hautes fenêtres de proportions superbes et de deux plus étroites mais aussi hautes, situées aux deux extrémités. Ces fenêtres sont décorées de moulures extérieures qui les encadrent de la plus élégante façon et qui sont conçues dans le plus pur style de la fin du XVe siècle ou du commencement du XVIe siècle. Sous le toit, très haut, à pente assez rapide, et qui doit avoir conservé ses tuiles anciennes, règne une corniche moulurée en pierre, d'un beau profil. Entre le toit et les hautes fenêtres court, sur toute la longueur du bâtiment, un bandeau en saillie formant talus et faisant office de larmier; un autre bandeau ou larmier semblable se retrouve également au-dessus de ces fenêtres.

Le rez-de-chaussée présente la même disposition, sauf pour l'ouverture du milieu qui est aujourd'hui murée et remplacée par un jour de souffrance.

Cette large surface était jadis, il ne saurait guère en être autrement, ou une haute fenêtre comme celle du premier étage ou une porte de même dimension. La symétrie des ouvertures, en effet, et l'éclairage intérieur n'auraient pas permis de laisser une aussi vaste surface dépourvue d'une baie quelconque. La peinture des briques, d'ailleurs, et le soubassement en larges pierres murant la précédente ouverture, portent la marque d'une édification assez récente.

Nous ajouterons à cela le souvenir des vieux habitants du quartier, lesquels se rappellent fort bien, que du temps de l'occupation de l'hôtel par les *Eaux clarifiées*, les voitures de cette Compagnie passaient de la grande cour de la rue Saint-Paul dans celle de la rue des Lions justement par cette ouverture qui était une porte.

Ce rez-de-chaussée était donc éclairé par trois larges baies flanquées de deux plus étroites aux deux extrémités; ces baies ont également leurs fines moulures extérieures comme celles du premier étage.

Quatre hauts contreforts ou plutôt quatre pilastres, de légère saillie, séparent toutes les fenêtres, et partent du pied du mur pour aller se fixer dans la corniche. La construction en brique commence à deux mètres du sol; elle est assise sur un soubassement construit en larges pierres.

L'aile est-ouest qui, à angle droit, vient se souder à celle nord-sud, est plus pittoresque encore que le bâtiment que nous venons de décrire. Comme ce dernier, elle est édifiée en briques avec chaîne de pierre; et, aussi en pierre, les encadrements de fenêtre, les contreforts, les bandeaux et les corniches. Elle est composée d'une tour carrée formant cage d'escalier, montant à une hauteur de deux étages et mesurant environ 5 mètres de largeur. Une corniche moulurée couronne cette tour et un toit pointu de forme triangulaire la surmonte. Deux hautes et étroites fenêtres, aux fines moulures intactes, l'une au 1er étage, l'autre au 2e, l'éclairent largement. Cette tour commande un bâtiment beaucoup moins élevé que le précédent, mais composé néanmoins d'un rez-de-chaussée et d'un premier; en son milieu s'ouvre une porte de 5 mètres d'ouverture, à arc surbaissé d'une belle hardiesse et ayant conservé à ses deux montants la mouluration du XVIe siècle.

Cette porte ouvre sur une voûte qui conduit à une petite cour située entre ce bâtiment est-ouest et celui qui borde le quai des Célestins.

Précédemment, une autre baie de même allure, quoique de plus petite dimension, mais également à arc surbaissé, existait au pied de la tour et donnait accès de la grande cour dans l'escalier. Elle a été murée avec un retrait de 30 centimètres environ et une fenêtre carrée y a été conservée, mais ce retrait permet de juger de l'effet que pouvait apporter dans l'ensemble cette large ouverture qu'une estampe du XVIIe siècle montre précédée d'un perron de plusieurs marches. Le 1er étage est éclairé par une large fenêtre et par deux autres plus étroites; toutes trois ont conservé leurs fines moulures.

A quelques centimètres de la corniche, immédiatement au-dessus des fenêtres, un bandeau, en forme de larmier, court sur cette façade et vient, en montant et en descendant, silhouetter, de la façon la plus heureuse, la fenêtre du 1er étage de la tour. Un second bandeau, comme dans le bâtiment nord-sud, vient également saillir au-dessus du rez-de-chaussée.

Le toit de ce dernier bâtiment est-ouest a dû être modifié; il était évidemment en pente raide comme celui de l'autre aile; pour des besoins particuliers, il a été probablement transformé en mansarde au siècle dernier. Il est couvert en ardoises.

On retrouve, dans la grande cour de la rue des Lions, 17, le derrière du bâtiment nord-sud que nous venons de décrire; il est éclairé par de hautes fenêtres moulurées à la façon du XVIe siècle, mais sa façade en briques a été recouverte d'un épais plâtrage qui en dénature l'aspect. Ces hautes fenêtres, au temps de la splendeur de l'hôtel, donnaient sur les jardins qui longeaient la rue des Lions.

Dans cette cour se voit aussi un grand bâtiment orienté de l'est à l'ouest, orné de hautes mansardes à frontons triangulaires et circulaires, lesquels frontons chargés de sculptures qui semblent dater du commencement du XVIIe siècle. Ces mansardes viennent couper, à la mode de ce temps, l'entablement décoré d'ornements fort bien sculptés.

En ce qui concerne la plus petite des deux cours, celle qui borde le quai des Célestins, derrière les bâtiments en façade sur ce quai, elle ne présente plus aucun caractère. L'aile est-ouest qui la sépare de la grande cour de la rue Saint-Paul, n'a plus, comme sur cette dernière, sa façade brique et pierres; tout a été replâtré et rebadigeonné à outrance; on n'y voit plus que l'arc surbaissé et la voûte qui font communiquer entre elles les deux cours de la maison.

Les intérieurs n'ont rien conservé de la décoration somptueuse d'antan, seul le grand escalier, qui ouvre sous l'arc surbaissé du bâtiment est-ouest et qui, par la tour que nous avons décrite, conduit au premier étage, a gardé la grande allure d'un logis seigneurial.

Sa cage, de proportions très importantes, est éclairée par de hautes fenêtres donnant sur la grande et sur la petite cour; elle possède une rampe en fer forgé, d'une courbe gracieuse et d'un beau dessin qui rappelle l'époque de la Régence.

Dans les motifs principaux de cette décoration finement martelée, se voient encore les C enlacés qui soulignent, sans doute, le passage de Chiquet de Champrenard, qui posséda l'hôtel en 1741. Postérieurement, un encorbellement fut ajouté au premier étage de cet escalier, qui eut pour résultat de détourner l'entrée des appartements. Il eut aussi, selon nous, celui de dénaturer cette belle cage et d'en diminuer les solennelles proportions. La rampe de cet encorbellement est d'ailleurs bien inférieure à celle de l'escalier (1).

. . . .

(1) L'escalier dont il est question ici n'est pas, bien entendu, celui qui fut édifié pour la tour située dans l'angle sud-est de la cour d'honneur. Le degré primitif devait posséder une massive rampe en bois, formée de lourds balustres, montant en zig-zag ou en vis, dans l'intérieur de la tour, ainsi que l'on en voit encore quelques spécimens dans les vieux logis parisiens datant du XVIe siècle.

TABLE DES MATIÈRES

CHAPITRE VI.

CHAPITRE VII.

CHAPITRE VIII.

CHAPITRE IX.

Pièces justificatives.

Planches.

1. — Plans de l'ancien hôtel de La Vieuville, dressés vers 1720, provenant du cabinet de l'architecte Robert de Cotte.
2. — Façade est-ouest donnant sur la cour d'honneur, rue Saint-Paul, n° 4.
3. — Façade nord-sud, donnant sur la cour d'honneur, rue Saint-Paul, n° 4.
4. — Façade est-ouest, donnant sur les anciens jardins, aujourd'hui cour de la rue des Lions.
5. — Escalier monumental installé sous la voûte de la cour d'honneur, rue Saint-Paul, n° 4.
6. — Plafond d'un salon du bâtiment est-ouest, donnant sur les anciens jardins, aujourd'hui cour de la rue des Lions.

598. — Imprimerie municipale, Hôtel de Ville. — 1907.

Barry, imp., Paris

HOTEL DE LA VIEUVILLE -- Façade Est-Ouest, donnant sur la cour d'honneur, rue Saint-Paul, nº 4.

Barry, phot. et imp., Paris.

HOTEL DE LA VIEUVILLE — Façade Nord-Sud, donnant sur la cour d'honneur, rue Saint-Paul, nº 4.

Barry, imp., Paris

HOTEL DE LA VIEUVILLE — Façade Est-Ouest, donnant sur les anciens jardins, aujourd'hui cour de la rue des Lions.

Barry, imp., Paris.

HOTEL DE LA VIEUVILLE

Escalier monumental installé sous la voûte de la cour d'honneur, rue Saint-Paul, nº 4.

Barry, phot. et imp., Paris

HOTEL DE LA VIEUVILLE — Plafond d'un salon du bâtiment Est-Ouest, donnant sur les anciens jardins, aujourd'hui cour de la rue des Lions.

PLANS DE L'HÔTEL DE LA VIEUVILLE, PROVENANT DU CABINET DE L'ARCHITECTE ROBERT DE COTTE, DRESSÉS VERS 1720. (Bib. Nat. Estampes)

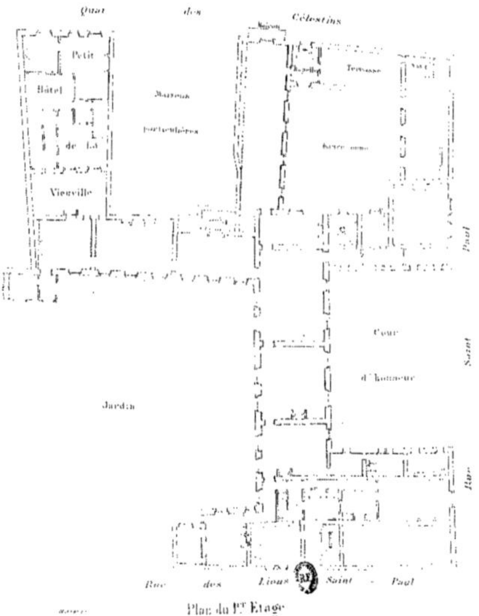

Plan du 1er Etage

Plan du Rez-de-Chaussée

www.ingramcontent.com/pod-product-compliance
Ingram Content Group UK Ltd.
Pitfield, Milton Keynes, MK11 3LW, UK
UKHW020322250726
13967UKWH00004B/1816

9 782013 029292